汗乌拉
我的故乡

张承志 - 著

辽宁人民出版社

© 张承志 2016

图书在版编目(CIP)数据

汗乌拉：我的故乡：全2册/张承志著.
— 沈阳：辽宁人民出版社，2017.7

ISBN 978-7-205-09030-2

Ⅰ.①汗… Ⅱ.①张… Ⅲ.①散文集－中国－当代
Ⅳ.①I267

中国版本图书馆CIP数据核字(2017)第108909号

封面蒙古文题字/张承志

出版发行：辽宁人民出版社
地址：沈阳市和平区十一纬路25号 邮编：110003
电话：024-23284321（邮　购）　024-23284324（发行部）
传真：024-23284191（发行部）　024-23284304（办公室）
http://www.lnpph.com.cn

印　　刷：辽宁泰阳广告彩色印刷有限公司
幅面尺寸：130mm×185mm
印　　张：12.5
字　　数：150千字
出版时间：2017年7月第1版
印刷时间：2017年7月第1次印刷

责任编辑：盖新亮
装帧版式：chiara
责任校对：赵卫红
书　　号：ISBN 978-7-205-09030-2

定　　价：79.00元（全2册）

目 录

1	阿尔丁夫牙牙学语
11	袍子经
29	劳动手册
41	汗乌拉
45	狗的雕像
57	北方女人的印象
61	初逢《钢嘎·哈拉》
69	午夜的鞍子
81	春水泛滥时
91	马的颜色
95	又是春天
103	粗饮茶
113	勾勒草地十张画

137　美女与厉鬼的风景

141　危险的生命

145　安宁的权利

151　一页的翻过

159　与草枯荣

175　巴特尔和俊仨儿

183　全家福

阿尔丁夫牙牙学语

1

若不是这些年，知识青年怀旧的风潮一阵紧似一阵，若非他们编辑的实录笔记裹挟了我，如下这一首儿歌，我是不会把它翻出来，编入文集的。

干吗呀？怎么啦？瞧他们问得天真无邪。好像问题从不存在，好像这个话题是蓝天白云。我怎么能跟他说：哥们，写那点事儿招人讨厌！……

三十年前，在我匹马单枪描写草原的时候，童言无忌的抒发，不意撞上了一面透明的墙。那正是对革命实施否定的大潮，由远及近方兴未艾的时候，怀疑浪漫厌恶信仰的认识，正在秋风落叶一般扫荡和普及。它成为一种语境后也变作了无形的权力，持续地给异类以压力。

我该留意别夸大。但那一段历史影响巨大。因为渐渐地，宽容或讨论的气氛稀薄了，暗示在游荡。肤浅的思潮，借知识分子的网络蔓延开来。对资本主义的皈依，成了一种真理的标准，甚至一种强迫。那时的一些人有一种汹汹的自负，坚信真理已被实践检验完毕，想不通怎么还会存在异议。愈是知名的知识分子，愈像业余的警察；他们大睁着良心的眼睛，搜寻残余的革命党。

所以，无论对知识青年或是对蒙古牧民，我已不能讲清——拒绝加入对革命的诅咒、赞美异族和自己经历的生活，究竟怎么就不合时宜。

是的，弥漫而挥之不去的正统主义和侏儒心理，总是质疑外族异类的感受。年轻的我掂量着轻重，把单薄的篇什藏起。若非为了躲避打碎，至少为了不受玷污。

后来，在草原知识青年执着的怀念中，一切又缓慢地发生了改变。无数昔日伙伴对草原的情感，无数因秩序打破陷入个人的深刻困难的、普通人的真挚情感，又占据了思想的主流。他们征集当年的文稿，把我的小诗收了进去。只是，印着这支儿歌的一页纸，依然单薄得一阵风就能把它撕破。能把它拿出去么，让它迎着驳难与刁难、阅读和审视？

2

1972年离开草原的时分,那些天涌涨波澜的思绪,撞开了心里紧闭的某一扇渴望写作的闸门。记得大概就是自那一年始,我暗自涂抹,几次写过几篇类似笔记、更像回忆的东西。

那时的我,说来可笑,别说谁是艾青海明威,我连小说散文是什么都不懂。先在重理轻文的清华附中被洗脑,后在唯知游牧的乌珠穆沁换文化——作为一名职业作家,我的一部分文学知识,并非获益于前辈的名著,而是积攒于异族的胡语。一直到今天,在我的文学里全然没有新潮古典,除了民风土语之外,剩下的不过些直露的心思!

那时强烈的冲动,还曾想用蒙文表达。在潜意识里,自己俨然是一名草原之子,需要一个蒙古名字。但它又要超越血统限制。既然蒙族作家中已经有人取名牧人之子(玛拉沁夫)、猎人之子(安柯钦夫),那我就叫"阿尔丁夫"(人民之子)!对这个笔名的含义,我甚至写过一个小说解释。蒙文诗的题目,正是《做阿尔丁夫》。只不过,是因为它有些拗口么?我只用了一两次,而没有把它正式作了自己的笔名。

上述纠缠的一切,都是从这首蒙文诗肇始的。而这首蒙文诗，其实到了发表时已被改得面目全非。所以在给一个草原知青诗文集写的《作者附记》中，我说：

> 这首模仿蒙古民歌《诺加》的蒙文诗，是……压抑不住心里的感情胡乱写下的。后来把它修改，投稿给蒙文期刊《花的原野》。发表时（1978年6月号）小诗已被改动。不用说改后在语言上准确了，但也丢了不少原来的意思。当时《花的原野》杂志还用蒙文为它加上了这样的编后语："汉族同志张承志在牧区下乡期间学会了蒙语，以上即是他的蒙文作品。"

想再找回原稿已是一件麻烦事。总不能说发表的铅字不是自己的作品吧，若想读只能读它，读"凤凰"和"准备好的衣裳"。如今读着，想哈哈狂笑，又想落几滴泪。为自己那么单薄的语言和那么傻气的行动。

我莫非想永远地告别那支半通不通的、但是企图表达真情的短歌？抑或有一天我会重新找到它并把它改出来？我还在梦想，暗自企图重建那一连串词首用 e（母亲）、a（哥哥）、h（汗乌拉）的排比段落，最终写成我一直想写的酣畅长诗。但更大的可能，还是就此为止了。这么写着不禁

1978年发表《做阿尔丁夫》的蒙文期刊封面。

想，有谁能明白，我有多喜欢——悲调的蒙古格式、可爱的头韵排比？

但是奶声奶气是不必要的，哪怕心里话没有说尽。这个差强人意的删改本，毕竟是我发表过的、唯一的蒙文作品，而且是我作家生涯的第一篇铅字，怎能不留做纪念呢！

这么一想，再去用蒙文慢慢细读一过。我心中感觉新鲜，几次都忍俊不禁。本来想把它译得更土些，又觉得自己不该胡闹。哪怕"对词儿"的夹缝很窄，我还是译了两稿。唉，消失了的"查干陶勒盖"排比，其实在汉语中也有；谁若愿意，可以从汉语的"在"字里，想象蒙文的头韵。

只能是它啦。下面即我自译的《做人民之子》，它的蒙古文字的原版，是我作家生涯的第一页铅字。

 一起飞回的大雁
 在春天的风里出发
 一腔情意写的歌
 涌出了火热的胸膛

 在自家包里睡的时候
 冬天的夜里没有冷过

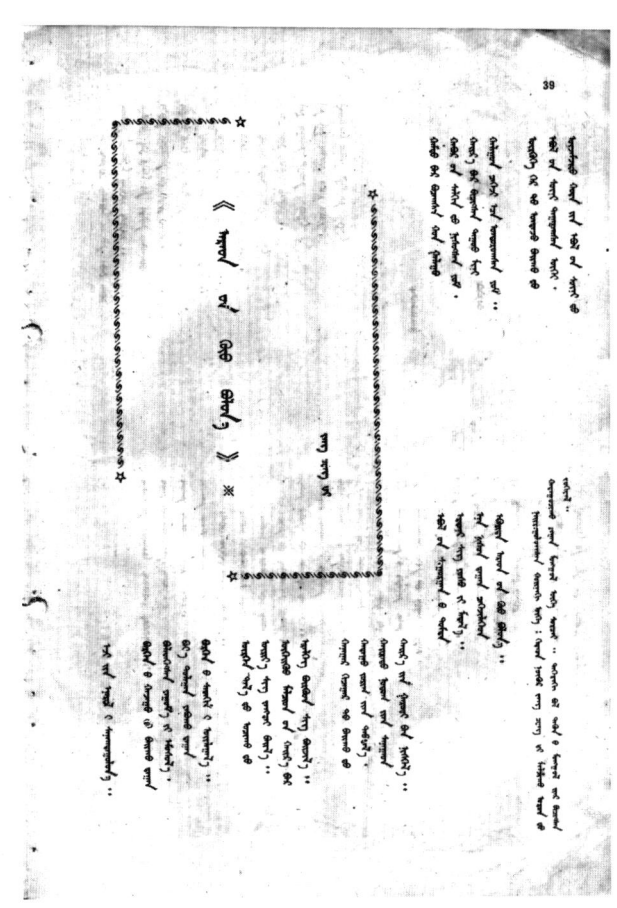

1978年发表的《做阿尔丁夫》。

在乌珠穆沁的冬夜里
想起了额吉的恩情

在伯勒根身边的时候
穿的是准备好的衣裳
在身子暖暖的时候
懂得了伯勒根的心情

在那宽广草地的时候
性情就像小马一样
在贫苦牧民的情义里
长成了勇敢的雄鹰

在富饶边疆的时候
打下了坚固的志向
在回顾可爱家乡的时候
感情飞起了凤凰

在冬天的白毛风里
懂得了宝贝样的道理

在这一生要把它记住

永远做人民的儿子

汉文已是行行傻气,用蒙文读更让人大笑。但是在可笑的句子里,白纸黑字藏着不可笑的立场。也许如今的我,比牙牙学语的那一年,更企图说出这样的话,也更喜爱"阿尔丁夫"这个名字。包括语言。那是一个在语言上行动的时代:不问能力,只求诉说;无论如何,也要实现与民众的交流!……今天独自忆起,觉得那么珍贵。

所以,趁着把它再次印刷的机会,我把这一页蒙文铅字当成图片附上。也许它比手稿有些失真,但铅字毕竟是拿出来交给社会的形式,而且还有可靠的时间。

在空闲的时候,我喜欢把玩它。一遍遍吟味,读着和嗅着一九七八年的社会气息、文学热情、民族关系,以及一股亲切的油墨味。

2009 年 5 月 28 日北京

袍子经

世间有一个流行,不知从什么时候起潮起潮落,经久不息。近些年来人们从西方国家认同了它,并且以大致是肯定的语感,把它译为"时尚"。而据我看,把西方之fashion译成"时尚"多少缺了一股俏味儿;不如使用"时髦、流行"等语更形象,也不如后者更具对风潮的审视与批评的用语余地。因为"时髦、流行"的基础内容,常是以历史和文化形态为根据的、人群的服装。

我也曾经被卷入一次时装大潮。只不过服装是蒙古袍子,舞台是千里草原。回想那时,我们对袍子的着迷和喜爱,远远超过今日都市里的红男绿女。那才是不仅风靡社会,而且蚀入骨髓的大 fashion,它如同魔法之衣,穿上以后,就永生都脱不下来。

1

到达草原的最初几天,我们的中学生的眼睛被夺目的色彩烧得几乎疼痛。大草原的色彩还不仅仅是绿色,它沉重起伏,奥深几重,草叶风声都带着一抹富裕。和自然相呼应,人的色彩也毫无窘穷的因素,我记得自己痴痴注视着那些踩过泥泞、踢着草梢的马靴,注视着五颜六色的镶边袍子——难道这是一穷二白的中国,难道这是那个蚂蚁般奔波在水库工地、穿着臃肿的黑棉裤的群众吗?

第一瞥往往有震撼的力量。后来我们很快就穿透了表皮,开始被生存的真实教训。但是第一眼瞥见的异族情调,以及那从骨头到皮肉的自由浪漫,却即时地被烙上了我的眼睑,左右了我一生的视点。

和南部相比,乌珠穆沁的服饰非常鲜艳。外行人所说的蒙古袍子,其实有至少两个以上不同种类。南部黄兰各旗和苏尼特一带的袍子是"三道边",据我们乌珠穆沁人看来过于单调。我们是在那个滥用了红色的年代,唯一使用锦缎装饰的地区——我猜能与我们并列的,也许还有维吾尔人坚决不向裤子投降的裙子,以及藏民缝在皮袍边上的拉薄豹皮。

锦缎是当时牧区向内地追求的唯一奢侈品,用来缝成乌珠穆沁袍子的镶边。一般说来男子尚金红,女人用银绿。六十年代不言经济,袍子上用的金银缎镶边也窄得很。

和一些比较有板有眼的社队比,我们大队发给知识青年的马鞍衣裳都是旧的,但正因此我们队的伙伴们打扮起来后完全乱真,而且因此在心理上也更多一份皈依牧民的倾向。

当然,像季节一样,袍子是从夏季的布袍子,蒙古话叫"特里克"开始的。我最开始穿的是一件灰蓝色的绸面布袍子,给我的时候已经有些破旧了,但是它肥大合适,样式是地道的乌珠穆沁式。可以说我穿着它学会了骑马和放牧生活的初级阶段的一切本领,完成了对游牧生活方式的认同和习惯。

先是秋天的淫雨,然后是次年夏天的暴晒和各种摩擦撕拽——抱牛粪、睡野外、大雨浇透后再烤着骄阳蒸干、粗野的打闹、危险的落马、唰地跨上马鞍与鞍钉的磨砺——我的第一件蒙古袍子被磨烂了、撕破了、穿旧了,插队草原的翌年,当季节刚好轮回了一个周期以后,我暗暗吃惊地发现:自己已经两颊粗糙,袍子已经破旧褴褛,我变了。

蜕下的壳后来不知丢在哪里。可能被我家的莲花嫂子当了襁褓——第二年五一节之夜,她生下了被后人喊作五一的女孩。

蜕变期的人，若是没有那张照片，只怕也会从记忆里丢失吧。幸亏那时我们有一台一百零三元的上海牌相机，有一天模仿《静静的顿河》的插图，一人照了一张"格里高利"，而我那张，后来被我多次印在自己的作品集上。

我非常喜爱那张摄于二十岁那年夏天的，旧袍长杆，马吃草，人年轻的照片。它记录着那个时期的一切细节，特别是它记录下了我们变成牧民的纯度和自然。而那一切的重要，不用说当时的我是没有留心的；理解那一切要耗用漫长的时间和经历许多体验。

第二件袍子是布面的羔皮袍，蒙语叫"伽布卡"。由于北方游牧民族的奢侈和装饰习惯，发给我的这件伽布卡上，用的是不耐磨挂的团花紫色丝面——它的光鲜艳丽的时候早已过去，在随我进入的繁重牧业生产中，丝一根根抽落着，终于掉下一块圆圆的团花。一个月后又掉下一个。冬春的雪季结束时，前襟已经没有掉面，露出光板的羔皮。

这件使用八十张羔皮才能缝起的伽布卡，要在后日重新掉面子——后话不提，先记一下我的第三件袍子，蒙古草原上传统意味最浓的厚羊皮大袍子——"德勒"。随着一年时光的流逝，种种肤浅的表象以及经济骨架人际关系

五一诞生那一年。摄于1969年

都已经浮沉稳定，穿着八张大皮的德勒的我们，渐渐也落在了自己的阶层位置之上——毫无疑问，由于没有作为游牧生产的基本细胞，即家庭的支撑，由于我们只是单身的劳动者，更由于我们的收入过于简单而支出却难以节约，那时我们成了一种总是在贫穷边缘挣扎的牧人。

用古老的牛粪青烟熏成鲜黄色的、崭新的大羊皮袍子，在呼啸的白毛风中，在茫茫雪原的踟蹰蹒跚中，一天天变黑、油污、抽缩、压薄了。

毡包的小小木扉被推开，猛地卷进寒冷的风雪和冻僵了的牧羊人。冷得已经骨头麻木，人不顾一切地靠近炉火。但是在这种时候突然闻到一股刺鼻的怪味儿。

翻来覆去地找，没有发现失火的地方。最后才看见——袖口或肘弯处，羊皮袍子抽搐了一块，抽搐的中心已被烤焦。

很快烤坏的羊皮就破成洞。听任蒙古草原冬季的寒风灌进那个破洞，是难以忍受的。不补上肌肤会冻伤，所以我学会了用羊皮在袍子上打补丁。

羊皮补丁缝法不难。剪一块羊皮，再把这块皮子四圈的毛剪掉。然后挖掉皮德勒上烤煳的皮子，包括挖掉那些虽然没有焦黑，但是已经抽搐的部分。缝时，针脚缝在剪了毛的一圈上，让羊毛堵住洞。蒙古女人缝东西是倒拿针

少年时代

的，她们的补丁和原来的袍子合为一体，在折皱处一块起伏；但草地上的单身汉打羊皮补丁却学不会那种倒拿针的漂亮姿势。我们不过是胡乱把皮子钉在洞上，往往缝得羊皮揪扯着不再熨帖，穿上这种补过的羊皮德勒以后，贴身经常走着一丝嗖嗖的凉意。

我的这件皮袍穿得黑乎乎的，究竟上面打着多少个羊皮补丁，已经不能算清了。只记得直到第三个冬天它还陪伴着我；那时它又黑又油，前襟完全撕烂，羊毛从破洞里露出来，新补的皮子一块连着一块。

但是它为我抵御了蒙古草原可怖的严寒。羊皮的保暖性是奇异的，哪怕是滴水成冰地冻三尺的三九四九（蒙古牧民是数九的），牧民们在羊皮德勒里面也是精身赤膊。知识青年们大多贴肉穿一件衬衫，顶多有人穿一件绒衣。由于后来它粘涂了过多的油腻，以致几次在雪地露宿，我都觉得风没有把它吹透。

在成为牧民以后的第二或者第三个冬天，我觉得这件德勒变轻了，也变薄了。记得那时总费力地回忆第一年臃肿如球，爬不上马背的情景，而且心里感到不可思议。

语言在嘴里说得愈来愈快，袍子在身上穿得愈来愈破。但是在那些与马儿、蒙语、袍子、羊群共消长的岁月里，我们的身心发生了巨大的蜕变。从体质到关于美的观念，内蒙古，赋予了我们在日后才懂得的强大基础。

2

在冬雪还在继续加厚变硬的时候，我的裹在那件黑黑的羊皮袍里的心，已经在幻想来年自己要争取的形象，那是不折不扣的爱美，有时幻想得居然心里作痒。

草地俗言：男要俏，一身皂。我一直盼着好好挣下工分，来年夏天到公社供销社买二十尺黑布，让嫂子和额吉（母亲）给我缝一件漂亮的特里克。而且领口的里子，一定要用天蓝色，我甚至存了一小块天蓝色的布，在右胸的扣子，要设法搞到两颗银制的。然后一身黑，骑一匹黑马——关于黑骏马的发想，虽然主要来源于游牧民对于马的观点，但也有一部分是为着与这种黑袍骑手的形象相和谐。

——遗憾的是，缝一袭黑袍的愿望最终也没有实现。黑马虽说骑过，但那是哥哥阿洛华的。我拥有过黄马、青马、海骝马、白马等若干匹马，但是没有在名义上拥有过黑马。袍子也一样，虽然穿过数不清的纯粹牧民的特里克伽布卡，但是真的买布的那一次，却没有买到黑布。尤其在刚刚离开草原后的头几年，我一想起这一点心里就禁不住如涌的缺憾。在生命的青春时代，我最终也没能够看见自己可能的、也许是美的样子。

不仅黑，还有白。那时的乌珠穆沁，在夏季流行镶金银边的白布袍子，可能风习一度成为过传说。后来，有一位蒙族作家向我打听：听说乌珠穆沁穿白袍子？我很得意。但八十年代归省探亲时，牧民们却说：那是因为穷啊，现在谁穿白色！弄得我愕然无语。

其实白袍和黑袍一样漂亮。它们好像对立，却有相通的本质。夏季草原上驰过的尚白骑手，连影子都显得轻捷明亮。如果鞍上的黑衣给人一种难以捉摸的美感，那么乘马加白衣则给人一种年轻夺目的光彩。只是，对往事和历史不能苛求，当年我们没有太多的追求漂亮的余裕，那时我们达到的，主要是在粗陋穷困中，体会一些特殊的美。

比如，在穿戴着三张大羊皮缝的皮裤、八张大羊皮的德勒、十几斤重的一双毡靴、头上还必须戴皮帽的隆冬，男子们流行把袍襟系得高于膝盖。可以说男女的着装区别，就在于袍襟在膝上或是没膝。邻队吉林宝力格的小伙子们把这种时髦发展到了过分的地步——他们在严冬腊月，把巨大的羊皮德勒整个提到腰以上；让前襟后摆仅仅遮在腰下一丁点儿，刚好遮住一个屁股。这么一来，袍子在他们的屁股上头兜成一个硕大的袋子,垂挂着把腰带完全挡住。

刚刚和他们打交道时,我们觉得吉林宝力格人的打扮,乃是一种草原二流子的样式。我们队里的蒙古牧民也骂他们:"xinji——",意思大致与汉语的"德性!"相当。但是,时髦的力量是不可抗拒的,不知怎么搞的,我们也莫名其妙地把袍襟愈提溜愈高,尾随上了吉林宝力格那伙现代派。

只有五十岁以上的老者,才把腰带系在胸下腰上,让袍襟垂过膝头。由于对老人的称谓之中"阿伽"偏多,因此我们把那种穿法称为"阿伽式"。用这个词议论年轻男性时,含义当然是嘲笑的。顺便提一句,长久以来,见于舞台上的蒙古舞蹈或演唱,着装大多属于半男半女的"阿伽式",直至半裸的风习浸染,他们才把袍子提得高了起来。

那时除了吉林宝力格的时髦外,使人时而感叹的,是女人的身材。

在都市,风衣或者连衣裙的精致剪裁,可能相当大地掩饰人的身材,而冬天草原上的三张大羊皮的皮裤和六张皮的大德勒,却无论如何也应当消灭一切胖瘦和体型,把人类一律变得臃肿。

但是不然。甚至冬日包裹上厚羊皮以后,草原的竞美才刚刚开始。习惯,还有严寒,使人的动作仿佛比夏天还敏捷——而动作既然不能干扰,那么,人的美显化的仪态,就可能显现了。剩下的只是大自然赋予的躯体。

乌珠穆沁总使人回味无穷,总使人感到神秘的一个原因,也许是它的牧民们内部——那种体质构成的丰富。

有时不能不为积雪的勒勒车旁、为昏暗的牛粪火对面的那些女人的身影赞叹。在弯腰铲起一块隔年的燃料时,在跪下挤着带犊的乳牛时,在拉过客人递来的马缰时,有一些女人的腰肢奇异地在厚羊皮里面被勾勒出来。绝没有一个人在冬天议论过这个话题,但也绝没有一个人没有觉察这一点。她们本人更不会谈及,甚至我猜她们根本不曾意识到这一点;冬天毕竟是冬天,严酷又难熬,人只求取暖。左邻右舍都穷,哪一个都是光板羊皮,黑污褴褛。

奇怪的是,就像木船帆船入画而军舰轮船不入画、泥屋石桥入画而楼房铁桥不入画一样,乌珠穆沁冬季穿着大羊皮袍子、但是却修长姣好地在雪地里忙碌的女人身影,使人不仅难以忘怀,而且回味不已。

仿佛是一个错觉,又像是一个思路。我觉得无形中接受了一种启发。无论人怎么贫穷,如果美就不会埋没。而且,那样存活下来的美更富有韧性。

3

天真的我们,那时常常天真地做事情。比如有一段时间,我们纠缠着老人"访贫问苦"。

在汉语中,"贫"和"穷"两个字含义是不一样的。"贫农"传达的感觉,决不能变成"穷农"。但是这个文字游戏在蒙语中完全不存在;翻译成"贫牧阶级"的蒙语,其实就是穷牧民,它只是一个描述的词,并没有汉语中的暧昧、粉饰和转义。

我那时从观念到语汇,都不懂得这个道理。访贫问苦时作时辍,终于到了第四个冬天。

经过了四番酷烈的巡回以后,服装的时髦被自然和生存两条鞭子抽打得跌到了边缘。其实我们在濒于边界的时候正临近一个转变:是振作起来寻找新的形象,还是在衣不蔽体的日子里消沉。

有一次,和李仲祺一块在一个老大娘家里喝茶,闲谈中又问起了"贫牧"的事。

"穷牧民是什么样的?……嗨,过去的穷牧民,就和你们一样呀!"她打量着我俩的破衣烂袭,感慨地说。

接着她抚摸着仲祺的缕缕飘扬的布条条,嘴中啧啧有声。仲祺的伽布卡已经烂光,除了后背、胳肢窝、领口上

油画《乌珠穆沁的司机》。张承志作品

下以外，完全露着千疮百孔的光板。偏偏原来布面又是红色的，烂剩的布粘在皮板子上，见风就飘起来。

然而仲祺毫不在乎，雄赳赳地在营子间昂首阔步，在马鞍上浑身红布条飘飘。那时文化的潜意识已经顽固地形成了，我们都觉得不穿袍子就无法乘马，所以仲祺也一样——只要他的烂红袍还能用带子系在腰上，他就一定要穿上它。

然而老大娘注意的不是文化而是穷富。她抚摸着，拨弄着仲祺肩头的红丝穗穗，唏嘘着叹道：可怜呀，yadao hūn，真和过去的穷人一样呀！

——我感到新奇和震动。她口气散漫地使用的"yadao"一词指的是单纯的穷，这个词丝毫没有阶级的意味。我心目中的一个框架在她的声音中崩溃，而另一种新鲜的东西却开始滋生。

她揭破了那时大部分乌珠穆沁牧民的生存真实和本质。在最艰难的时候，我们已经沦于浑身褴褛，几乎就要危险地失去一切，包括或美或丑的基础。但是，正是在那个边缘上世界曾经一瞬间赤裸无遗，让我们瞥见了它的底层深处。

——不用说我们每天都在为摆脱 yadao 而劳作，尽管 yadao 是受我们尊重的阶级。我的那件紫团花丝质伽布卡后来重新换了面子，用的是深蓝色的卡其布。后来我把它带回北京，由于长久不穿，母亲把羊羔皮拆下来给我做了一件短大衣。一九八五年去乌珠穆沁玩时，我又把它送给了我的一个卡车司机朋友。

冬春穿的大羊皮德勒，在分红后也新缝了一件，但是羊皮是从公社买来的。综合厂熟皮子时不像牧民用酸奶子熟，那几张羊皮被熟得变脆了，破得很快。后两个冬天里我轮流穿两件皮德勒。正当我渐渐为自己设计出了自己以后的冬季服装——里面穿一件二毛剪茬的大羊皮袍，外面套一个叫作达哈的山羊皮外套——的时候，大学招生改变了我的这条着装之路。

黑衣黑马的向往虽然没有实现，但在夏季的绚丽日子里，我随意穿着"家里"的特里克。东乌旗有一些队的知识青年与牧民之间，实现过相当深的家庭关系。穿着哥哥或嫂子的袍子，骑着毛皮闪亮的马儿，腰带在胃部以下厚实地扎紧着。绣着金银边的前襟堆在鞍鞒上，后摆压在胯下，沾不上马汗。那样的装束和骑马的方式浑然一体；穿上那种飘逸的蒙古袍以后，再骑上马会有说不出的快意和舒服。然后是颠簸散漫，然后是优越的心情和一天天养成的自由野性。

至今我还没有琢磨透彻，为什么北亚的游牧民族服尚长着，而中原农民们却穿戴短打。难道是因为，穿着长袍在马鞍上的那种奇妙的舒服感觉吗？

一九八一年我回去探亲时，额吉和嫂子给我缝了一件天蓝缎子面的漂亮特里克。串门时，嫂子总是卸下几颗镶玛瑙的大银扣子，让我换好后再上马。

这件袍子现在就挂在我家的衣柜里，夏天的有些日子里，我常常有种忍不住要使用它追寻什么的欲望。我常披上它，让它宽阔的袍襟一直垂到脚面。腰带当然也在，原样带着当年在草原弄成的折皱，我舍不得熨平了那些皱纹。

在短打的重重包围之中，我有时也会偶尔照镜子。双手拉直橘黄色的厚缎子腰带，把它摆在湛蓝的袍襟之前。我比画着，在那时琢磨着一种分寸。当然不要"阿伽式"，但是否把袍子穿成吉林宝力格的时髦样子呢？

但更多的时候不是穿，而是盖上它躺下。牧民在各个季节都是以袍为被的；在炎热的夏季午后，赤裸着肉体，把游牧民族的特里克盖在腰间。冰凉的袍子触感清晰，硬硬的镶边和银扣子摩碰着肌肤。那种时候会有一股静静的快感和喜悦袭来，我说不清它带给我的神秘感受。

1995 年 11 月

劳动手册

据说,时间不但能使记忆消退,还能改变真实。我不相信。我觉得流逝的时间长河只能冲磨得往事模糊,但不可能改变记忆的本质。

瓜和豆不一样,种子不一样果实就绝不会雷同。在不断涌动的"老三届"怀旧的思潮中,渐渐地,我感受到了这个道理。

对于记忆来说,有时需要一种证据。文物,就是由于它辨别记忆的作用,而被人们视为珍宝,视为价值连城的东西的。

对于我们浅若小溪的往事来说,有没有证明和判别的文物呢?

对于我来说,有过一件,但是丢失了。

1

插队到了第二个年头,猛地一个穷字,跳进了我们大家中间。当然不仅那时,其实直到最后离开草原我们都没有提过这个字——但是,它牢牢攥着我们的褴褛袍子,从来没有松开过一瞬。

我还是探亲在北京,或者是在山西陕北的窑洞里,才知道居然在我们之外存在着另一种插队——沙龙和沙发,钢琴和西餐,关押的爹妈和开放的女友,一月月邮局的汇款和一天天山沟的日子。

那时我压着心底的惊愕。有一瞬我突然感到汗乌拉队的知识青年们的亲切。我们队的伙伴里没有那样的公子小姐。我们三十个人虽然男是男女是女、快乐大方热情聪明,但是我们的家境大都清寒。阶级属知识青年的每一年,户籍在内蒙草原的每一天,我们都是把劳累换成工分,积蓄到年底再平均成日值——用自己挣来的一分一元,迎送了它们,养活了自己的。

大概还是从插队的第二年开始,由于第一年分红后全队知识青年几乎都欠了债,大家对出工默默地看重了。不是社会教育的什么热爱劳动,而是我们必须养活自己。在我的记忆中,穷冠全旗的汗乌拉队,没有一个人犯懒不接

与好友唐建安。

活儿,无非是在于什么活儿的问题上,有过两种不同的潮流。

一是放牧。在草原上,放牧是基本劳作。在纯粹的游牧业经济支撑的大草原,放牧携带着人的社会地位、邻里关系、技能和经验、人格和名声。在共产党领导下的漫长的牧业合作化时代,一切畜群归集体所有——而唯有放牧权属于个人。放牧权,有谁知道,并非每一个牧民都享有它。干辅助劳动的人,干泥水匠、打井搭圈、挖石头运木头的人,因为没有畜群也就没有尊严,没有发言权甚至受人歧视。

知识青年们为了拥有放牧权,在汗乌拉八十里方圆的草场上,付出了多少劳累呵。羊儿和马牛都是活灵灵的牲畜,若想使它们健康肥壮,人就要以身试寒,人就要白天接以黑夜地意识着它们生活。这对北京生养而且以都市学校为背景的我们来说,是一种近似脱胎换骨的要求。我们能学得十分逼真,但我们不愿蜕变。因此我们一天天劳累,渐渐感到身心疲惫。

再一类劳动是辅助性的,它近似于农民。诸如使锹抡镐搬石头和泥巴,要卖两膀子力气,可是雨雪天可以缩在火炉边,夜里更不用骑马走进刺骨的冷风。都市人比不习惯当农民更不习惯当牧民——因此各地知识青年大多进了这一门。脱了长袍换上短打,种地里的饲料大葱,把马绊了不骑,渐渐地放弃了骑马牧人的飒爽,只会说三句半蒙话,然后粗野地回骂牧民的嘲笑。

——草原世界中的两大类分工,是自古典时代(如果可能随意地把《元朝秘史》记载的十三世纪定为一种标准的话)以来,亘古并存的生产劳动。和那些只因踩了两脚五七干校的泥巴就絮叨不已怨恨十年的知识阶级不同,我们的汗结成了碱,渗进了古老游牧生涯的苦涩长河之中。我们两手黏腻地接生的羊羔,繁衍了北国羊群的一份;我们挖出的井水,今天还在被牛马驼羊饮用。

那每一天的苦累,都记在工分本子上。

2

工分本的正式名称是"劳动手册",蒙文与汉字并排印在一个灰蓝色的粗糙封皮上。后来学了蒙文,那个词,那个读作"hudelmuri"的蒙古词汇,就烙进了我的心里。

大队里有个瘸腿会计,一听见人说他是酒鬼就快乐得连连点头。每天醉醺醺的,鬼知道他怎么居然能把我们的底细摸得那么透。在任何一个公社社员的劳动手册上,都密而匀称地排列着他的手迹。他的阿拉伯数字写得非常漂亮,使我们(老牧和知青)这些卖力气的不能不叹服。第一年的年终分配时，我没有在意。但是第二年，我读着瘸会计娟秀的一排排数字，读出了那行间潜伏的一股冷酷。

　　每月借支十五元，全年共一百八十元。探亲借支二百元。冬季卧羊（屠宰过冬食用羊）六只，大四小二，大的每只六元小的每只四元。借羊皮八张缝袍子，每张皮折价三元……

然后是工分。

　　放羊：一月份二十天，每天七分；二月份二十三天，每天七分；三月份二十五天，每天七分……剪毛：六月份四次，每次六分。修圈：十月份共五天，每天五分。浚井：一月份两次，每次三分。打马鬃：五月份一次，七分。装大车一次：四分。运草：八月份二十六天，每天七分。运硝：一月份六天，每天八分……

细细地读着，心里漾起了反感。难道我只挣了这么一点工分么，对醉眼蒙胧的瘸会计的怀疑膨胀起来。有人掏出纸笔，一副数学家的神色，开始核实。但是没有用；漫长的一年时光里曾经有过的每一次花销——包括在队部开会时吃过的一顿羊肉面条,笼头断了的时候从仓库割下的一根皮条,都清晰地被折合成一个小小的数字,被瘸会计潇洒地抄在那小册子上。

一年的劳动挣下了上千的工分。若是我们的大队像邻居白音图嘎大队那么富,一分折合三毛钱,那么扣除一年支出的几百元后,分红可以有四五百元。但是我们队名叫汗乌拉,我们空有卖不出去的两千匹马,但是没有人家白音图嘎的十万羊群——我们的劳动日值,一天八分只有六毛多钱。干了一年,入不敷出。知识青年因为探亲路费数目大,第一年几乎人人欠账。

——合上小本子,粗糙的灰蓝封皮上蒙文的 hudelmuri debder 和"劳动手册"四个汉字,静静地并排望着自己。不由得叹了口气。有生以来,那是头一次面对沉重的生活发出的、大人气的叹息。

3

今天时隔二十几年,我固执地忆起了那个灰蓝封皮的小本子,更不知缘由地想着那两排铅印的字,hudelmuri debder 和它的译文"劳动手册"。我多么想重读一遍啊,再也没有比它里面的排排数字更真实的报告文学、游牧经济学、人类学和社会学，也没有比它更深刻的日记。我的草原履历，我的牧民史的每一天包括休息玩耍没有"劳动"的空白，都不差毫厘地一一记录在案，写在那灰蓝色的封皮里面。

那时的我们是那样勤奋。一群羊一个白天只有一个放牧工，七分；我们住在牧民家抢着放羊，结果却无意中在和自家的哥哥或阿爸抢工分。意料到积极劳动背后的利益分配，是一年之后的事——但是应当赞美那时的牧民是豪爽大度的，他们更感兴趣的是教会我们放牧。只是瘸会计的算盘一分难加，最终知识青年纷纷离开了牧民家，时称"出包"。我敢说汗乌拉队当年的新老牧民都更看重了情分：同住期间争着干辅助劳动补充收入，被生产队驱逐出包时也没有伤害感情。

早期每月二十多天的放羊记录，意味着我哥阿洛华在寻觅其他活计。后来打井拉草的记录多了，意味着我在礼让。在草原上，我用蒙语教过一年小学，讲课日子每天七分；和几名知识青年伙伴单独接过一群羊，日夜各七分——不过，当年并没有像今天一样计算。那时不在乎。

最难忘的一次苦活，也许是一九七〇年冬天，去邻近的宝力格公社陶森队拉硝。那是一次雪原上的重体力劳动。夜夜铲个雪坑，和牛一块儿露宿在冻土上；刨开厚冰，一锹锹挖出恶臭的硝泥。牛累垮了，鼻绳拉断也卧地不起。没有热饭，啃一块冻得铁硬的骨头。后来，我把它给我的感受写成了一篇追述那雪路的小说，但是我忘了说明一句——只有受那样的苦，才能挣到几个八分。

今天才觉得应该准确地记录工分数目。今天我觉得，毫厘不差的工分记录，说明我们曾和边疆底层的牧人同属一类。我们仰仗着一分分记录下的沉重劳动，养活了自己，维持了社会。在轮番的严寒酷暑中，马匹承负着我们牧人，我们承负着时代的命运，没有丝毫的特权。

那些岁月像流水一样，没有谁能记住漫漫的一点一滴。那些岁月周而复始，虽然沉重但是更单调。我们渴望更加多彩的生活，于是我们离开了。走时我们只知本质流淌在自己的血液里，而忘了带上那灰蓝封皮的记录。

4

现在才感到深深的遗憾。但是，并不是因为丢失了自己青春的文物或阶级的证明，我才抱憾不已——我只是想一天天地回忆。灰蓝封皮的劳动手册已经丢失了，所以我的回忆也就不可能再清晰。一切依然如故,往事迷蒙如水,结论简单果决。我不仅没有带回灰蓝封皮的劳动手册——也没有带回一天天一年年的草地的 hudelmuri,我不该奢望带回汗水和艰辛,不该强求带回褴褛和饥饱,我应该记着带回来而且不断地继续从草原补充的,是劳动的启示。

其实骑着马奔跑或者穿着毡靴跋涉雪路的感觉从未消失。以前我以为它是一种感情带来的幻觉,我没有琢磨它的滋味。

现在我觉得一种轮廓在清晰起来。

debder,也就是本子并不重要,重要的是蒙古语中的 hudelmuri,即劳动一词的内涵。在我的感受中,它携有着强力、劳累、野外、下层的气息和魅力。它动荡不已,不知驻足,就像二十岁的青春一样。它虽然和养家活口的谋生结合在一起,但是它的本质是动,是活鲜的生命。

向总是絮叨着"老三届"、"知青",争论着往事是浩劫还是不悔的旧日朋友道别,我更愿寻找新的激动。

其实,在一个透明无形的、新的手册上,我们的一举一动已经被记录。留恋那个灰蓝封皮的本子,是因为昔日的劳动在今天显出了珍贵——明天或者在最终回忆的时刻，人们会怎样判断他们今日的行为呢？

　　我只能判断自己。我的马儿正在泥泞雨雪中迈进。生命虽然衰老但是它鼓动得更狂热。我要远离怀旧的合唱，为了明天那感动的回忆。

1995 年 5 月

汗乌拉

汗乌拉一共有几处？这在锡盟不容易弄清楚。在乌珠穆沁，著名的汗乌拉（蒙语：王之山或山之王）有三座。据我看来，当然我们的汗乌拉又是这三王之中的大王。

首先，我们的汗乌拉坐北朝南，两襟分别是那两个小王：沙麦汗和西乌汗。其次，不仅位置在地理风水之正中央，而且上面一字甩手并排九堆大敖包——汗敖包之祭，按牧民讲，只要白色食物（奶酒奶酪）一供，天灵地感，立即落雨。第三，我们的汗乌拉山北，是一片密密丛丛，大小地名数十个，丘陵沟壑重重。山南一马平川,开阔草原——而这西南的开阔地两翼各有一条竖山流脉而下，沿这两道小山脉，凿地九尺便是一口好井。第四，我们的汗乌拉形状庄严，两襟舒缓，山顶高耸，像一座低平的金字塔。山顶与山腰相连处，独眼般生着一簇杏树。

我当知识青年时,经常和其他汗乌拉籍的知牧(按"干群、警民"等汉语新词读解)恶战,争论山头的大王小王问题。他们说:爬上那个汗乌拉能看见内蒙古四十九旗。我就说:我们这汗乌拉上头能看见外蒙古五十一旗!抬杠顶牛到了极端时,问他一句:"你们那山有山眼睛吗?"非常灵,他们马上没词儿了。

风水学——堪舆之学认为:人杰地灵,物华天宝。这不仅仅在中原有超验之明,而且在草地也不敢小视。

大名鼎鼎的摔不倒(用马杆在马疾驰时套得它一跤摔倒)的儿马——安巴·乌兰,乃是在汗乌拉山麓长大。同时,传说般的黑马五兄弟,也是汗乌拉马群的明星。在全旗知识青年中最出色的好狗(能辨别全东乌旗知识青年气味)奥登·阿尔斯楞(无尾狮),又是汗乌拉的出身。六十年代某年大旱饮遍六群马十群牛几十群羊仍不枯干的无底井泰莱姆·忽都格,亦在汗乌拉区划之中。

人更是如此。笔者本人敢以一支笔求生存,当然全是因为汗乌拉风水的缘故;而我终生认为的导师,哪怕时事逝去二十年仍然认定她是导师的我家额吉,也是在汗乌拉草原创造了她不朽的人生。此刻,她已经七十一岁了。

走遍北亚半个世界,才深刻地悟出了汗乌拉的存在方

我与额吉。摄于1969年

式。见识了各种各样的牧区,才知道汗乌拉草原的富饶。

东北角有险山,足以抗御寒风危难;西南角有大湖,似开放似阻拦。西北连向古歌《阿洛淖尔》,使儿童从小知道憧憬,东南条条大路,把内里和外界相连。——加上北方一线连山,南方一道碱滩"戈壁",汗乌拉圣山居中,享有八十里方圆。如此的地理,简直是绝了!

——我的文章,读着知之者会深得三昧,不知者会觉得我故作大言。我并不想辩解。我只为知之者写,也只为抵抗将来的文化侵略者写。十九世纪的汉学大师 Jakob de Groot,在其巨著《中国宗教体系》(*The Religious System of China*)中入木三分研究了中国民间思想,最后还是以一顿训骂收尾。值此世纪末,会有人向如同汗乌拉那样的腹地深处插手的。在他们的洋洋万言之前,我的小文会成为一块小小的"石敢当",等着杀杀他们的锐气。

无论如何,外人永远也看不见汗乌拉草原除了斑斑营盘座座毡帐外没有一间土房的风貌了。也看不见树关节砍成的轮瓣、半圆的毡圈、白布缝的袍子、自己舂的黑炒米了。也看不见两千匹马一齐狂奔时的伟大景象了。真知灼见仍在生活的、真实的人们心里藏着,尽管汗乌拉山永恒不变地矗立不动。

1991 年 4 月

狗的雕像

在大时代里可以怀念人。司马迁生逢其时,所以总结那雄奇时代时,他的一部部列传写得笔下生花。《刺客列传》是伟著《史记》的压卷之笔,永远地发射着难言的、异端的美。

活不在那种时代则容易怀念狗。

比如苏联就制作过一部狗电影《白鼻姆黑耳朵》,让人感动不已。近年来狗电影、狗电视、狗文学不用说养狗之风都常盛不衰,不能不认为其中深藏着人类的时代感和潜意识。

在日本,连狗都知道在东京涩谷车站前面有一只狗的雕像。不用说,带着一个动人的狗故事:主人一去不返,那狗却"死心眼",死死地在那儿等,一直等得死在它与主人约束的地方。

世上狗文学的主流大致上是吹嘘；比着吹自己的狗的奇、猛、忠、灵。不节制的例子，有描写狗不仅跟狼咬而且跟豹子咬的。而我见过的狗却都很平常，平常得像一堆土。

那是在乌珠穆沁，我在那儿插队的第三年。不用说，牧人家都有几条狗；我家的几条狗中，有一条名叫吉里格。这种狗名字其实不算名字，草原上吉里格这个音类似于狗的通称也类乎一种唤狗的声音。

吉里格可没有那种斗虎斗豹的奇遇记，有没有直接与狼厮咬过，也弄不清楚了。它只是一只忠实的北方牧羊犬，壮健多毛，脑壳硕大，浑身是黑色，喜欢卧在包的正南方——监视着一切走近的异己者。那一年它大约是十七八岁，已经老得不能再老了，眼睛呆滞、瞳孔混浊，嗅觉也已经失敏。牙齿软了，额吉每天留心给它弄些稀食喂。它搂着一块骨头左啃右啃咬不下肉来的时候，额吉默默地蹲在地上陪着它。

那一年不仅仅是狗虚弱的一年。我插队住进的这一家牧民，因为说不清的复杂家族关系，在政治上正处于一个或者光荣地留在革命阵营，或者危险地陷进牧主阶级的边缘。草原不动声色，但是阴沉地把一种薄薄的恐怖气氛送过来，让它弥漫在我们家那顶灰旧毡包的四周。

——不是那时身在其境，不是那时身困其间，今天我是绝对无法体会也无法总结的；那时我们被身份和地位而鞭挞，我们这个家族包括我这名插住其中的知识青年，都在忍受人类最卑鄙的本性之一——歧视。

谁都知道，但谁也不说的东西最真实。

那个冬天来我家毡包串营子的人依然很多。我们包里的成员，包括刚刚四岁的男孩巴特尔，神色中都有一丝小心翼翼，有那么一点逢迎和胆怯。有两个例外：一个是我，刚满二十岁的我那时虽然感到压力很大但是心中不服，受不了那些趾高气昂地来串营子的牧民。对他们我冷淡而怀着敌视，但那座毡包不由我做主，说透了我是这个包的缘分更远的客人。一家之主是额吉的独子阿洛华哥；他那赔笑脸说奉承话的一天天的日子，真叫我讨厌透了。还有一个例外是吉里格；它老糊涂了，忘了世态和处境，有时会突然闷头闷脑窜出来，咬住人的毡靴不放。它的牙齿已经没有劲头，齿尖也没有了锐利，所以一般是能吓人一跳、咬人一疼，而不会咬出血来。

真是那样：人弱得没有说一句硬话的勇气，狗弱得一嘴下去咬不出血来。然而这一切并没有突发事变，并没有戏剧性和什么特殊性，日出日暮，四野茫茫，积雪平静地随着寒风变厚着，一切都循着秩序。当一天天都是有苦说不出来时，那苦也就无所谓苦了。

那一年我家最怕客。准确地说，是我和额吉两人厌恶客人。那个冬天的客人中，有不少人有那么一点像涩谷狗前面的西服醉鬼：说他坏似乎又没有坏到该揍他，说他不坏他一丁点儿一丁点儿地欺负你的心。额吉是一切的原因，因为她的出身问题（她已经是老太婆了还是逃不开出身！）弥漫而来的不祥空气，压得我们喘不过气来。

整个冬天我心情烦躁。冻硬的牛粪绊着脚，羊群渴盐硝已经急得啃围毡和车辕了。天空一连两个月阴霾不开，不下雪，只是白毛风刮得积雪一天比一天硬。下午四点钟羊群回盘，我们忍着冻忙着圈里圈外的活。最后忙碌完了钻进包门时，冬日的草原已经漆黑了。这种时候人全心全意想着的只是热腾腾的羊肉面条；而往往在这种时候不速之客报门进来了。

如果是能称之为朋友的客，人谁都不乏好客之心，更不用说牧人。但是若来一种心理上怀有一分欺主之意的客，那一天唯有的喘息和暖和就算完了。

七十年代初,草地上很盛行这一套。成群结队到了一家门口,进门后热热闹闹地扯皮,气氛快活融洽。而主人多是四类分子、牧主富牧——贵客临门赶紧张罗还唯恐不及,谁还会去计较微乎其微的心理!我曾在一篇小说中写到过这种天天迎接欺主之客的人,他每个月打发这些来客要用一二百斤粮食(《北望长城外》)。不用说,这一套是轮不到我家的,因此那时和以后很久我都没有认真思考过人性的这一面。

我住的阿洛华哥家轮上的,是近似歧视的一种交往。我当时只是极端地反感,但是狗咬刺猬无处下嘴。然而,老狗吉里格可是不管有刺无刺,该下嘴就下嘴。它老透了,老得失去一切判断和分析的能力,老得鼻头眼睛黏糊糊分辨不清,它只凭一个大致的好恶,并且本能地行动。

那一天是个晴天,羊群疲惫地走不远便大嚼起来。中午我哥来换我回家喝茶,我就离开了羊群。

拴马时看见牧民 A 的马,配着他漂亮的银鞍。我进了包,看见额吉正在招待 A 喝茶。我端起茶碗顺便坐在门槛上,和 A 问答了几句。

这一天的 A 和往常没有什么不一样的地方。喝着茶,扯扯天气膘情,草场营盘,半个时辰后他告辞了。

吉里格突然一口咬住了他的腿。

A惨叫（该说是惊叫）时，我们都没有弄明白发生了什么事。一向蹲踞在毡包南线面对辽阔原野的吉里格，不知什么时候守候在门口，而且似乎等候一般把大黑脑袋紧凑着门槛。很久以来，它不吠叫了，有时无缘无故地低吼几声，嗓音浓浊，分辨不清它的心情。它闷声闷气就是一口，咬住了A刚刚迈出门槛的靴子。

我反应过来以后马上想到的是：A不会受伤。吉里格的牙齿已经全坏了，以前我也曾被它咬过一次，毡靴筒上只被它的牙床嵌出几个小坑。但是，A似乎受了不可思议、无与伦比的巨大惊吓和摧残，他好像被咬漏了脑壳，那藏着已经很久的邪恶一下子泄了出来。

他抡起马棒打狗时，我的嘴角还残留着一点笑；额吉甚至还带着歉意地替他呵斥吉里格。"滚开！……你这疯狗！……打，狠狠地打！"额吉喊着。

但是，打狗的客一旦动了手，就不仅仅只想出一下气或挽回一点面子了。A打了几棒以后，发生了一个倏忽间的变化；他动怒了，决心要打个痛快，打出威风来。

我特别记牢了这个瞬间闪过的变化。这就是那种谁都知道，但谁也不说出来的真实。A与我家住得太近了，他和我哥的往来太频繁了，草原上今冬阶级复查的风刮得太紧了，四下里议论我们这个包的时候那敌意太明显了。A并不是自动与我们住得这么近，草场是官们划分的；他和我哥并不是朋友，接触多只是因为住得近；他是无可争辩的贫牧成分，他犯不着让那股蔓延的敌意也沾上自己的身。我牢牢看清了他要抓住这个碴口与我家来一场矛盾纠纷；尤其今天是晴天，家里只有老太婆一个人。

一两分钟之后，A怒吼的词汇已经变成"杀"，他咆哮着：一定要杀了老狗吉里格。

他抡圆了马棒（乌珠穆沁的鞭子都有一截圆木棒，有些人则用长马棒当鞭子），疯狂地打狗了。吉里格看不清楚，所以躲闪很慢。棒子重重打在老狗的肉体上，发出噗噗的钝声，狗看不见，便不躲闪，我听见它喉咙里咕噜噜地低声吼着，声音又粗又重。

勃然大怒、复苏了体内对我家的蔑视的A，可能不再认为吉里格是一条狗。衰弱的吉里格已经不会躲了，一动不动地立直身子，低垂着黑毛茸茸的大脑袋。马棒打在它的背上，打得它一晃一晃，但是它不会躲，不逃开。它浊哑地呼呼吼着，那声音——后来我久久回味过，但至今我不能讲明那声音里充斥着的，究竟是愤怒、是绝望、是抗议，还是轻蔑。而 A 愈打愈轻狂、愈打愈滋长了欺负人侮辱人的快意。"杀了它！杀！杀！"他单调地骂着，充血的眼里闪着罕见的凶光。

不知这一切都是怎样发生和转变的。A 从吃惊（也可能还有疼痛）到发怒打狗，再到决心杀狗欺主——其实是杀狗斗主，他要制造与我家决裂的斗争——，仅在一两分钟之间就完成了。同时，在同样的瞬间里，额吉也从吃惊、道歉、呵斥吉里格，而突然地转变为要救吉里格的命。

白发苍苍的额吉死死扑在吉里格身上，把狗压倒，用身体护住了狗。我万万没有想到，我简直不能想象，她居然会有这样的举动。

A 无法下手了。他举着马棒，围着额吉转着，寻找能下手打到狗的缝隙。但额吉拼死地伏在地上，掩护着吉里格，A 被瓦解了，虽然他还在骂骂咧咧——这是他这一类蒙古人的伎俩。他显然被震惊了，但他还要掩饰，他不知如何收场才好，所以只好尽着一张臭嘴唇不停地动。

我看见，侧面山冈上，笔直地冲下来一骑马。阿洛华哥发现了家门口的动静，他赶回来了。那匹马笔直地冲下陡坡，溅着一条垂直的雪雾。

这就是我，刚满二十岁时的我目击的一次打狗欺主。

这也是我第一次面对面地看到对人的欺侮。那时我没有懂得这种罪恶源于歧视,我更不可能想象当时我认为已经被压迫得气闷的牧民,在未来也可能去歧视别人。

这件事刀刻一般留在了我的心上。不论岁月怎样淘刷,直至今天我无法忘记它。也许,连我自己也感到古怪的、关于我和那位蒙古老人之间的感情,全是因为这个基础。有朝一日,倘若她的后代远离了那种立场和地位,或者说倘若他们也朝着更低浅、更穷的人举起马棒的时候——我和他们之间的一切就将断绝干净。

阿洛华哥马到门前,为 A 造成了下台阶的机会。他不用尴尬地对着一个褴褛的老太婆举着马棒了,但是他可以同儿子继续斗。

我没有介入。我哥的囊脾性早叫我烦透了。他是绝不敢一斧子、哪怕是一鞭子抡向 A 的。隐隐伴随了他多年的低下地位造成的软弱,使他也练就了一副嘴皮子。他只敢说,决不敢动——两个汉子吵了个天翻地覆,吵到太阳下山,A 累得回了家,但是不仅没有惩罚也没有决裂,一个月后 A 又恬不知耻地常来常往了。

A 来串营子时,不敢用头往包门里钻,而是用屁股拱开门,倒着进包。我看见他就恶心,不过,这种人太多了,我后来也就司空见惯。

其实吉里格睬也不睬他。吉里格对 A 如鲁迅所说，采取的是最彻底的蔑视。A 以后每次来串包，都换不来一声狗叫。吉里格远远蹲在包正南方的草地上，正襟危坐，凝视着茫茫的草原。

吉里格终于衰老得到了那一天。

那是后来，有一次，它摇摇晃晃地觅食。那天太阳照得很暖。后来它晃荡回南面那片草地上，卧了下来。吉里格晚年的日子大致天天如此，在阳光下昏睡，因此谁也没有留心。

次日，它还卧在那儿。

再过了一天，它仍然卧着不动。我询问地望望额吉，额吉没有说什么。它那身漆黑的毛被风吹拂得掀动，我无法猜测它在做什么。

吉里格就这样，渐渐地溶化在我们家南方的草地上。黑毛皮溶蚀了，变得浅淡模糊。我们仍然不去惊动它。最后，应该说它消失了，那正南方草地上只剩下一个架影，像一丛芨芨草，像一个黑黝黝的土包。

翌年那儿真的出现了一个土堆，上面密集地长着意草。

暮年的额吉和吉里格。

那一丛草比平地高出一具狗身,永远地留在了我驻过青春的营盘上。

以后几年,甚至十几年后我骑马走过那里,眺望旧营盘时,总是能清清楚楚地望见那一丛草。

1992年12月

(本书收入时有删节)

北方女人的印象

这样就能回忆内蒙了。

在草原上当知识青年时我曾经那样地对我插包的额吉感到兴趣。那真是一种吸引；直至十年里怀着对她的激动写得手酸，后来终于下决心在《金牧场》里写了她一遍，仍然觉得笔虽尽墨未浓——我为自己受到的这种吸引久久不能理解。

一个知识青年插队的往事，到头来是该珍惜还是该诅咒，他的青春是失落了还是值得的，依我看只取决于他能否遇上一位母亲般的女性。

她们永远身怀着启示，就像她们能奇异地怀胎生育。

只要你有一颗承受启示的心，只要你天性能够感受——这样说对那些长恨自己没赶上插队浩劫的人是不是太轻巧了呢？可能是这样，但是我不关心他们的命运。

我只关心我的感受，关心源源给我感受的，我远在草原的额吉。

用了二十年时间我总算搞清了，我眼前浮动着她一生中一个个鲜活的形象。

十岁的她赤着脚，破袍子上系一根脏花布腰带。稚气未褪的她爬上太高的鞍子放羊去了。

二十岁的她有了第一个孩子。她把孩子裹在一块烂羊皮里听包外呼啸的风暴，她那时已经满脸冻疤神情憔悴了。

三十多岁她数数身边孩子闹成一团数不清楚；她怅惘地望着十岁的大女儿赤着脚，束住褴褛的小袍子爬上马背放羊去了。

四十来岁时她盼着再抱一个真正吃奶的孩子。儿女们大了使她孤单得恐惧，她对我痴痴地反复说着，口气使我感到她把我也当成了一个婴儿。

五十来岁，六十来岁，如今她差不多七十岁了，她把门前的车、缸、毡片绳头把断腿的马失群的羊把烂醉的汉子都看成一种古怪可怜的小宝贝，她眼神里的不安和慈祥使人心醉。她突然接到通知说她当选了妇联代表和劳动模范，但她听不懂这通知，她蹒跚地晃动着白发走去劝那两条狗别打架。

我站在她的身边。一天我觉得自己像个英雄力士般站在她身边时,我突然忆起那年她在山坡上教我骑马;那时她就像此刻正一边爽声大笑一边高声嚷着的她的儿媳妇一样。

我站在她的影子里看清了所有蒙古草原的女人。我深深地了解她们,我看见她们分别扮演着我额吉的十岁二十岁直至七十岁。

她们像一盘旋转不已的古老车轮,她们像循年枯荣的营盘印迹,在她们酷似的人生周始中,骑手和摔跤手们一代代纵马奔来了。

额吉赶开了那两条狗,转过脸对着我时还是嗔嗔的表情。牧民轻淡土地只是牢牢盯着生命,我和她在一起时总意识到自己和狗呀羊的一样平凡。"那个黄,它咳嗽,不是病,我早知道那天东山里跑来的那条狐狸有病。跑一跑停一停难道不是有病的狐狸吗?黄咬了它,那天夜里它咳嗽得我一夜没能睡。听说新来的女医生心肠好呢,你去给我求求那女医生行不行?哪怕只给两片药。"我上马求医去了,踌躇着不知人家医生信不信我。我回头再望望额吉时,她点燃了包里的炊火,我觉得那烟雾弥漫的毡帐就像一条小船在草海里漂动。

1988 年 3 月

(本书收入时有删节)

初逢《钢嘎·哈拉》

算不太清了,可能是在一九六九年冬或一九七〇年春——反正是个冰天雪地的日子,我在东乌旗道木德戈壁公社的一个毡包里,第一次听到了《钢嘎·哈拉》这个歌名。"我们那儿的牧民不理那一套,有时候唱唱《钢嘎·哈拉》《嘎达梅林》什么的。"一个阿勒坦黑力公社的知识青年说。"《钢嘎·哈拉》……嘿,好响亮的名字。黑马,漂亮黑马,黑骏马,好响亮的名字。"我咀嚼着一股新鲜感默默地想。羊粪球在铁皮炉子里烧得噼啪地溅响,轰轰的火焰的低吼冲出直竖的烟囱,融入掠过包顶、席卷草原的寒风。

那是开一次民办小学教师会。回队以后,我照旧赶着我那几辆拖着我们游牧小学毡包"教室"的牛车,一个小组又一个小组地逛荡着,和一小伙一小伙穿着污黑的光板皮袍的孩子们度过我那些最珍贵的日子。

那些孩子是我在人生途中遇到的最坚贞的伙伴。而且我们还一块儿用那么多亲切的歌鼓舞了我们在茫茫雪原上单调的生活。他们的家长则是一些我的旧歌子的老师；每当一天结束了，我用皮条拴好包门，然后骑马到附近一家蒙古包里过夜。由于那户人家的孩子是我的部下，所以长辈们只好收起他们可能的矜持，用古老的歌和自制的四弦琴或马头琴招待我。

我记得很快。我一边听一边看也不看地把那些简直无法捕捉的长调用简谱胡乱记在小本子上。歌词也一样，我不求甚解就先记下来。

可是《钢嘎·哈拉》不同，我清楚地记得当时我拿笔的手颤抖了。我强压着激动使劲写着，偏偏钢笔水又冻住了，只好凑到炉火上去烤——我那根笔的塑料尾也早就烧掉了，露着套墨水囊的钢管——等我好不容易记下来这首歌时，我觉得手臂和脑袋都又酸又麻，只是胸中从此增添了一支神奇的、诱惑了我长达十多年的深沉旋律。

哦，这就是《钢嘎·哈拉》，我青年时代学会的最美的一支歌。它伴我在蒙古草原上度过了那么漫长的、使我心醉神驰的生活，又伴着我在告别这第二故乡、浪迹人间的求索与成熟的十年里迎送了那样多的体验。

十年里，以这支歌为代表的我的蒙古语基础和民族知识基础，使我终于把全部力量投入对它的研究。我一直固执地认为：对这支古歌的发掘，是理解蒙古游牧世界的心理、生活、矛盾、理想，以及这一文化特点的钥匙。后来，因为一两篇稚嫩习作的发表带来的文学创作契机的出现，使我决心写小说了——我当时就对朋友们说：我将来要写一篇小说，它的内容不管是什么，题目都叫《黑骏马》！

这种"题目先行"的干法近乎开玩笑，但事实上我真是这么干的。一九八一年秋，我抓住工作告一段落的机会，决心把这个天真的夙愿实现。我曾费神构思了不知多少次，但总是编不出来。时间一天天溜掉。我把歌子译出来抄好，整天对着它发呆。后来，我突然想到了结构——如果民歌在时间考验后证明是生活的精华的话，那么，这民歌描述的生活及民歌的结构，难道不应当就是作品的内容和这内容的结构么？

——《黑骏马》里唱到的那种生活故事和那种女性，在我眼前化成了我的嫂子，我的母亲，我的学生。十年后的一九八一年我去看望她们时曾有过的种种朦胧复杂的感受，都严肃地出现在我眼前。歌词终句中"不是"那个词

油画《长满艾可的山梁上有她的影子》。张承志作品

在强烈地向我闪烁着人生哲理的光芒。

说实话,在我的意识中,我从未把自己算作蒙古民族之外的一员。我更没有丝毫怀疑过我对这种牧民的爱与责任感,我也坚信他们总在遥远的北国望着我并期待着我实践对他们的没有说过的诺言。因为命运——这个词被许多人挂在嘴上并玷污得那么可悲——把我那么深地送进了广阔的草原和朴实的牧人之间,使我得到了两种无价之宝:自由而酷烈的环境与"人民"的养育。我庆幸自己在关键的青春期得到了这两样东西,我一点也不感到什么"耽误",半点也不觉得后悔。在生活之流的淘刷使我几乎坚信"友谊不是钢"这一格言的时候,我的蒙古哥哥寄来的每一封信都使我发冷的心又滚烫起来。人间是有真正的友谊的,而且它属于我——我在内心为此感到骄傲。

牧民在生活中的一个个影子在晃动着,仿佛在与我进行着一种纯学术的讨论。他们那么豪爽彪悍又老实巴交,那么光彩夺人又平淡单调,那么浪漫又那么实际,那么周而复始地打发生涯又那么活得惊心动魄。他们的生活那么洋溢着古朴动人的美又那么迟滞而急需前进。在这一切中,我深深感到了一种带有历史意味的庄严,感到了一种富有艺术底蕴的矛盾,感到了描写这种普通人民生活的教育意义,也感到了只有完成这种艺术概括,我和错爱我的那些牧人间曾有过的美好的一切才不至于再去忍受讥笑。

我不能放弃我对那些牧民的诺言和我上述的美学观点,所以我着意不去给《黑骏马》贴上一层"时代气息",或是其他形形色色的"新"的标签或色彩。文学中的庸俗功利主义写作是注定要被淘汰的。我只渴望比我年轻的后来人和其他朋友,在读了我的作品后能觉得这些牧民是伟大的,是值得尊敬、热爱和为之服务的。这就是我的目的。

就这样,我把熟识的几个草原女性的生活故事编织了一下,写成了中篇小说《黑骏马》。它不是爱情题材小说——我希望它描写的是在北国,在底层,一些平凡的女性的人生。

至于小说的艺术方面就不敢说了——由于我最终也没有捕捉到一种理想的形式,更没有把它写得丰满而有力;尤其是,我最终也没有达到一步朦胧感到的飞跃——所以我是带着多少有些懊丧的心情把它交给《十月》编辑部的。我决定了用民歌来结构它——每节歌词与一节小说呼应并控制其内容和节奏,但写作中我觉得这一结构在限制着我;我决定了用抒情的叙述语言来叙述它,但我也发现这种古典的语言并非最有表现力。每一种探索都带有一种限制。我感到自己在驾驭它们并使之和谐的过程中缺乏能力。这

油画《黑骏马》。张承志作品

是非常使人痛苦的。

不管怎样,时至如今我还是感到一种快感。我儿童式地想:反正我总算把这首歌唱出来了,可以有更多的人听到它和喜欢它了。虽然它也带着我的幼稚嗓音,笨拙的唱法和走了调的句子。

十几年前那个冬日毡包里悄悄潜进我心里的这支歌算是唱完了,我把更热切的希望托付给十几年后,但愿有一天我能尽情尽意地唱出其他歌子,唱出生活、历史和人民启蒙于我的一切。

1983年2月20日

午夜的鞍子

北京苦夏,想想都心惊肉悸。默默盯着已经大敞的夜窗,心里好像在叨叨着:快来啦,慢慢熬吧。

这样的方兴未艾的夏夜里,人容易忆起凉爽的草地。往事早不该再说了:包括山峦、营地、一张张熟悉的脸、几匹几头有名有姓的马和牛,都因为思念太过——而不是像别人那样忘得太净——而蒙混如水,闪烁不定了。往事,连同自己那非常值得怀疑是否存在过的十九岁,如今是真的遥遥地远了。

活在莫名其妙的一片黑森林般的楼群里,在这种初夏季节,像一丛肮脏的错开的花。架上的书抽下又插上,看来看去还是只要看自己爱看的那几本。脑中的事想起又忘掉,想来想去也没有个条理。

近几个月，总是不嫌乏味地回忆马。

清醒时我知道，对马的回忆，于我已经是一种印刷般的符号。开始能栩栩如生地忆起一匹匹的骨架长相，忠诚而消瘦的那黑特·海骝，美如希腊雕塑而又小又无能的"豪鸟"，一匹样子凶恶似紫似灰的杂色马崩薄勒，大名鼎鼎的马倍白音塔拉的杆子马切普德勒，然后是名声更大但年衰岁老的白马亚干，最后，还有一直没有到手没能真正属我的哥哥的哈拉。但是很快它们就混乱了，旋转着，互相黏合隐现，我不能完成关于任何一匹的一个完整回忆。我猛地惊醒过来，窗外还是黑沉沉凝视着我的幢幢楼影。

我觉得有一种说不出的难受。

那些黑森森的影子矗立得很结实，它们好像永远不会裂开或粉碎。

而我听见清晰的一个声音。

像伤口一样，裂开着劈开着，像木柴被一柄无形的斧砍进。

这是什么呢？

我抽下一本书又放下。我摊开一沓纸写了几行又撕掉。我倒了一杯更浓的茶，卷起一支莫合烟。我看看表已是午夜了，我眼前又有走马灯——六匹和我情深似海的马儿旋转起来,最终使我晕眩了。那匹远星一般的马,那匹如同一个原则一条规矩般的马不再清楚。我盯它盯得眼酸,可是它渐渐退着毛色,一年年地淡漠朦胧,我追寻般拼竭全力睁大眼睛,我觉得心里的感情已经爆发成怒气了。

外面的黑夜目不转睛地和我对峙,对此我需要一个活鲜鲜的生命,而且是姣美的生命支撑自己。夜,已经深了。

我也许是错把这种需要认成了一匹马。它先是漆黑绝美的黑色哈拉,后来变成雪白柔顺的白色亚干,先后充斥着我这一隅最偏僻的神经。

唯在今夜,影像变了。

我突然想到了鞍子。这个字按汉语规律究竟是该衍化成"鞍"子呢还是"马安"子?

其实它是木头制成的。

我强忍着听那声清脆而细微的裂劈声响。它响得太逼真,撕扯着一种被自己一直压制的回忆。我仇恨地看看窗外的黑森林,它们不是树木的儿子。

劈裂声持续着响了很久,深夜中只有它,像我们那些鞍子破碎时的声音一样。

是这样，该写一写那些鞍子了。

插队四年，我们有整整一本鞍经。就像我们忍着不去批评那些关于马的轻薄谈论一样，我们从不多说其实更珍惜的鞍子。而四年里听惯了摔人碎鞍的故事，好像知识青年的鞍子特别脆，有的人可能插了三年队碎过四五盘鞍子，奢侈得可憎；也有的人，一直到离开草原时那盘木鞍还完好无恙。

全公社，也许全旗知识青年中最有福气的是蔡。他分得一盘银饰累累的旧鞍。银子的成色很高，马拴在哪里都被阳光照射得白灿烂漫。他早早摔碎了鞍子，后来知识青年独立出包（离开牧民家）时，给他买了一盘木架子，请两个有名的喇嘛鞍匠给他重新箍起。一直到我离开草原，那盘满是银霞的鞍子还在草地上银光灼灼，撩人心目。——蔡碎过一次鞍。

唐趁蔡修鞍时，抢了他几枚银钉，安在笼头上三颗，然后称自己的马具为"三星"。他那半辈子一直渴盼当马倌，然而一直到离开草原也没能实现理想，只是置了一盘白铜镶边的、苏尼特式的元宝鞍，整天幻想着套住马后坐在鞍鞒后头的滋味。他除开碎过自己一盘鞍外，还骑坏过别人一个鞍子。他那盘配着"三星"笼头的鞍子很舒服，收拾得干净利索。

和一些老牧比起来,我们几个的鞍子齐整得多,可能是因为无家无宿的地位吧,生涯在马背的感觉比老牧还要强烈。我哥阿洛华在这么多年里只给我一个破鞍烂鞴的印象。他在我插队的几年里,不知被马踢碎了多少盘鞍子,我总是见他直到上马出门之前,才慌慌张张地翻出黄羊角、小刀和皮条,左绑一下,右补一块,勉强把吱扭响的鞍子扣在马背上。毡垫更是恶心,黑烂的毡絮片露出来,蹭得马腹脏脏的。

——大多是摔下马来,又没能抓住马。空鞍的马疯跑一阵以后,背上的肚带就滑松了。只要鞍子翻转到马肚子下面,马就会惊。疯马一边窜跑,一边死命要踢掉肚子下面坠着的那个又是皮子又是铁的怪物,而落马骑手只能呆呆地看着。

最后的善后事情是:没精打采地在草原上遛,在空旷的牧场上,东拣回一块破鞴皮,西寻回一只脚镫子,再试试能不能找回肚带、鞍钉。至于鞍子本身——那坚硬木头打成的木骨,已经像一具炸碎的死尸了。

我的鞍子一直没碎。虽然也饱经踢摔，但它直到最后还是那老样子：不深亮也不难看，白铜鞍条，白铜鞍钉。特殊的是两块鞯皮硬过生铁，怕是用牝牛皮做的。它大致能算多伦式，但后鞽微翘一些，骑惯了觉得屁股被紧卡着，心里踏实而放松。

像年轻人不能体味生命的蓄量一样，也像蒙古谚语"新马不懂长途"里描写的那种新四岁或新五岁骏马一样；我作为我那盘翘角多伦鞍子的主人，却并不知道这鞍的硬度。

在接近四十岁的时辰回忆十九岁那少年轻骑的具体往事，即使我有奇特的记忆力，也毕竟很困难了。我恍恍惚惚记不清那些摔下鞍鞒、重重砸进厚厚草地或雪地的影子。顶多只有一丝感觉：觉得浑身骨头摔得现在还疼，但又觉得硬土硬石的草原又深又软，在那儿是不可能折臂断腿的。纵使每年都有数不清的牧民残废，正骨郎中在草地上醉醺醺串荡着，令人憎恶又受人崇拜——但那时的我从来不相信我的骨头会折断，就像我从未留心的、我那盘忠实鞍子从来没有裂碎一样。

好像还讪讪带着一点忿嫉。知识青年骑手们都破旧而立新，拴起了银光夺目的新马鞍；漂亮而高雅的苏尼特式元宝鞍一个个在我眼前晃动，使我永远无法和他们比试。

鞍不行，连马带人都似乎失了一份锐气。其实，我并不是没有过一个关于新鞍的盼望。如果我在蒙古草原那几年能有一次机会，如果这鞍子在一次剧烈喧响中裂开，如果我再趁酒醉把阿洛华哥的黑骏马要过来而不是顾虑它的耐力太差——那么我自信乌珠穆沁会出现一个唯美主义的年轻骑手。

当然，那也许是美丽的梦，但那个骑手不是我。广阔苛烈的大草原改造得我越过了那种小生之梦，认真地朝着一个坚毅深沉的男人走去了，并且宿命地使一盘铁打般坚硬的柏木鞍子陪伴着我。

今夜闷热而阴冷。穿衣淋漓落汗，脱衣肌肤伤寒。风呼啸着满天布云，但肯定不会落雨。推开窗子，热风如潮卷着一幢幢黑水泥的死林木，对峙般不直接扑向我的胸怀。那一定也是在一个五月初夏天气诡异的日子里，我第一次卸下鞍皮打量了我那架鞍骨。那木头纹理狰狞而坚密，看得见一株老柏树的苍劲姿影。那种老柏树不像窗外冷漠的水泥沙漠上的怪物，那种老柏树躯干已经炼成钢铁，脉管却输动着活力的绿色。柏丝纹缠绕纠绞，我恍然大悟了：马蹄可以踢得它丝丝开扣，但绝不可能踢散它的热烈内里。

其实，它已经裂缝累累了。

我震动地看着一道道黑裂的缝隙，吃惊它为什么不在那一次碎掉了事。有一道黑缝上还粘着新鲜的木屑，我知道这是前几天那次落马：我懒得系肚带撑杆上马，轰羊回来时我顺手甩了一杆套羊。羊逃了，驯熟的白马自己猛转身去追，我无所谓不可地随着举起杆子。拐一个急弯时，鞍子嗖地滑下马脊，我和没系肚带的鞍子一块摔到马肚子下头，左手无名指还勾着缰绳。

后来留下的纪念只是一根指头的小残疾——它使我学不成吉他弹唱了，但我不知道，我的柏木鞍应该在那个可悲瞬间里绝望地、清晰地响着裂开。

还有几道醒目些的裂纹，我都能大致判断它的忌日。一名牧人骑马史的经历，原来只是刻在不见天日的内里，隔着炫目的美丽银饰，或者白铜饰。

记得那一天我初次心情沉重。在毡包里昏黄的油灯下，我默默地把揭开的鞍皮又裹紧，把一颗颗银扣子和白铜花钉牢。我一言不发地收拾着，包外漆黑的；月之夜里，微闷的气浪带来羊群不安的反刍声。我用羊油勒亮了每一根皮梢条，用破布把银铜饰件打磨得雪亮。在磨旧了掀开一角的小鞍边上，我小心地缝了三针。我又修理了马绊和鞭子，一一把它们系在鞍上。我把鞍子举起，穿上一根圆木，把它悬挂在毡包的哈纳墙上，然后久久地凝视着刚刚开始的热夜。

不知为了什么，今夜我猛地想起了这盘鞍子。我后悔得胸口堵疼，为什么我毫不犹豫地把它丢在乌珠穆沁独自回来了呢，为什么我二十年如一日地回忆那些虚幻得多、与我相随短暂很多的马儿，却从来没有回忆一次四个三百六十天无一日不陪伴我的、那盘柏木骨架的翘后鞒多伦鞍子呢？

说到草原，说到骑手，那鞍子拥有的意味要深远得多。

如今我突然懂了，在新疆哈萨克人是借马不借鞍的。我尊敬地漫想着，哈萨克是古老的突厥人的后裔，也许他们对牧人生涯有更本质的把握。

当骏马在飞跑的时候，它是认为骑手压着它呢，还是鞍子压着它？

我骑过上百匹马。我拥有过上十匹马。我害死过两匹马。然而马儿于我像走马灯，马和牧人的关系是变幻的。

也许会出现憧憬的马，也许会出现热恋的马，然而鞍子却恰似骑手本人。

在我的墙上，在这面一直没有装饰的墙上，应该挂着我那盘伤痕累累的鞍子。

我转眼望着这词不达意般空涂着一派纯白的墙，心里感到深深的怅惘。

二十年过去了。这些日子里我发现的秘密是：悟彻一桩事物的周期是二十年。无论是对插队，对历史课题，对"文化大革命"，对名篇佳作，对母亲妻女，或者是对马、对羊，对一盘鞍子。

当时光巡转了二十年，我终于猛锤击头般从自己身上看见了那盘柏木鞍子时，我面对着的是北京沙漠中的水泥钢筋黑森林。它们如黑浪汹涌，压迫得我喘不过气来。而五月将末，夏行伊始，这种黑暗和苦热，这种逼人索命的季节和长夜，还刚刚开始。

空墙和随黑暗涌进的热浪在碰击。

原来，这几年里恍惚若失，只是因为在我心里的密密纹理间，缺了那柏木鞍的挤死缠咬、宁百裂而不碎的结合。

静静坐着，迎着扑胸的热风，我觉得自己这面空墙上出现了我的乘鞍。怪不得墙上总空着这么一块，原来我一直等着挂它。由于年轻时的错误，我无法挂上它膻腥风尘的原物了。但此刻我还是把它挂好了，我首先挂上了我自己觉悟了的暗悔,再挂上成年后刚刚出现的怀念,最后,我挂上了唯我才能看清的、那伤痕纵横的它的影子。

            1988 年 5 月

春水泛滥时

1

有时想到天道有序的证据,除了一九九〇年的立秋之外,我还举得出二十年前在蒙古草原上的一例。

那是在锡林高勒奥深,我们的汗乌拉草原上发生的。要解释几句的有两点:一是草原的干旱无水属性,二是蒙古牧人的历法节气。

蒙古人使用中国农历:各个用通俗的译名表示主要的日子,比如春节称"查干撒拉",即白色的月份。夏不说伏冬必数九,二十四节气择要使用。

在节气中最受重视的是清明,但与鬼神亡灵无关。漫长而循回的岁月中,清明是一个准确地结束严寒的日子。因为所谓"冬春"其实语焉不详,都是白茫茫的恐怖——而且 habur(春天)一词的语感和形象,是比冬天更危险的一种东西。

只有"杭修"(清明)时节天道显现。那一天,无论你经历了多么漫长难熬的冬季,也不管你刚刚闯过了多么可怕凶险的春天,这一天从上午起风突然变了。开始你没有觉察,只是觉得厚厚的羊皮领子扎得脖子痒,你敞开了紧扣了一冬的领扣。

一股徐徐拂来的、不硬但无法阻挡的微风,吹在你的脖子上。

清醒如电流,传遍了全身。但是——它不冷,它是干燥的。这干燥令人琢磨,你用脖颈胸脯感受着,猛然间,你激动地伸开双臂——暖流,在天穹和雪原之间,徐徐地稳稳地行进着一层暖热干燥的气流。

一个时辰之内雪原就融出了黑洞。正午时分打马圈羊时,原野上,向阳的雪坡上已经有一片片黑色。马蹄走上去,湿漉漉的,是被雪压了六个月的旧草。

我琢磨了好久这风。它是一种所谓"长风",我一直觉得它是笔直而来的。

三天后,散乱草地的当年的冻牛粪变了颜色,从漆黑变得黄褐,呈着燃料的光泽。牧人们一下子高兴了。一个外来户(坝上移民)形容说:"不管你冻得比铁硬比冰凉,只要让这风一嘶,一天就干透啦!"

我喜欢他用的这个"嘶"字。确实,好像它形容着风和冻牛粪发生作用时,那具体的过程。

山坡大片大片地变色。刺眼的晃晃白雪首先在山南坡消失。倚着毡包瞭去,草原上斑驳片片,山冈都是半明半暗。

向阳的无雪草地扩展着,黑色的湿草开始摇曳。我懂了牧人们形容这个季节时,为什么使用"地变黑了"这句话。因为春天一词什么变化也没有说明,而且开始和结束也那么暧昧。而始自"杭修"的、让雪原融破露出草地、使视野中一派黝黑的季节,现在开始了。你愿称它"春天"也好,称安全的日子或生育季节也好,反正将有黑绿黄三种颜色在大地和草梢上轮番波动,等着你的马蹄践踏。

庄重地回味着那风的干燥度和温度,牧民们充满感情地,把清明译为"哈仑·杭修",热清明。

2

若没有那股长风吹来,人们几乎忘却了硬壳般满目的积雪。触上了热清明的暖流以后,虽然雪原开裂,湿草露出,但是我们依然没有意识到什么。日子在一天天燥热起来的空气中依然平静寂寞,放羊时的心情也还是那么散漫而麻痹。

开始，当湿漉漉的牧草下面溅起水声的时候，谁也没有留意。心头稍稍掠过的念头，不过是一丝小心。地皮湿，马蹄滑，下意识地在马儿奔跑的时候，左手微微地勒了勒缰绳。

后来，阳坡完全融尽的雪，变成了一片饱涨含水的草。几乎不能再像冬天在冻土雪原上那样危险地驰骋。然而心还是没有在意：太阳的烤晒欺骗了牧人的经验——几天就会完全晒干的，瞧，不是连冻硬一冬的牛粪都被吹干了么。

温暖，在那时无疑给了牧民一种印象。那是一种常规的印象，循回的印象。那时的感受仅仅是对于季节，是感激，而不是震惊。你残忍冷酷的雪封冰冻，你一连六个月的寒冷冬春，你折磨五畜，你杀戮残弱，你压抑人心，你限制大草原的一切和历史的行进。而现在——被牧民们难受地发音讲出口的"灰腾"、"忽勒杜"也就是"冷"和"冻"，都被"温暖"接替了。

温暖的感觉，对于一个在乌珠穆沁的严冬煎熬得毛皮开绽两颊结疤的放羊人来说，无疑是切肤之感。但是，肌肤毕竟是外表。

镂骨铭心的感受是什么呢？一九七〇年热清明以后，我体验到一次阳坡之雪与阴背之雪，原来是不同的。蒙古大草原使我习惯于以身心体味大自然，这又是一例。

阳坡阴背，虽然受之于天的雪量相同，但接之于风的雪量则大异。不仅如此，严冬和煦的日子里，阳坡雪多少会有软化，而背阴处雪却愈积愈多，日日坚硬。

热清明其日以后，暖风不可阻挡，阳坡雪先行崩溃。但是，草梢草叶吮吸，地表土壤蒸发，使得这些阳春温暖中的雪，有不少消失了。因此，尽管天天融雪，草根浸水，地面泞滑，但是沿山势流淌而下的雪水，若有若无，并没有引起我们这些粗心牧民的注意。

在那个融雪季节的前半，心思不只是在马蹄上留神，而且还要忙着照料羊群中的瘸羊。草皮上的积水浸泡久了，所谓偶蹄动物就会趾间溃疡，需要治它一治。

纵马挥杆，套住足脚蹒跚的羊儿，把药粉敷住伤口。让羊群停驻吃草，别走得太快拖垮了瘸羊——我们没有看见，在山阴的深沟里，遥远的一块块厚白顽固地嵌着，任天气已暖，不肯融化。

这些牧人经，这些牧业生产中的细节，不是那些叫嚷民族主义的人所能悉知的。当然，更不是那些户籍放在草原，人却住在北京沙龙的特权阶层子弟所能了解的。只有真正的牧人，只有衣袍褴褛、生计全在羊只的牧人，才能在心头刻下山坳里融雪的速度——也就是雪线的变动。

3

最开始,当两道长冈之中,两道山梁之间,顺着山势出现了一道潺潺溪流的时候,粗心的我还是没有觉察。几天后,突兀地发现在饮羊的时候,羊群不爱喝水,甚至,连最喜欢一口清洌井水的乘马,也在井台上只是嗅嗅木槽,而不像以前那样埋头长饮了。

问老人,他们呵呵笑着说:不用劳累啦,已经遍地是水啦!……

遍地遍野,涓流股股奔流着。羊群自在地涉过时,低头尝上几口。汗乌拉草原是丘陵之地,而且山势向北渐次隆起:因此不约而同,条条溪水都向南畅流。

叙述中有时间经过。从阳坡草湿,到谷间成溪,若从哈仑·杭修那一日算起,已经有约二十天数过。天道正在显现,换季已经完成。只是茫茫的造物,还没有向愚钝的我们发动一击,还没有向人世间自然界宣布警言。

任凭畜群随食随饮以后,日子里少了两天一次的饮羊,晨暮若有所失,人人都在等着什么。抬起身子,推开吱扭发涩的木门,弯腰钻出毡包眺望,只见众山的背阴死角之处,那些厚实的白色虽然有些升移,但依旧静卧不动。

震惊的时候终于来临了!

一连几天,天空中仿佛无声地发生了一种充斥四野的释放,连蒙古包的破毡子都变得热乎乎的。骑马漫步时已经忍不住解开了怀,一些马匹的肩肋腿胯已经大片脱毛。在这样的几天中走下山冈时,惊愕的马不安地甩动铁嚼,我也揉揉眼睛,想弄清自己是不是走错了地方——

一条汹涌的流水,一道清澈的、疾疾奔跑的、翻着灰白泡沫的真正的河水,突然横断在眼前。

羊群已经不能涉渡。

听着羊群混乱的咩叫。我踢马走进水流。哗哗疾淌的水,在马的前肢处冲成两个小小的漩涡。瞭望上头,从远处群山般的丘陵里,雪水正浩荡而来。一条河啊,这样想着过着的几天里,它又变宽变深,在眼前呈现成一条实在的河。

心中若有所动,慌忙跑到汗乌拉峰的西侧。于是,我永生难忘地感觉到了,我僵坐鞍鞒,震惊万分地感觉到了天道在警告。

平日汗乌拉西侧有一条长长的谷地,隔开西岸与它相望的一连串红石头山。此刻那川谷之间正愤怒地奔腾着一条大河，宽百步，声如鼓，喧嚣着向南奔腾。

一冬一春里我没有来过这条山谷。

北面连山耀眼地嵌着残雪。那一瞬我明白了它的含量，也忆起了摧残我们六个月之久的一场场暴风雪。统治草原的冰雪已经被彻底战败，滔滔河水宣布着新时代的来临。

又过了几天。

在我们草原上的条条雪水河中，最大的已经过不去。水深至马腹——牧民们勒转马头，不再向更深处尝试。以后很久，我懂得了流水的向下切割，那时我才明白：为什么汗乌拉峰西侧的谷地里，有一道长长蜿蜒的、裂缝般的沟壑。牧业活动天天都在循回，但牧民们已经停止了任何举动。只是任凭畜群或吃或饮，只是留意寻找浅滩过河。此刻一切都让位给天，此刻是天道恣情表现的时候。

再恐怖的寒冷，也会如此彻底地终结。再坚实的冰雪，也会如此融解着质变。再强大的不义，也会如此奇异地灭亡。

我把这种信念刻进了心里，那时的我才只有二十二岁。

那种造河的化雪，在我全部的牧人履历中也仅此一次。乌珠穆沁的北部，毕竟是亘古的干旱草原。等到天热得草原一派新绿以后，不用说，突兀地出现的条条大河又神秘地销声匿迹了。我走到汗乌拉西侧时，总是在那道南北蜿蜓的深沟边上，出神地凝望好久。有一次和一个白胡子老人一块儿走马去西边，过那道长沟时他停住了，下了马来回踱着，打量了许久。我心里立即会意，一句也没有催促他。他注视着沟，我注视着他，草海在我们四周簌簌作响。

1995年4月5日清明

马的颜色

在蒙古草原上,你可以见到这样的事情:一匹马在出生时是漆黑的,三年之内,你一直觉得它是一匹黑马。后来你离开了草原,一匹漆黑的影子留在你的记忆里。后来,阔别十年或者十五年,你由于怀念又来到草原,和一位牵着灰白老马的老人坐在草地上,闲谈间你两眼景色如旧;山口、石头、草的波纹都一丝未变。

你随口问到那匹黑马。老人呵呵笑了,他指着身边伫立的灰白老马说:你不认识这匹马么?你说:不,不认识。老人笑得眯着眼,他说:孩子,这就是那匹黑马呀!

原来,马的毛皮颜色是会变的。我插队四年的汗乌拉草原,有一名叫阿拉根登的老汉,他曾出门从四百里方圆的地区里找回多年前丢失的马,那些马大多变了毛色。

牧人的眼睛不同于一般人类。他们不仅可以在夜间看

随手画——怀念马。张承志作品

见你看不见的东西(比如远处夜间的一头牛,地上的一块石头),而且能透过毛皮,看准骨头。

阿拉根登找马回来那天,我在路上遇见了他。那时的我二十岁,我听他一匹匹地给我讲过十几年前那些马的颜色、性情、速度。

这种能力,在蒙语中叫"tanihu",译成"认"。有无"认"的能力,决定一个人能不能在草原世界生存。

引用这一点草地经,是想开个玩笑:我不知我的黑骏马在被人译成英文以后,是什么颜色了。

亲爱的读者,你不懂中文,我不懂英文,这是我们悲惨的命运。

我盼望你能有牧人式的"tanihu"。

1989年9月

又是春天

连日来北京阴云不开,冷雨夹风,已经暴热了一场的城市又抽去了些噪闹。都市人如果说到天气,多半会用"北国之春姗姗来迟"之类的话吧,可是我想,对于散隐在这片城市中的那一小批原内蒙插队知识青年来说,虽然沉睡了很久但确实还留着的一种经验,已经像风湿病般醒了。他们心中会掠过个沉重的念头:春天的暴风雪。他们的心会随着天空一直悄悄带着一抹阴蒙,直至酷暑再次攫住北京才会在忙碌和热苦中渐渐麻木了那个念头。

对于我,当我那么想能在《北京文学》上发表些什么的时候,季节正好巡回到了这一个五月末,阴云逼窗,树影摇风,我觉得应当回想一件事情并把它写出来。

一九七〇年春,我正在东乌珠穆沁茫茫无边的大草原上,衣衫褴褛地和一伙肮脏的孩子在一起迎送我们的生涯。

那就是我们的汗乌拉小学。可悲的油印的"乡土教材",每人一把炒米和一小块砖茶,一头壮健的牛和一顶黑污的毡房,还有那快活嘹亮的童音齐唱的歌声。我一直认为那是我一生中最有意义的一段生活,也是我显示我这个人的能力最充分最酣畅的一段历史。我一个人能同时教蒙文和汉文;能用蒙语给孩子们讲各种各样的故事并使他们牢牢地被吸引在我身旁;我能听懂他们梦想欺骗我而使用的"黑话"——一种只用单词第一音节再加上古怪的"嘘喂"后缀的隐语——并严厉地或温和地戳穿他们;我能带着他们种菜,干泥水活,拾羊毛卖钱,我一个人的嗓子可以成为他们全体那清脆稚嫩的齐唱的低音部。

那是自信么?

不,我只是怀念,我只是怀念而已。

我只是为那往事感动太深,才如倾如泻地写满了一篇又一篇纸。甚至使人误以为是自信的某些大话和粗话,以及一种文体的流动感(我以为描写带有特殊色彩的人如牧民,主要在于把握他们的心理和意识。在《春天》里我曾企图模拟这种牧民意识),其实也只是一种怀念的表示。我出自怀念和体会已经写了一批草原小说。我想,既然真主造就我还能够怀念,又打算成全我不断去体会,我就还会写出一批草原小说。这不是由于什么自信;也不是由于为一些超高级女士(Super Lady)错爱或甚嫌不够劲的男子汉气。基于往事体验的小说是为了怀念而写作的;那里只有真诚、温柔或是苦痛。

后来,我们那所二十来个人的小学校在一个五月末游牧到了大队部。我们有了三间低矮歪斜的、熏黑而温暖的黄泥小屋作新校舍。一面红旗抖着草原上空的风,哗啦啦地飘扬在我们度完了严冬的汗乌拉小学之上。我们的歌声和琅琅书声回响在亘古寂寞的草原上,那时的山野空气似乎都有过一股不易捉摸的喜悦。

有一个小瘸子,一个十岁的牧主的儿子或是孙子,那时终日赖在我们小屋门口。开始我没有觉察(我总想为自己开脱:当时的我也只不过才刚刚二十二岁,我还不会观察生活和观察人的眼睛呢)到那个小瘸子。后来,他还是那么可怜巴巴地攀着我们的门框,睁大胆怯的眼睛望着我,我知道面前已经有了一个新问题了。

一个领导班子成员(他中学毕业,一表人才,是小孩的牧主家庭的亲戚)严厉地对我说:应该让这孩子上学。我犹豫了。我们的生产大队正处在尖锐的派系与家族斗争中，我知道另一派的牧民会立即非难我把学校办成牧主学校。我艰难创业，我们的小学生存不易——"还是你们领导先开会决定了，再让他来上学吧。"我回答说。于是那中学毕业生领导大怒了："不用开会！这孩子家里是牧主，他自己不是牧主！有党的政策，用不着开会！……"

可是我是软弱的。我不愿或者是我怕那种风波。我眼前只晃动着一些比这中学生更厉害更善言辞的黑壮牧民的影子。我宁愿牺牲这个念上三个月就可能腻烦，就可能拉都拉不回来的小瘸子，而绝不愿让这所风雨飘摇的小学校挨一场风暴。在"意识流"中，我是为我自己。我知道这小学校对我是多么宝贵；我知道它一完蛋我立刻就想拍屁股回北京——回城的大潮已经冲撞得我们几乎无法自制了。

小瘸子上学是微不足道的。草原儿童心中对读书的渴望绝不像高玉宝，也不像艾特玛托夫的名篇《第一位老师》中描写的那样。他们还有小狗，有新靴子，有兼为劳动和游戏的包里包外的种种乐事。长大了他们还会有骏马、毡包、酒和女人。那件事情不可能占据我的心，赖在学校小屋门口的那个小瘸子其貌不扬，我还有我的索依拉、白音宝力格和始终不渝地跟随过我的小巴雅。岁月匆匆，冬去春来，我看惯了草原的既枯又荣，我滋生了牧民式的淡漠和刚硬。要我为一个草地娃娃没上过小学而忧虑简直是笑话。就这样，十多年过去了，十多个绿遍大地后再来一场狂风暴雪的春天过去了。

我自己的情况也完全变了。

一九八一年春末，我于五月底回到阔别的汗乌拉草原。我在舒缓的草地上彻底获得了身心的休憩。我吃饱了就睡，从来没有失眠。有时我和牧民曼声闲谈着，从太阳高高就开始，一直喝酒至夜深。那时连醉酒也是宁静的；醉后拖着发软的双腿走出包外，我躺在柔软的草地上，微笑着看奥云娜和五一她们（都是我在草原那家里的小女孩）忙着在一个狗食盆里给我洗衣服。

然而有一天我看见了那匹死马。那个五月里，在我到达之前有过一场风雪，全东乌旗冻死了十三个马倌。湖中堆着的死马像黑色的岛，呆傻了好一阵子的草原在六月初才醒过来一般，开始料理雪灾后的丧事。

我这才知道了我们队也死在雪里的那个二十岁出头的年轻马倌就是那小癞子。几天后，我打马走上一座叫曼卡泰·海勒罕的山坡，见到了他坐骑的那匹马的尸骸。

文学应当是作家心中最后的堡垒。一个作家很难做个完人，但是他至少对自己的文学要做到真诚。不应当有作文或为文等概念，作品应当是作家淋漓的心血。为了这样的作品作家才活着，为了这样的作品青春被点燃，生命被耗尽。为了追求这样的作品，作家眼中只有一片辉煌的幻彩，而绝不会看见红地毯和金钱；为了保卫这样的自己的作品，哪怕是最弱小的作家也敢挺身而起，一直牺牲到自己心跳的最后一下。

讲这样的话是何等愚蠢啊！

然而惩罚还没有完。按照文学的铁的规律，冲动又被形式改造了。短篇小说《春天》没有写尽我对亡命春雪的小瘸子的悼念和悔恨，它只是一篇手法新颖的意识流小说。无论我们正在编辑历史的理论家们对它的不屑一顾也好，还是我们正锐意求新的年轻艺术家对它的激赏也好，对我来说，《春天》带给我了些什么呢？人真不能活得无愧无恨，后来《春天》获《北京文学》奖，我感到了从未有过的羞耻。

但是道路已经选定，我也许从今天开始才真的准备写作。还有那么多感动、冲动和抑制不住的情思，只是我已经注意在心中给自己一个暗示了。也许确实不应当暴露太过，也许确实不应该爱憎太烈，也许我也会改变；但是，我想小瘸子和那个青年马倌的故事将会永远教育我的，其沉重的程度会远远超过我受过的教育和说教。

至于我和《北京文学》，那又毕竟还是一次应该记住的充满温暖的合作。《春天》排印没有一个错字，包括标点。

又一个春天来了。它毕竟是活力和热情的巡回。我想，无论是我们的文学，还是《北京文学》这份杂志，或是我打算写的那些小说，都会活泼起来，兴奋起来，成长起来，因为，不管怎样，我们对这春天的理解已经深刻些了。

1985 年 5 月 29 日

粗饮茶

1

在尝到蒙古奶茶之前,我先在革命大串联时期喝过藏族的奶茶。后来我才懂得他们比蒙古人更彻底地以茶代饭。藏民熬茶后加入酥油,这个词又在北亚各牧区各有其解。当然说清楚游牧民族的黄油、酥油、奶油不是一件易事,难怪日本学者总听不懂;因为他们对这些其实是奶制品的油只有一个词描述,而且是外来语:butter。加酥油的茶拌上炒青稞面,就是使伟大的吐蕃文明温饱生衍的糌粑。汉人们吃不惯,觉得酥油茶是惩罚,因此住一阵就溜,始终完成不了他们掺砂子的大业。而酥油还算奢侈;第二碗糌粑是用"达拉"拌的,达拉就是脱脂后的酸奶。一般人们一餐两碗糌粑,一碗用酥油一碗用达拉,——然后再慢慢喝茶。

蒙古人的文明可能并非与西藏同源，他们喝奶茶时不吃面，吃米。与粗糙的青稞面对应的是粗糙的带壳糜子，蒙语译为"黑米"。主妇用一个铁箍束住的圆树干挖成的舂筒，装进炒熟的黑米，有空就捣。那种家务活儿很烦人，插队时我经常被女人们抓差，抱着杵，一边捣一边问："行了吧？"

——在奶茶里泡上些新舂出来的黑米，刚脱壳和炒得半焦的米，使这顿茶喷香无比。当然，我们不像高寒的西藏；我们还往茶里泡进奶皮子、奶豆腐。有时比如严冬泡进肥瘦的羊肉，喜庆时泡进土制的月饼。

蒙古牧民的奶茶用铁锅熬。砖茶被斧子劈下来（大概蒙古女人唯此一件事摸斧子），再用皮子或布片垫着砸碎。茶投入滚锅，女人一手扶住长袍前襟，一手用一只铜勺把茶舀起又注回锅里。加一勺奶，再注进，再舀起——那仪态非常迷人，它如一个幻象永远地印在了我的记忆里。

然后投进一撮盐池运来的青盐。

蒙古牧民用小圆碗喝茶。儿童用木碗，大人用瓷碗。景德镇出产的带有透明斑点的蓝边细瓷碗，特别是连景德镇也未曾留意的"龙碗"——最受青睐。吃着饮着，空腹饱暖了，疲乏褪去了，消息交换了，事情决定了。

那一勺奶举足轻重。首先它是贫富的区分，"喝黑茶的过去",说着便觉得感伤。今日若碰上个懒媳妇没有预备下奶,倒给一碗黑茶,喝茶人即使打马回家时,心里也是愤愤的。

字面意义的六十年代,我在草原上的茶生活,基本上靠的是无味的黑茶。奶牛太少,畜群分工,牧羊户没有牛奶。蒙古牧民不能容忍,于是夏天挤山羊奶——也许是古代度荒的穷人技能。奶茶都是在牧民家喝的,而且集中在夏季。春黑米,饮黑茶,那全套旧式的口了,大概只有今天流行的民族学社会学的博士们羡慕了。当年的我们并没有在意,历史特别宠爱我们这一代,它在合上本子之前让我们瞟了瞟最后一页。

即便在炎热的骄阳曝烤之后,蒙古牧民不取生冷,忌饮凉茶。晒得黑红的人推门弯腰,脚迈进来时嘴里问的是:有热茶么?

待客必须端出茶来,这是起码的草原礼性。对白天串包的放羊人,对风尘仆仆的牧马人更是如此。而寻求充饥的男人则必须有肚子,不能咽吞不下。还需要会一种舐吞嚼的饮茶法,漫谈时舒服地躺在包角,半碗茶放着不动;要走时端起碗,把它在虎口之间转着,舌头一舐,奶茶一冲，嚼上几口——炒米奶食的一顿茶就顿时结束。然后立起身来，说完剩下的几句，推门告辞。

我就学不会这种饮茶法。有时简直讨厌炒米。我的舌头每舔只粘一层米，而碗里的却愈泡愈胀，逼得人最后像吞砂子似的把米用茶冲下胃。而且不敢争辩。因为不会喝茶，显然是因为没挨过饿，闯荡吃苦的经历太少。

今年夏天我回去避暑，一进门就是一句"空茶"。这是我硬译的，也可还原为"空喝"，就是不要往碗里放米、奶豆腐，只喝奶茶。其实阿巴哈纳尔一带风俗就与我们乌珠穆沁不同，人家把奶食炒米盛为一盘，听便客人自取，主妇只管添茶。我曾经耐心地多次向嫂子介绍，无奈改不了她的乌珠穆沁习惯。

习惯真是个不可理喻的东西。北京知识青年里有不少对，移居城市两口子还遵从奶茶生活。一次我去东部出身的一对知识青年家喝茶，发现他们茶里无盐。我惊奇不已，这才知道东部几苏木的牧民茶俗不同。我们均是原籍西乌旗的移民家住熟的知识青年，茶滚加盐决不可少，居然和他们旧东乌旗残部再教育出来的知识青年格格不入。

蒙古奶茶的最妙处，要在寒冷的隆冬体会。不用说与郑板桥"晨起无事，扫地焚香，烹茶洗砚"——相反。其时疾风哀号,摧摇骨墙,天窗戛然几裂,冻毡闷声折断。被头呵气结冰,靴里马鬃铁硬,火烤前胸,风吹后背。嫂子早用黄油煮熟小米,锅里刚刚熬成奶茶。抽刀搬肉,于红白相间处削下一片,挑在灶筒壁上。油烟滋滋爆响,浓香如同热量。吃它几片以后,再烙烤一片胸叉白肉,泡在米中。茶不停添,口连连啜。半个时辰后,肚里羊肉、黄油饭、滚茶样样热烫,活力才泛到头脚腰背。这时抖擞精神,跳起穿衣,垫靴马鬃已经烤干。系上帽带,抓起马嚼,猛一推门,冲进扑头盖地狂吼怒号的风雪之中。大吼一声:好大的雪啊!随即大步踏进风雪找马。

其时里外已被寒风侵透,但是满肠热茶,人不知冷——严酷的又一个冬日,就这样开始。

没有料到的只是:从此我染上了痛饮奶茶的癖习,以后数十年天南地北,这爱癖再也无法改掉。

2

刚刚接触突厥语各族的茶生活时,我的心里是既好奇又挑剔。对哈萨克人的奶茶滋味,虽然口中满是浓香,心里却总嫌他们少了一"熬",——哈萨克的奶茶是沏兑的。

但是很快我就折服了。

伊犁牧区的柯扎依部落，在饮用奶茶时的讲究，不断地使人联想到他们驻牧地域的地理特性。他们显然接受了波斯，甚至接受了印度和土耳其或地中海南岸的某种影响。一只造型优美的大茶炊是不可少的，旁边顺次排开鲜奶、奶酪、黄油以及一小碟盐。另一只是浓酽超度的、事先煮好的茶。当然更不可少的是主妇；她继承了古老的女人待茶的风俗，把一撮盐、一块黄油、一勺奶皮子、一碗底鲜奶依序放进碗里，然后注入半碗或三分之一碗酽茶。最后倾过大茶炊，滚沸的开水冒着白烟冲进碗中，香味和淡黄的颜色突然满溢出来。

然后她欠身递茶，先敬来宾，再敬老者。她在自己喝的时候，留意着毡帐里每个人的碗，随时放下自己的碗，再为别人新沏。这一点，女人在这种时辰的修养和传统，通行北亚诸族毫无区别，我猜它古老之极。

常有美丽的少妇蹲在炊前待茶。但是用无聊的汉地文人的把戏是行不通的，她们不会接过话头，大多根本不答。最后一角的老者接过话题，让答问依主人的规矩继续进行。

第二碗下肚以后，头上汗珠涔涔。这就要补充关于碗的事：哈萨克牧区喜用大海碗。我尽管在早期用蒙古龙碗对之质疑；但是后来，我懂了，让滚热的奶茶不仅暖和肚肠,还要让它使全身发汗,让人彻底从内脏向四肢松弛暖透,最后让心里的疲惫完全散尽——非用柯扎依部落的这种大碗不可。

在天山中,一名骑手或游子目击了过多的刺激。梦幻般的山中湖已经失去了,但从雪峰上远远瞥见了它。鞍上已经没有叉子枪甚至没有一把七寸刀子,但在小路上看见了野兽。冬季暖日,看见大块的积雪从松梢上湿漉漉地跌下,露出的松枝和森林都是黛青色的。牧场如此峻峭,道路如此险恶,从亲戚家的老祖母的乃孜勒回家一路,有那么多大大小小的事情发生。事情经常令人不快,而天山如此美貌——矛盾的牧人需要休息,需要用浓浓的香奶茶把累了的心泡一泡。

在新疆走得多了,我被哈萨克的奶茶逐渐改造,以至于开始为它到处宣传。也许是由于疲累的纠缠,我变得"渴茶"。我总盼望到哈萨克人家里去,放松身心,喝个淋漓痛快,让汗出透,让郁闷发散。北京有两家哈族朋友,他们已经熟悉了我的内心,总是不问时间地,在我敲门进屋以后,马上就开始兑茶。

哈族式奶茶的主食不是炒米,是油炸的面果子包尔撒克,这个人人都知道。哈式饮茶更重要的是音乐;毡房挂着一柄冬不拉，奶茶几巡之后，客人就问到这柄琴。他并不说弹。主人递给他后，话题便转到琴上。不知不觉谁弹了起来，突厥的空气浓郁地呈现了。他们是一个文学性非常强的集团，修辞高雅，富于形容，民歌采用圆舞曲的三拍子。

这样，在天山北麓的茶生活就不单是休憩和游牧流程的环节，它在和谐的伴奏中，发育着丰满的情调。

视野中又不仅仅是单调草海，而是美不胜收的天山。蓝松，白雪，无论沉重或者欢快总悄然存在的美感——所谓良辰美景对应心事，所谓"四美"，好像差一丁点就会齐备。

那时禁不住赞叹。茶后人们都觉得应该捧起双手，感谢给予的创造者。我的慨叹还多着一层，我反复地联想起蒙古草原，想着我该怎样回答这样的经历。

最后是个砖茶的输入问题。砖茶是农耕中华和游牧民族之间的联系。古语有"茶马交易"，一句千钧。确实，唯有这句概括本质。其余比如"绢马交易"就未必影响远及牧区奥深；宋与西夏之间的"青白盐之争"更是地理决定历史。一个游牧社会，尤其是一个纯粹的游牧社会，它可以不依存农耕世界繁衍和生存下去，只要给它茶。

不穿绢布可以有皮衣。不食粟米可以"以肉为食酪为浆"。茫茫草海虽然缺乏,但并非没有盐池。草原蕴藏复杂,自远古就盛行黄金饰具和冶铁术。

——只是,生理的平衡要求着茶。要浓茶,要劲大味足易于搬送的茶。多多益善,粗末不拘。于是,川茶、湖茶、湘茶应召而至,从不知多么久远的古代就被制成硬硬的砖头状,运向长城各口,销往整个欧亚内大陆的牧人世界。

唉,砖茶,包括湖北四川的茶场工人在内,有谁知道砖茶对牧民的重要呢?

同样的青黑砖茶,在蒙哈两大地域里,又受到了不同的鉴赏。

哈萨克人把色极黑、极坚硬的砖茶,描写式地称作 tas čai,即"石头茶"。对另外几种压制松紧和色泽不同的砖茶,不作过分严格的区分和好恶。据我看,他们饮用更多的是蒙古人称之"黄茶"的黄绿色、近两寸厚、质地比较松软的砖茶——而这种黄茶被蒙古牧民视为性凉、不暖,比"石头茶"差得多的劣等货。乌珠穆沁牧民坚持认为石头般的 hara čai(黑茶)性热、补人,甚至能够入药。

1998 年 4 月

(本书收入时有删节)

勾勒草地十张画

这十张画原是日本出版的《蒙古大草原游牧志》（モンゴル大草原遊牧誌）一书的插图，没想到它成了一根阿龙木加——如今已很少见的一种绊马绳，铁楔子钉在草原的冬窝子门口，长长绳子拴着我的腿，让我虽然身在北京，却围着草原难离难弃。

原来的图没有说明，它们只是随书行文，插在对应的地方。我说过，我受惠于游牧文明教养，深知它其中的艺术与学问，所以就看图说话，做了解说文字，以求探究古老的文明。

图画解说，像限制篇幅的散文，词句的斟酌，如同回忆和沉吟。后来因出版的机会几度修改，最后一次是在出版一本学术散文集的时候。十幅插图既然多次使用，所以这次尽量印小，少占篇幅。十节文字，随着牧区剧烈的变化这次又稍有修订，但它的原貌和立论并未改动。这么写着我忽然想，或许我还会随着对内蒙古牧区的观察，继续修改这十节短文，以便借它们完成自己求学游牧世界的一生。

2005 年 1 月 6 日再识

1. 摇篮（地理环境）

如它的蒙语名称（tal，平原，草原）表述一样，乌珠穆沁草原的地理特征，是平原，是舒缓和辽阔。以前我不懂怎么有个名称叫干旱草原；我没留意这里缺少河流，没发觉井和水泡子（淖尔）只是脆弱的水源。同样的地理带来了丰富的、使天山和西藏等牧区代代艳羡的牧草，但是在见识了天山和西藏以后，我终于懂了若想评为肥沃草原，起码要有河流。我们不仅没有如上游黄河、如支流汹涌的伊犁河等水量丰沛的雪水河；甚至我们没有比得上呼伦贝尔草原的伊敏河或额尔古纳那样的、中等的河流。乌珠穆沁或许就因此不能成为历史的中心，虽然它确是草原的奥深。不过小湖和水井尚无近忧，无论如何，天下还是数这儿牧草茂盛。纵马几天，你看不见无植被的土地。在乌珠

穆沁,不用像哈萨克那样劳累数百公里走场;也不用似西藏人一般,驱着羊群沿路奔波好久,才能进入放牧。

即便在古典时代,这片草原的辽阔也具有封闭作用;所以古老的磨制小刀能上溯匈奴时代。它还具有神秘的消融性,走马灯般过往的民族都渺无踪迹,剩下的蒙古语是唯一的通用语。考古是困难的;人群文化类近,包括游牧技术的传统都代代因袭。

谁也没有料到,当这里被铁丝网划分为以户为单位的私用营地以后,亘古的牧草居然不够吃了。一页已经呼啦翻过,一切都迎来了质的改变。愈是目击今日,我就愈是惊讶不已——居然我们是最后一代见识了古代的牧人。

2. 生命(春)

这一节讲的是"春季"。把题目写为生命的原因,是因为这个季节生产和牧人意识的核心,都是生命。春天只是一种风吹雪的代名词,他们称春季为"接羔时节"(tul čaγ)。

对牧人来说没有比这个时期更重要的了,此时迎接的不仅是生命,也是财富。女人就像她们在人类的繁衍中担当了更重要的角色一样,接羔季里,女人的作用无可替代。

她们驯服（该说是劝服）不认羔的母畜的技巧和耐心让人叹为观止，接羔中她们哼着对奶歌的情景，是草原上最动人的场面。

由于生产对象和财富、家畜生命的一体化，在游牧世界中很少有无视生命的例子（如其他世界对私生子的歧视）。游牧技术的秘密，就在于唯牧民能如对待人一样，看待家畜的生命。不用说，在这干系重大的季节里，学龄儿童处于两难。牧区学校在这时放假；不仅由于忙、不仅由于儿童在接羔生产中分担着重要的任务，也因为：念书远不及接羔中的接触生命重要。为什么知识青年很少能独立地放牧一群羊？为什么外来户很难成为职业牧民？原因在于他们的血液中，缺少牧人式的文化和生命观念。

3. 白色（夏，上）

白马比喻夏季的奶食和丰饶。

虽然有酷暑和暴雨，但是青草茂盛，马儿肥胖，舒适的日子毕竟来了。在繁忙的一春辛苦之后，人们搬到一个绿油油的夏营盘。羊群和人都懒洋洋的——羊群粘在草地上一样原地吃草，人住得稳定，消磨着酷暑和丰腴。汉语中有一个词叫"驻夏"，它用以描写这种日子特别贴切，

以致我总怀疑它来源于某种游牧的启发。

"白色食物"（čaγan yidege）中包括奶食和奶酒。奶茶相对于无奶的黑茶，令人感到满意。酸奶豆腐和鲜奶豆腐、黄油，以及美味的奶皮子，是食生活中的佳肴，相当于农民们的菜和肉。还有奶酒，它是一种低度的蒸馏酒，它供给了蒙古草原以最大的享受，当然也浇灌了愈来愈重的酗酒奢侈之风。

4. 喜庆（夏，下）

在富裕的积累之上，文化和传统诞生了。

草原的游艺聚会，多是与游牧生产和传统宗教连接的。祭敖包，是最基本的丰足吉祥庆典。虽然也有"白月"（即汉地农历春节）的祭典，但它一般举行在夏末，水草膘情都最为肥美之际。百姓们惯用宗教意味清晰的词儿（nair）称呼它，而并不用意为戏耍的新词"那达慕"。近年来恢复了由喇嘛主持的方式，各庙宇在周密研究之后，排列了各地的当祭敖包。祭会的宗教内容有高僧们诵经，而赛马和摔跤，则是祭典中最基本的两项世俗竞技。

5. 迁徙（秋）

秋天的草结了实，而且前面就是可怕的严冬。在这个季节里，家庭大都把老小留在毡包或瓦房里，轻便出牧，追逐多汁饱油的草。走场（otor）这个词应该古老至极。在新疆哈萨克牧区，今天它意味着几百公里的长途转移。意味着阿勒泰人不远千里搬迁到南部的平坦地带过冬；或者意味着辽阔伊犁的四野牧人都向美丽的赛里木湖靠拢。而在乌珠穆沁，词义变得狭窄，走场快要成了一个秋季的代名词。它的含义也衍变为多搬家、吃好草、少饮水，使牲畜油膘结实。当然，不排除冬天雪灾降临时的逃出围困。

游牧的本质就是迁徙。大约到一九七〇年为止，乌珠穆沁草原的年迁徙数，大约有十五到二十次之多；也就是说，大约到西历一九七〇年为止，游牧方式在北亚草原的存在，超过了二十几个世纪。

回忆起往昔秋季的走场，那是快意的时光。拆下毡包的顶子，落地搭一个三角窝棚。一两天移动一次，羊群就在跟前吃草。那是天空湛蓝、白云浓厚的季节，没有什么繁重的劳作，而羊群却一天天肥胖起来了。

6. 雪国（冬）

一年之中，有一半是严寒的冬季。

气候在那时（仍以1970年为限）如古代一样冷，人越冬需要穿上皮裤、有马蹄袖的大羊皮的袍子、毡靴，以及皮帽子。青营盘，避风坡，补充盐，种种经验决定着生死。畜种在物竞天择之后，留下的都是耐寒品种：乌珠穆沁羊，乌珠穆沁马。即便在严冬，放牧也一天不可少，虽然出牧时间晚一些。

你再也看不见——穿着厚厚的羊皮德勒和方头毡靴，却能轻灵地跃马而上，马蹄溅起雪雾，寂寞地飞驰在白蒙蒙雪海。你再也看不见，那升起暖意的炊烟的、星点蹲踞于雪原的灰黑毡包了。

怕冷的人，未曾深思熟虑就慌张选择了更结实的土木房屋。人们已经快要忘了——车和毡组成的棚圈，也曾奇异地御寒。那时早上发抖的山羊挤在车下，死命挤住雪下取暖。无疑那样的防御是薄弱的，带有冬贮草的房子，自亘古以来就遥远地诱惑。

新时代的定居乘虚而入。从一九八四年畜群和草场实行分割，定居和草场私有化的发展迅疾如风。

如今返回乌珠穆沁，次第只见座座的房子，红瓦砖墙，

遥遥蜿蜒的铁丝网，阻断道路。难得见英武的骑手从山顶冲雪而下。现在的放牧——每天把羊群赶进铁丝网就是了。门前垃圾满地斑驳，屋后积雪堆得山高。门外的近草被自家羊群啃净，远山的边界被邻居马群盗食。草地不争气地退化了。拨开稀薄的草根，阴险的沙，已经露出。自夸草海的乌珠穆沁，破天荒地感到了牧草的穷匮。畜群千头的小康户早已过半，但是，快增长到极限的畜群数，没追上家里好几个待婚的大小伙子的需求。

加上不祥的暖冬，加上无雪的黑灾。不到十年，新的疑虑已使人惴惴不安。

7. 血脉（社会）

几个不同来源的家族（ayimay），恰好就是一个小小社会的几块基石。如同农耕地区，如同一切东方的民族一样，所有政治的、阶级的和表面的争斗和睦，都围绕着这种家族关系展开。

由于欧亚内大陆的连通和文化的类近，古来各种部族的行走范围出乎意料地宽阔。所以有西极的乌梁海等姓氏，植根于蒙古东部的乌珠穆沁。家族谱系也是一种憧憬，比如近年来许多家族追溯自己与成吉思汗的孛儿只斤

姓氏的关系。但在牧区家族和家庭的第一含意是生产性的——家，是一座（ger）或一组（ayil）毡包，是一个男出牧女守夜的牧人小组，是一个天衣无缝的游牧单位。

俄国蒙古学家弗拉基米尔佐夫留意了游牧历史中的"阿寅勒"（ayil，就是家庭及其辅助的毡包）。但是"阿寅勒"（ayil）只是最小的游牧细胞，而整个的系列应是：一个家（ger）、一个家和依附的邻里（ayil）、家族（ayimaγ）、社会（nigem）。

每逢社会剧烈地变动，人们就退回到家里。这是最后的壳。而几个血缘维系的家，即家族（ayimaγ），则是可信任的堡垒。在集体所有制瓦解以后，它更牢固地成为乌珠穆沁的互助组织。

不过牧民种的是草海万顷，卖的是商品牛羊，手里不是拥有麦子而是现金。所以一种用金钱解决问题的形式，在暗中取代互助。只不过，金钱这种现代化手段对家族观念的腐蚀尚还无力，毕竟血的纽带，是强韧的。

8. 牧人（人）

古老的游牧生活造就了"malčin"，即牧人。

这个词汇，这种人遍布于整个阿尔泰语系覆盖的广袤

北亚。从观念到语言都是一样的,比如在哈萨克语中牧人被称为"malxe"。不用说,-čin 和 -xe,都是表示"者"的后缀。由于骁勇强悍,由于敬天爱人纯朴无欺,他们成了一种古典,成了一种传奇,成了一种被向往的完美形象。

他们仿佛被天特意生于斯土,男女老幼都悄然嵌入于自己的位置,既无一分多余,也无一分短少。生下来他们就似乎有一些天赋,比如辨识牲畜的神秘视力。但谁又都只具备自己的一角本事,所以必须女靠男、长靠幼。观察久了,只觉得那里的男女拼成一对,便活脱如一个浑然的太极。加上长者和小孩,大家各司其职,男驰骋女挤奶,老人警示经验,儿童承担仔畜——家庭便俨然是一艘草海里不沉的船。

之所以骑手喜欢歌颂母亲,不过是因为那些女性太奇妙了——她们快活、大方、强韧、宽容。生育次日便下地劳动,创造一半财富却安分随命。牧人组成的家里,男女各有不同的分工,一般说来男外女内,只是外人不知这"内"的一半有多重要。组成家的牧人在游牧活动中如乳融水,他们的游牧生产和他们的个人生活丝丝入扣,亦生活亦劳作的形态不可思议。

残缺的家庭——如果在其他文化是不幸的,那么在游牧文化里，家庭残缺是可怕的禁忌。平衡会崩溃，事故会发生，会丧失生产主角的地位。

9. 朋友（畜）

mal，也就是牲畜，才是这个世界的真正核心。

很难找到准确的比喻。不使用经济术语不能揭破游牧世界的本质，但是经济学当然又不能洞彻丰满的游牧生涯。要言之，牧人与牲畜之间的关系，还不完全类同于农民和土地的关系。牲畜不仅是生产资料，还是过日子的主食、道路上的朋友和生存中的乐趣。

与活着的牲畜相依为命的方式，造就了这个世界的许多性格。面对生命的存在，造就了完全异于农耕或都市的思维。也许，农民们很难理解——在远处的草地里，那些人不单单是在受苦和劳累，不是对着死板的土壤。马有骏马，牛通人性，农与牧是不一样的。人性被牛马驼羊的生命引诱启发了，活泼的家畜，给了人以一种有情调的生活。

添句多余的话：在伤痕文学流行时，常听到对牧区知识青年怀旧的不理解。确实，只晓得一点儿穿小棉袄刨土坷垃的他们，不懂我们为什么不愿控诉苦行般的插队。开个玩笑：那不过是以狭隘小农之心，度我骑马民族之腹。

mal，牛、马、羊、山羊、驼，合称五畜。匈奴云"使我六畜不安息"，可能加上了牦牛。它们是牧人的依靠，也是牧人的朋友。至于狗，这种更加性灵的家伙虽不可或缺，但它不算牲畜。

10. 古歌（艺术）

如此的一个世界，滋养了与它匹配的艺术。当然我说的只是古代的、民间的艺术，而不包括亦步亦趋地汉化的、那类转眼当逝的流行曲。

环境和生活的调子，创造了艺术形式。马鬃和肠弦相摩擦，奏出的音质只会是悲凉的。马头琴的物质特性，使它完成了对舒缓的蒙古古歌的伴奏。当然应该是歌在前、乐器在后。但细细端详它，马头琴起源的古老是无疑的。

当我说这都是来自它们丰富的环境时，好像概括还没有达到全面——游牧世界的确并非那么缺乏变化。还是用天山做比较——哈萨克崇山峻岭的牧区，就与乌珠穆沁大不相同。无独有偶，诞生于那里的另一类被造的乐器，是琴声急促宛如蹄音的冬不拉。也许西亚融入的血性更在意纵马的快感，所以冬不拉表现了骑马的行动方式。

这种马鞍之歌是最随意的歌曲。它们的曲调只有大概，

歌词可以即兴增删。在颠簸中，直到唱得胸臆吐尽心腹痛快时，它才最后获得完成。

同样，这样的音乐形式，不时也遭农耕和市井出身的人报以哈欠。但牧人并不寂寞，他们可以去对牛弹琴。在时间大河之中，在二十个世纪的吟唱里，游牧的文明，丰满起来了。

马头琴在两根肠弦间奏出的低沉呜咽，强调了蒙古大草原的平坦感觉，也暗示了它的单调。它与随之而起的歌子唱和，一唱三叹地重复真知，抒发胸中的惆怅。我第一次听到这种歌就被它俘虏了。谁能解说它呢？那难言的预感、朴素的比兴、宿命的思想，韵脚的滋味！

马林诺夫斯基提出过文化的纵深构造。他说文化由物质的、行动的，以及精神的三元构成。在如此五种牲畜一片牧草、颠簸鞍上迁徙不已的——物质和行动之后，蒙古的心情，草原的精神是什么呢？没有听说谁能回答。唯马头琴和那些一叹三叠的古歌，隐秘地使我们久久猜测。

2005 年 2 月改定

美女与厉鬼的风景

在阿拉杭盖（地理教科书上，这个蒙古人民共和国的省份被译写成后杭爱省）——有一个神秘的地方。

那时是深秋，千里枯草，金风逼人。在阿拉杭盖的草海里催车攒行，我觉得空寂在四面合围。不知是走场还是秋营地偏离车道；总是无人、总是无限发展的空旷一片，令人不安。

那是一种神清心静的不安——默默注视着，任风景离合，任前途变化，不思不想。

渐渐地，走近了那一对地点。

一处是火山——有诸如哈拉讨高（黑锅）、黄狗地狱等等景致。火山由于是在大草原中央喷发的——它的位置应该在中国长城与俄国西伯利亚大道之间正中处——所以遐遥望去并不雄伟。但是宽阔的草原怀抱容得下一座火山喷发的点点滴滴：有些岩浆在潮涌中原封不动地凝固了，边棱锋利；有些迸溅四射的岩渣在草丛里半扎半歪，狰狞得仍像一滴巨大的液体。走近泛滥的岩浆潮时，开始觉得恐怖。我看看天空，还是蔚蓝清澄，于是再走。倒立竖起的黄褐色石渣如棚如檐，每一秒钟都要坍塌。牧人们不知迁到了哪里，问一问知道这里并非弃地。在这种活地狱般的风景中钻着走着，我觉得在和一群厉鬼交流——它们是某种蒙古草原的门户，苛刻地审查着来者。

我心中不断回忆起我的乌珠穆沁，回忆我在那里当牧人的好成绩。天空依旧蔚蓝安详，我走近了火山的襟麓。

当我第一眼看见那满山坡密密堆起的敖包时，觉得怦然心动。不见牧人，但是满山都是牧人心情。蒙古人对大草原万里舒缓中的这个黑鬼是怎样想的呢？他们密密堆起的敖包，摆上奶酒，但没有留下一句话一个字。登上火山口，俯视着一个巨大漆黑的无底洞，我意识到那些恭敬的敖包堆是正确的。漆黑的入口，庞大的入口，倾斜泻下的入口黑壁，目力难及的洞之深底——都静悄悄地，逼你承认造物者的真实和伟大。

笔直下滑的黑黑斜坡上，生着一棵棵垂直的树。叶子枯黄，沐着阳光，美丽得如黄金薄片。如厉鬼肩上的花一般,那金箔般的叶子给了我如镂如刻的印象。在漆黑而且沿向无底深渊的斜壁上,这种美丽的金黄真不可思议;我不断地联想到生命的危险。

——那时,我觉得自己的心情离那些堆敖包表示崇敬的牧人很近。

几乎可以断定由于那黑锅火山的男性行为,附近有一个美女般的白湖。

湖名查干淖尔,颜色却蓝得离奇——仅仅比新疆赛里木湖稍逊一丁点儿。大自然真是阴阳有致。在这里我开始觉得它们才是男女;我们这些庸庸碌碌的人才是木石。

蓝蓝的波粼,闪烁着缄默的光。那样蓝,人一见便像见到一位真正的美女一样,看一眼便再也无言了。

车沿着黑锅火山下来的草路,一会儿便驶上了白湖的湖畔。轮子无声,蓝得摄魂的风景洗着视野,在静寂中变移。天空依旧稳重地笼罩我们,牧人们的影子还是一个也望不见。美同样是一种禁忌——我总觉得牧人们远远迁离白湖周边,大约也同样是为了挽救自己。

果然:在湖的尽头,在一个港汊上,我看见湖水中密密地堆着一座座敖包。那时已近傍晚;敖包如塔如林,静静浸在蓝得深沉的湖水里,像一片桅墙升出海面。那样的浓重蓝波中，浸泡温柔的永恒。

记得我惊呆地停了很久，我是最后一个离开湖畔的。古风不存了，人们都在慨叹。

但是古来的牧人确实活着，只是他们不轻易出现。在无言之中能和他们交流的只有我，因为我曾是乌珠穆沁的牧人。我们都怀着危险的生命，都对美爱得畏惧。

驶远后，在一次停车时我又急忙再望了一眼：白湖在远方如一笔纯净的蓝彩，偎倚着狰狞的黑火山。

——那以后几年过去了。只要季节轮回到深秋，只要见到黄叶，我总是想到蒙古人民共和国的那一对地点。就像插队多年的草原知识青年那样，只要阴天就想起牧区的风雪，只要看见马车就想起牧人生涯一样。

危险的生命

命,究竟能忍受怎样的限度,是个古怪的,但也是个原初的问题。在中国文化人中很难讨论它,因为他们遇不上危险,早在风吹草动之际,他们就又变又叛了,不能与其讨论。人太油,不如草木。

在蒙古的阿拉杭盖,我看见了大自然对这问题的应答。那里是一处火山,我在散文《美女和厉鬼的风景》中把它称为鬼。它有"黄狗地狱"、"黑锅山口"等等一套恐怖得令人厌恶的地名系统。我猜那次火山爆发——那次恶的大喷发中,绝灭的太多了。草原和大陆都土崩瓦解,甚至连土壤都消失了。取代那一隅世界的是铁牙般的硬化熔岩,封闭千百里的炼渣壳,还有一个黑森林的地狱入口。

但是又不该跨入黑锅火山。它毕竟仅仅是茫茫草海中的一处火山而已。可以走近或离开它,可以看到它精疲力尽的边缘。不是它烧光和吞噬掉了北亚草原，而是亘古以来的大草原包容了它——看着这样的景观，很像琢磨着一个哲理。人的心张弛着，既紧张又平静。

值得反复地描写的是火山口漆黑的斜壁上那一株株黄叶。真是美得令人心惊。风吹过时，那如金箔似的黄叶抖着，反射着耀眼的光。在黑洞洞的烧得铁硬的砾石斜面上，它们的根扎在哪里，它们若跌落折断会堕落到多深，不降雨时它们靠什么生存长大，这些细节是无法从哲人般的北杭盖获得解答的。

难怪牧人们如此恐惧。祭敖包是一种不易解释的行为，而火山敖包对住在乌珠穆沁那样的肥美草原的牧人来说，更是无法想象。怀着祈求春雨祈求一羊双羔的善良愿望的老实牧民们，当他们看见马儿惊怕得后退，当他们看见步步逼近八面合围的狰狞黑牙时，他们不知怎样祈求了。

我看见一个骑黄膘马的喀尔喀老人。他朝一坯黑焦渣上摆奶酒瓶子，那瓶子放不稳。他的胡须和双手剧烈地颤抖着，当瓶子好不容易竖立在那砾石渣上时，他不顾一切地跪下去，匍匐在地。

瓶子倒了。跌下石渣块，在下面一块奇形怪状的石头上碎了。砰的一声，瓶子碎得像夭折了一条命。奶酒霎时间渗进了黑色的焦土,像无谓的流血。老人哭了起来,我不知后来他怎样离开,因为我不能再看下去。

就在那天,就在我急忙离开那个喀尔喀老牧人转过山脚以后,我突然看见了那些金叶子树。

真愧得很,我连那是什么树也没有弄清楚。树干笔直,有些像杉,叶盖呈一点伞形,也许是什么松。我只是记住了它们满身披着的、簌簌抖动的薄薄金叶。

我尝试走到了火山口的边缘上,但是我没有敢顺斜坡下去,朝下面的深处探险。一步踏动了那笔直下滑的黑渣,我猜会一直摔进无底的地狱。那时我暗自嘲笑过自己的软弱,我大声地吼过一声。可是,就像冒险和正义经常有着限度一样,我最终没有能迈出那自杀般的一步。

如果换了美国佬,大概他们会周密地计划买好直升飞机,安排好救护队、摄制组,甚至征集一对志愿在黑洞火山口结婚的男女,最后安全而无耻地"下去"。他们会在获得数据、新闻、刺激和出名的机会后,再得意扬扬地离开黑锅火山,扔下遍地的口香糖纸、可乐罐和牧人们献上的祭品做伴。

我不那样干。

我也不愿像喀尔喀老人那样落泪。我只是苦苦地思想着那长满薄薄金叶的树,猜测它们怎样在极限的危险中获得生命。我找不到结论,那斜斜倾泻直下地心的黑烧烬实在黑得深不可测,那黑烧烬中挺拔直立的金叶树又实在太明亮了。

以前我只是对它的美赞叹过。如今我要寻找它存活的原因。活着,而且美,又是在那样的险境之中,三者之上应该有个什么。

关于阿拉杭盖,我不会再写了。那儿于我是彻底的异乡。我只打算记住那些树,保留这一个印象。

或许,这个印象应该用画或摄影作品记录下来再传达给朋友和故乡人,或许这种印象只是少数人才需要的。但是,关于生命存在的处境问题,特别是关于生命、处境与美的问题,对今天的中国是急需的——至少我是这样考虑的。

在黑锅火山,除开那种金叶树外没有其他生物存活下来。这偏激地证明着一个观点:美则生,失美则死。

1992 年 11 月

安宁的权利

进入九十年代以后再做草原之行,感觉说不清地在哪儿变了。在社会和自己、蒙古牧民和我之间,仿佛硬拱进了一个第三者。它使人别扭不快,使人心思烦乱,而且使长久的安宁被一丝丝抽去。

在都市里我已经习惯了它。换言之,我们习惯了日复一日在罪恶的喧嚣中,让双耳渐渐失聪,让眼球终日充血,让心灵的休息和宁静被扯出一根线,川流不息逝者如斯地被抽着,像抽丝,像吸血。我们在大都市里以憔悴换回存活,再拚命干才能捎回一点意义。

而漠北草原不同。那里静谧得简直能听见四十里外的一只獭子咳嗽。或者,在草海潮动时,能吞吸近在咫尺的声音。所以汽车和拖拉机常常闯到鼻子下才被人听见。

我的养生之道，是两年里去草原休憩一回。然而人多难如愿，实际上只做到十年一两度。即便如此，在沉稳的静谧和安宁中，我摄取了清风露水，也摄取了安宁和平和。身心调整一月，然后人就能重返城市前线。

原来养牧五畜的游牧民，就是在这样的环境里，费几千年时间渐渐凝结了自己的民族和传统。他们享有几十里空阔无人的前庭，依靠绵延茂密的后山。视野里遥遥出现一星人影，他们知道那是谁家的老人去寻马找牛。夜深时仿佛传来一声响动，他们会意那是北边的某某趁月色运送青贮草。酷热的夏天午后他们放心在山腰熟睡，因为毗邻的羊群今天向东面出牧了，而自家羊群应该在西山游荡。冰封雪断的冬月平原出现了两骑马，他们警惕地注视着，外人闯入的消息在傍晚前就能传遍方圆百里的所有人家。

全套的语言依这种环境和生活建立起来，教科书和外语学院是无法归纳它的。全套的传统习惯和民族心理也在这里丰满。他们剽悍，因为必须降服野性的大畜；他们勤劳，因为生计贫富成败都只在自家一户每日的安排；他们寡言，因为自幼至老不出草海，针对外界的语言从来只是在半导体收音机里听过；他们满足，因为祖辈相传直至上溯成吉思汗，生活就是如此，而且平民的富裕也就是如此；

他们热情，因为他们精熟四野，他们自己在风雪中独自找马或买粮的时候，也必须投宿求人。美好的文化形象被传诵了，蒙古草原，在地球的每一个角落都拥有勇猛、古老、善良的名声。

但是，今天这一切正在遭受着粗暴的破坏。前年回草原时，以前毡房羊群布散草海的风景，被挖上了疮疤似的窟窿——原来想发财的人刨开了青草，挖出一个个土法采铜的矿井。采矿坑或是长槽，深数米；或是坑道，深不可测。草地上游荡着三五成群的闲汉，用肉引开牧民家的狗，闯进毡包抄起壶自斟自饮。夜间不时蹿过摩托，载重卡车隔几天就运走一车矿石。

以前，牧民们讲述四周地名的时候，说到奥由特，总是带着神秘的语气。"有翡翠的地方"，我听着也觉得高兴。可是如今奥由特成了破坏植被和自然的情报源，亘古以来游牧民族享有的安宁，被打破了。

去年夏天再回草原，牧民兄嫂的神经已经失衡。丑陋的黑洞愈挖愈多，家门口南边山坡上，视野中已是一片疮痍。采矿队搭的地窝子挡住路口，他们每天开着拖拉机汲水，使得水井总是几近干涸。牧民们的眼神不再自信和悠闲，他们老是紧张地盯着山梁上溜达的人影。

油画《东苏木以东》。张承志作品

面对着如此新世纪,家家的狗都晕了,不知该叫该咬。黑乎乎的地窝子附近,草原上甚至奔跑着两三头猪。马驹在矿坑里摔断腿,掉队的羊被人盗走。争吵纠纷时一片混乱,你蒙他汉,各自吵嚷着对方听不懂的语言。

安宁被破坏了。古老的生活,被推上了一个边缘,摇摇欲坠。粗暴的深沟,不仅挖在奥由特的山坡上,它挖得文化、自然还有人心都伤痕累累。

牧民兄嫂整个夏天都惶惶不安,他们的面容眼看着憔悴了。有时我们正沉浸在往事追述,突然哥哥盯着我:"你能不能去和旗里的大了嘎谈?"我怔住,大了嘎即官吏,那是我最不会相谈的人种。有时我们在晚风吹拂的山顶上看风景,青青连山楚楚动人。我说:"看,和以前一模一样。"他说:"大了嘎肯定拿了钱,不是一万就是两万!"

闯入的居住者,挖破的牧场,已经使蒙古哥哥乱了方寸,神经兮兮。我被强烈地感染,心头又涌起不能改写清淡闲文的自警。可是正如他所判断,权与钱的媾和,出卖了古老的生息习惯,更出卖了牧人的安宁。

我不知说什么才好。

享有纯粹而悠久的安宁,也许是蒙古牧民的一项奢侈。虽然它才是人的基本权利。怕的是才刚刚开头,我想着打了一个寒噤。

自然保护的话题正在外面大肆流行，而自然于一户户牧人是"努特格"，这个词一层层有营盘、草场、家乡、祖国的含义。或许他们该去听听天山天池的哈萨克，以及北京三里河的"和屯"人，听听更地道的绝望和不安。我沉吟了许久，空空凝视着旱季的绿草原。

正在这时门前喧闹起来。出去看，牧羊犬咆哮着，对着远处两个怪物般的黑点狂吠。孩子们抄起套马杆，兴奋地跑去追赶。原来是挖矿人养的猪窜来了，惹得孩子们想套翻它。大人又吆狗又骂孩子，后来静了下来，像是话匣子里刚响过一个难听的插曲。当夜异常的静，包外又不时有摩托的响声。

我睁眼望着半圆形的、蒙古包的天窗。墨蓝的天穹上缀着几颗星星。还是那个古老的大陆腹心的草原之夜，它眨着眼，注视着我们的不安。

1998 年 4 月

一页的翻过

十几年前在东洋文库,写作日文版《蒙古大草原游牧志》的时候,我感到一场巨大的变化正在逐渐发生。从木轮车的消失和泥房子的出现等现象中,我觉察到一种躁动。于是我半是憧憬半是忧虑地写道:游牧草原的历史,"也许已经要掀向它最后的一页了"。

后来在北京,用《牧人笔记》为题出了它的中文版。时值"最后的一页"掀动得如雷鸣风吼势不可遏,我心中吃惊;为当年自己童言无忌的立论,更为这历史改页的实态。

为了探究自己的感觉,我曾经费劲地解释一个个细部。"游牧生产方式",这是一个无所不包的世界,它一直深入到人的思路和满目的风景。只是,愈是知道它从前十三世纪的突厥时代以来亘古不变,愈是熟悉那些"浪漫意味十足的木轮子"和"穿皮衣用羊毛搓绳子"的源头古老——就愈是感到随着泥坯定居点、塑料尼龙绳、铁筋车,甚至拖拉机一起,闯入草原的,是一种陌生的新生活。

而今天,预感已是现实,它破坏着、替换着、唆使着、蔓延着,带着粗俗而生气勃勃的欢叫,恣情地在沿袭了十个世纪的旧营盘上摧枯拉朽。

何止是六瓣八瓣的自制木轮牛车,连铁筋轻便车也几被废置。草原上的勒勒车队,正在被拖拉机和客货吉普车替换。越冬、春羔、驻夏的三个营地,加上秋天追逐草籽和养料的敖特尔迁徙,已经变成了一座砖房和一座毡包的基本定居。热乎的火炕、夹墙后的啤酒,使年轻人不愿意动荡地搬家。草地的退化,首先在一座座砖房周围开始了。嘉陵、铃木,一辆辆摩托车在嘟嘟穿梭。马群里的乘马发肥,赛会上挑不出善奔的骏马了。两年三年不骑,乘马暴烈难驯,还原成生个子马。女人缺乏驯顺的牛拉车汲水,男人少了代步的坐骑——破天荒地,出现了蒙古人不愿骑马的新问题。

motar 是什么意思?taisen 是什么意思?还有 yidang、erdang、lieji——听不懂的词都是借词。摩托、铁丝网、一档、二档、离合器,汉语借词像潮水一样涌入草原。加上啤酒瓶子，三轮货郎，小偷盲流工匠，今天重返乌珠穆沁的人，会觉得目不暇接心慌意乱。以这样的速度变幻下去，新时代的草原会变成什么样子呢？

雇工已经非常普遍，而这个词曾经被译成剥削。新历史才刚刚打开，就已经淘汰了第一批牺牲者。由于懒惰、病死、继承无人等原因，熟识的家族系谱中已经溃灭了不止一家。当然相应的也有迅速富裕起来的家庭；政府奖励了一个铜牌挂在他们墙上，上面写着"小康户"。而读着蒙义一侧不禁让人忍俊不禁：这个词在六十年代译为"上中农（牧）"。

政治的社会秩序，在回眸之间呼啦啦地坍塌了。当年被阶级划分理论打入了凄惨至极的底层的人，那些牧主和富牧子弟，今天不仅多是富裕人家，而且心思更在荣誉——比如积极在赛马、摔跤、祭敖包等带有宗教意味的场合出面。最具有讽刺意味的是当年的贫协主席又是率先沦为贫困户；在吃光了最后一只羊以后，他的家庭消失了。有人说他去世了，有人说他的儿子在某地当雇工放羊。我听得目瞪口呆，不知其中的教益是什么。

三十年前的一个小孩，请我去他家过夜。我进了他整洁的红砖房，坐在铺着毛巾被的沙发上。夫妇俩都是当年我的游牧小学的学生，羊群雇人放着。邻居（这个词的词意也变了，如今往往指雇来的牧工家）的狗像一条大狼。我埋怨狗，他说："不，老师，时代不同了！现在草地上什么人都有，养狗都盼狗能咬。"我们吃饭。是米饭，先上的凉菜一红一绿：白糖拌西红柿，醋拌黄瓜。我感到他俩对我们贫穷往昔的怀念。所以，当他们向我咨询将来发展的战略时，我后悔以前在国外，没有调查一下欧洲式奶酪的加工技术。睡前我出去解手，他们紧紧抓住那狼狗，一直等我回来，后脚也迈进了门槛。我回头瞟了一眼，起伏静谧的夜草原起伏如故，熟悉的曲线一点未变。

牧人的心慢慢地陷入了紧张——自由被限定了，游牧被圈定在自家十里方圆的草场里，甚至是铁丝网里。视野和闯荡被缩小了，再也没有谁熟悉邻近的草情，更不用说有谁对半个乌珠穆沁了如指掌。囤积最大限量的青贮草应付冬天的雪害；然后盼着下雨，盼望被啃秃了的退化的草地一茬茬地长出绿草。然而偏偏地球变暖，雨水稀少，羊毛跌价，被私有化政策宠得骄奢得意的牧民，心中茫然失了方寸，他们被抽去了判断明日的经验。

于是人心向神明渐渐皈依。处处都能看见祭起的敖包。大些的著名敖包祭会，如今是年中最紧要的行事。小些的敖包密不可数，分别在脑后的山顶、在大路辙印的当途、在形状特殊的山顶、在逝者指示过的地方。敖包（obo），这个在蒙古学术中经久地被人讨论不已的名词和现象，也许只是在今天才脱露出了它的本义。

我屏住呼吸，凝视着沉默的莽莽草海。我也变得无言，喜欢藏起心底的激动。死于酗酒的诗人纳楚克·道尔吉遗有名作《我的家乡》（Mini nutug），赞颂和归纳了这横贯北亚的草海。努特格（nutug）这个词也曾被我再三琢磨；它兼有营盘、家乡、草原、祖国几重含义。而今天这个词已经愈来愈频繁地指向草场承包以后的那一小块地盘了——我不知道，等到草海历史再次翻页的时候，它会演变向何方。

一连三年，每个夏天我都返回蒙古的草海，去看历史翻页的实相。

第一年的富裕使我惊奇而满足。第二年我们的门口出现了闯入者，挖矿队破坏了草原的植被，更打破了牧人的安宁。第三年的夏天开始了大旱，越一冬一春没有解除。羊群从清晨就冲到了水井边卧下不动，破天荒地，水井干涸了。此刻是龙年岁末，可怕的白灾又来教训已经奢侈无度的草原了，连电视上都在号召募捐赈灾。熬到明年青草再绿时，穷富不知会颠倒几人，牲畜不知会死灭几成！

昔日的长者大多弃世。熟识的青壮，如今也减少了两三成。草海中的浮沉毕竟是严酷得多，望着陌生的一代新生的青年，听着他们似乎口音和速度都稍有差异的对答，我觉察到一种——我不愿接受的，新老交替的感觉。

那时和这时，都有梦一样诱人的地平线，有青色的晚炊和奔波的骑影。外人眼中的草原，电视机上贩卖的草原，从山峦到青草都如同骗术，那么不易分辨。

窥见了历史的翻页，究竟是一种收获呢还是一种痛苦？我不知道。"牧歌式的生活"，偶尔闪过这句不知谁制造出的话。这种话语的浅薄使我去追求生活的真实；而当呈现的魅力俘虏了人心以后，生活又轰隆隆地把一切碾得粉碎。站在茫茫大地的奥深，如同独自站在北方草原的一家定居点门口，秘密的规律如夜的潜伏，无法参透。

一个眉清目秀的青年来邀请我。去我家吧，他简捷地说。实在没有时间了，我解释道。他翻出了我和力格登（蒙古族作家）的照片，给我吧！他要求。给你，我说。我送他到包门外的草地上，暮霭浓重得几乎辨不出他的脸。"您不去我家么？"他发动了摩托。"真的，没时间了。"我抱

油画《夜草原》送给李仲祺。张承志作品

歉地回答。他的摩托消失了,风吹来一串马达声。我目送着他消失在苍凉的草海,他留给了我一个新鲜的印象。

2001 年 7 月 再保存

与草枯荣

窗外是如此颓败的一派风景,人也就再无意争夺辩论。关心更加私人化,常常只顾想着自己的喜爱。就这样心境日渐通达;天边身外的事情,就宛如摆在眼前一样。凝视着它们,觉得那么亲近。

一个念头浮起不散,大多有它的引子。

那个夏天在草原,在听说了钢嘎白音的死讯时,大概不觉间就悄然咽下了一粒种子。于是在一九八五年我怀上了这个念头。它在我的腹中久久醒着,提示着我,一次次目击平凡的生死。它陪伴我用三十年的注视,仔细观察了一个民族肌体的自然代谢。

"钢嘎白音"的死讯,是在闲谈中偶尔听说的。为了躲开无聊的追踪纠缠,我已经把名字写成代号。此篇也一样:钢嘎即时髦,因为即便在物质匮乏的六十年代,他也总是打扮得人马两帅。

洁净的蓝袍子,优美的长马杆,说话温文尔雅,他的外貌酷似在北大教过我的考古教授。我亲耳听他给假天真的女知识青年讲打马鬃(还是把蒙语的术语及转写从略吧)——他居然那么耐心地对着一位酸溜溜的女生,一嘴一个"马群剪头发"。

由于我插包的家庭的关系,我在草原上的年月,若说艾勒(邻居)这个词,不能不说到他家。他一直做我家的艾勒,因此我多少见识了游牧社会中的这一层结构。今天忆起,我能就乌珠穆沁的复杂性懂得一二了,但是当年我曾好久不能习惯:眼前这位大学教授,怎能是一位驰骋酷烈草原的马倌呢!

他已经死了。

他抱养的女儿,和我家的达莫琳同岁,虽不出众,但是个文静的小女孩。他的妻子贤惠而能干,可惜因为她是牧主子女,所以当年的知识青年们对她保持距离。而牧民们很迟钝,只觉得钢嘎家是贫牧成分,而且家里那女人"不会让人饿着",所以对知识青年不插包住入他家,表示不解。

他是与我交往最多的牧民。因为总是艾勒的关系,邻里厮磨。放羊的我，经常坐在他老婆的牛粪箱上喝茶。这女人确实有一种道德，她用大碗给客人盛饭装茶。我是证人：我目击了住他家的瘸马倌，一连两年用一只大碗。而我，到蒙语自由些以后，就推辞掉了这撑得人肚子胀的美德。

我有一张题为"回故乡之路"的照片。画面上，茫茫草海一辙车路，有一辆轻便马车，在走向地平尽头，车旁伴着一骑马，与车无言地并排而行。那是一九八一年之夏，我正在重归阔别九年的草原。

记得长途班车到达了公社的镇子，我下了车，迎头正巧遇到钢嘎白音。他照旧文雅地微笑，照旧遵行艾勒人的责任，问我：今天，是由他把我来了的消息带回去、我住下等家里牵马来接呢？还是立即坐他的小马车走。

我很高兴，为一切的丝毫未变，包括为他这副不变的绅士派头。

归心似箭的我决定搭他的车。画面上，赶车的少女是他的养女，车旁骑者就是他本人。也就在那一次，我发现他已病入膏肓。半路上他疼得一共两次突然下马，是胃疼呢还是肺病？最终也没搞清楚。我只记得那个靠着马脚，紧缩身子蹲着的痛苦姿势。我看着，看得难受。还记得他女儿说："阿伽，您坐吧，我来骑。"但他不睬。我猜他认为马车的颠簸更难忍。

虽然是我的重返故乡，但我只能一路默默，心潮起伏地越过了整个南部的草场。先到他家（病痛过去后，他立即恢复了绅士风度，再三邀请我在他家住一夜），再骑上他的马，绕过满水的泰莱姆湖，回到我的旧毡包、小妹妹和绿色的夜。

第二次，刚回到草原，就听说了他的离世。我有些莫名的遗憾。他的事，在迅速地被人们遗忘着。只是由于反复追问，我才知道——不能自立的寡妻已经回娘家就食。财产么，自然就与妻兄水乳难分。远嫁的女儿如今在哪儿呢，似乎已说不清楚。

我第一次目击了一个毡包的消失。

这是一个家庭的消失呵，我被它的无情和真实震动，久久咀嚼着其中冰冷的滋味。草原毕竟是一种严峻的世界，男主人死了，包中的柱子就折断了。一个崩垮中的家庭就像一个水桶漏水，它无法制止，远比它被缝起时容易。草原只承认实力，丝毫不为昔日风采惋惜。时髦马倌的事情于我是一个认识的开头；从此我便开始目击一代人的更迭换代，随着如此剧烈的社会动荡。

无论如何，与我的青春一起在同一块营盘上结伴并立过的、那钢嘎白音的齐整毡包已不复存在。后来才体会到，这无声的事实给了我一种刺激。

那次只是一次信号闪过。大自然的枯草期来了。

蓝家族（我又在起外号了）则是从政治到气质，对我们大队、对一群北京青年影响最深的一族。作为蒙古人他们显示着血脉的曲折，这个家族的男子，个个深目高鼻，身材伟岸。尤其是他们的眉眼传神——这在蒙古利亚种族是少见的，在中国则像熊猫一样稀有。一句话，他们宛如一群草地贵族。

他们是一个血统特别的家族。像《蒙古秘史》的启发一样，北亚游牧民的混血是丰富的。蓝家族的男子不怕穿上呆板的汉人制服。他们的优美来自骨架，来自比乌珠穆沁还不同的异质，宛如电影上的阿尔巴尼亚人。

这个家族的神奇老祖父，据说就和我们的下乡前后脚，仅仅在六十年代的早期去世。事隔三十年我特别想见到他，当然那不可能了。但是若能奢望那样的机会，我猜我能弄清许多大事。

老祖父是历史、是传奇、是上一代；而我只能对我目击的有所体会。

蓝家族的巴父,当年是远近的名人。他微笑着侧过脸瞟着你时,那神情活脱是一个西部片明星。现在回想,他属于最后一代靠传统技能著名的牧人。他的套马是一方的传奇。当年我们嘴里总是数落叨叨着:巴父如何能准准套住一只马耳朵半边马脸;如何被边防军用摩托车请去、长马杆子拖在一串汽油青烟后头;如何保持着把儿马套一个滚翻的记录,而且如何在老年的一次众目睽睽下还是把儿马套转了脸——吹牛是一件多么过瘾的事啊!那时忘了——他还是一位有思想的人。

由于时代的矛盾,当年我和巴父间的关系,也卷入了家族纠葛,以及讨厌的政治。似隐似现的隔阂持续着,直到我决心试试民办小学的时候。

那时我率领一群蒙古小孩,拾羊毛、种萝卜,并且下意识地不做同化帮凶——我刻钢板编了乡土教材,教蒙文。巴父的儿子巴,在那个时期忠实地追随了我,他是我紧紧依赖过的、最可靠的两三个蒙古小孩之一。

也许这个"汉人"和儿子的友谊,引起了父亲的思考。巴父在一次我回草原时表示:要和我深谈一次。我感到莫名的激动。我说:"可以,我等着您。"

但是除思想外,同时他还有更大的事——酗酒。从月初我回去，到第二个月初，他日以继夜地烂醉，一直醉了一个月。时而他跌撞歪斜，突然出现在谁家门口倚着门框微笑，然后瘫软在地；时而纵马嘶吼，危险地把鞍子晃得忽左忽右，入魔发疯地驰过草原。一个月里不知他的去向。时而听说他在南边营子里昏睡，时而又听说他在几百里外的远方醉游。

直至离开那天我没有再见到他。

我必须回北京了。我的内心里对他依依不舍，因为我认真地盼着和他的"深谈"。我甚至奢想，这谈话将使我得到对我非常重要的、牧民的评论。但是没有；那次离别，也是我与他的永别。

蓝家族的其他几位阿尔巴尼亚美男子也都逝去了。他们去得无影无踪，就像草原上曾闪过的、那潇洒彪悍的姿态一样。

今年则更是遗憾。暑假里我带着女儿回草原，人很累，所以罕见地不愿多串门。而巴父的儿子巴——他实在住得太远了。犹豫几度，最终我还是没去他家玩。因此也就失去了最后探询他父亲的心声、他家族的真实的机会。

草海里的一个无名家族，虽然它的成员有些逝去有些活着，但是归根结底，它主导一块草原、赢得权力和荣耀的历史结束了。

后来我多次回来。人们已经对我使用这样的句子:"还记得咱们这儿过去有过一个蓝家族吗?……"每逢回到这片萋萋芳草,看着草潮的荡动,我就想:逝去了的,真的就是一去不返了。

大阿伽和我的关系可是非常深厚。他有二十年马倌的光辉履历,在我们的大队,他是首席牧人、慈祥老者、无字书等一切形象的集合。当然友谊是有缘头的,主要的原因是:他是我的朋友、同班同学唐的义父。所以,在漫长的插队史中,大阿伽,自然也就与我有了一种类似叔伯的关系。

九七年么或者九六?那次我去公社(早就改称"苏木"了。但我不习惯,而且苏木一词不一定是蒙语)看他,找了好久,才发现大阿伽慢慢悠悠地,迈着牧马人的罗圈步,从新修的庙门走出来。我大喊:"阿——伽——!"然后随他参观了新庙。

庙里都是陌生人。有个别小喇嘛神情不太友好。当然他们不知道一九八一年恢复此庙时,他们的"格斯盖"(高级的喇嘛职务,我也不懂详细——也是我们队牧民)曾专门找到我，要求我帮助。虽然格斯盖已经死了，但我依然是大阿伽的旧日"牧友"，所以我当然有特权参观。

阿伽对他们说的话是："这不是随便来的一个人，过去我们总是一块，我们一块放过牲畜，我们过去一块——"我听得很快乐。哈，"我们一块"，真是最棒的介绍！

接着看庙。在彩画一新的庙里合影。

庙的正庭中央，有一座白塔。我问道："阿伽，这塔里有什么呢？"阿伽微笑着回答："这里面，有佛。"不知为什么，我听了非常感动。

然后去家里喝茶。

他住在新庙旁边，可能我们以前也来过的那片泥屋巷子里。一盘干净的土炕，拐了一个直角，几乎占满了屋里全部空间。他的草地上的毡包早已收起；以后用或不用，要看一个小独孙子。这孙儿半大身材，条纹T恤衫，俨然一个现代小伙。初对面，他对我不知该尊敬还是该挑衅，不时地在旁边瞟着。

早就听到了阿伽当喇嘛的传闻，但传说是含糊的。

"阿伽算什么喇嘛！他就是随着喇嘛们，就是一块坐坐！"哥哥说。

"那么阿伽也有那种红的紫的，穿的东西吗？"我不会用蒙语说袈裟。

但是盘腿坐上阿伽的泥炕,端起茶碗,话就变得容易谈了。我小口喝着,望着他。比起我们一块谈论牧草马经的当年,他消瘦而垂老了。话题既然是庙和喇嘛,他依旧像以前那样,和蔼地给我讲解。真的,除了与我们的智识阶级,与一位蒙古老牧民讨论人的信仰,是容易的。

他刚从林西看病回来,表情轻松自信。"病么,就不想再看它啦。若喝药,以后只喝些蒙药吧!"

这不是一句随口的话。老人们都这么说。

谈及关键的牲畜,他告诉我:"有百十来头羊,交给亲戚和女婿了。若要吃肉他们会送来。旧的蒙古包还很结实,他们需要随时可以用。阿伽嘛,就住暖和的土房子啦。"

确认了我在这间小泥屋里的地位以后,那半大小子端正了礼性,双手捧来茶碗。我拿出长辈的神态,随便接过,顺手放下,并不停住和阿伽的谈话。

斟酌词汇是最要紧的。我害怕说错,挑着词儿,小心翼翼地问道:"那么,在庙里,在喇嘛的数里,有阿伽吗?"

"是的,阿伽嘛,也在喇嘛的数里。"

奇怪的是,他完全重复了我的词汇。一刹那,我发觉随着这么一句话,阿伽的神情里浮起一种满足。这神情在他衰老的脸庞上，化成了不可形容的慈祥。比我们二十多岁时，比我们还一股孩子气时，还要显得慈祥。

我觉得新奇，更莫名地感动。由于在北京已经送过老人，凝视着这张消瘦的脸我心里明白：阿伽的日子不多了。

人称大阿伽的他，逝世于次年。

还有一些逝者，几乎和我没有过交往。但也许比起上述的朋友，他们的辞世更使我难过。他们是被划分为敌人阶级的人，地位在人与非人之间。知识青年似乎天然就对他们敌视，自然不会称兄道弟、认父认母。

她是一个"富牧"的女儿，年纪可能比我们稍大一些。

富牧就是农区的富农，今天说起来这个词，依然有恐怖的感觉。在提倡"实事求是"的时代里，她家曾经有多么富呢？一百来匹马，二百来只羊。不管比起今天的哪个牧民，都寒酸得令人发笑！当然还有"剥削"；她作孽的父亲使过牧工。

我还记得，我们把一个失意的下台干部秘密请来，关上门，给他吃香喷喷的小米饭羊肉汤。让他挨着个地，把队里的四类分子细细讲了一遍。

特别记得下台干部讲的、她父亲的故事。对于外来而且年轻的我们,那些传说是陌生的;由于一场风,改变了人的阶级。据说,那场罕见的白毛风可怕极了,它铺天盖地而来,草原上牲畜死亡大半。她家原来可能更富一些,因为那场风雪,家境一蹶不振。因此划分阶级时,被划成了富牧。

也就是说,她还可能遇上更大的悲剧。

一连几年,我总是扭头看见侧面,或者侧后方,看见她卑下地低着头、弯着腰,在泥水堆、在仓库、在打井盖房的工地,抱着石头,拄着镐头。她总是穿着一件泥点斑污的旧袍子,见了人就赶紧地躲闪着让路。

但是给我印象更深的是她的身材,说实话,我再也没见过这么苗条的女人。草地严冬人穿厚羊皮德勒;我们都笨重得爬不上马背;而她裹着厚羊皮还那么纤细。

走马经过她和一群牧主干活的棚圈时,我斜瞟着看过她。也许是因为那时我太年轻见识少;但确实只有她的形影,至今使我记着。我甚至觉得,女人身材的极致,就是那种包在大厚羊皮袍里的苗条。

人无论谁,都可以训斥她一顿。除了大队的劳务,谁都可以支使她和牧主们给自家干点私活。我猜谁若想把她当女人使用一下,更会是一件安全的小事。几年里,她就一直在草原的另一角,弯曲着腰蹒跚走着,卑微低贱地躲让着,抱着要缝的破烂毡子,铲着沉重的草拌泥巴。

不过运气晚晚地来了。

她被一位有权势的贫牧人物看中了。唉,谁会看不中呢?只是那男人有本事应付当时的舆论。再说,那种草原社会的舆论,怕更多正是由他们制造的。

大约在七三年或七四年,她终于成了一座插着红旗的蒙古包的主妇。但那时我已离开草原上学,喜剧的几幕,我没有看到。

听说,就在前几年,有一个冬天的早晨,她推开包门,走过南边的灰堆,蹲下来解手。就那样蹲着,再也没有起来。

我依然是听嫂子讲的,只是讲别的事的时候顺便带了一句。嫂子快人快语,讲什么都随心所欲,根本没留意我的反应。

我也没有多问,只觉得自己悄悄松了一口气。一个念头闪过心间——她总算走了。她离开了这个残忍地折磨了她、又给了她一个体面结尾的世界。

老人们都死啦——现在这是句挂在嘴上的话。

但她不是老人。嫂子的话唤起了一个一直醒着的意识。听着她的死讯,我心里非常不平静。命运的拨弄还算是慈悲，最终没有安排我"看杀"了她。但我曾冷漠地看着她的受难，也许那比死更可怕。

为死者反省么？他们不需要。

应该说，我是在很久之后，特别是在——自己也逐渐变为被歧视与被敌视的一群的成员以后——才渐渐懂得：在我们的文化里，当一部分人遭受着残酷的歧视或践踏的时候，包括我自己的他人——条件反射般的举动是：或者有意无意地参与加害；或者按时吃饭睡觉，心安理得。

她如牧草一般，绿了一场又悄然枯折了。她不会喜欢假惺惺的忏悔，因为人道的考验，每天都同样尖锐。其实就在你我身旁，每时每刻都有女性的呼救。我不参加忏悔大师们的比赛。我只想说，我没有再向人间的不平沉默。

二〇〇〇年并非什么恶心的千禧年。在亘古游牧的草原，它只是十二生肖循环的一个龙年。对穆斯林而言，它不过是一个与流年并无二致的年头，一四二〇年。这个夏天于我也没有任何改变。

但听人大声喊叫说：都炒千禧年呢！今年文人们都伸手"异文化"呢！

我没有出声。

文人无行，不足为训。分道扬镳已经很久，我早忘了寻章问句、小说构思。这一年，我依旧——留意着他人的苦痛而生活。在这种被我逐次认定的方式中，坚持久了，我发觉自己见识的，是种种健康的文明。哪怕这些文明的邻人举步维艰，遭受歧视，哪怕他们在默默生死，他们启示才是无限的。

老者，女性，异类，若想写下去还可以写孩子的夭折。

但我想已经可以搁笔，因为毕竟不是要展示什么。关于孩子么，虽然写得不好，以前有过一篇《又是春天》。

他们是游牧民族。没有兴趣老了就进入"药腌的生活"，更不愿意被大夫判个"无期治疗"的苦刑。病到某个程度以后，他们大都回家，余下的事托给上苍，不声张，不打搅人地、平和地逝去。

过去我看尽了他们的生存。以后，已经该注视他们的衰亡么？

我悄悄地对自己喊道：你不是在半生里，多次写过、一生向往做牧人的养子么？那么就像牧民一样，放弃此界的话语，和青草交谈吧！像抚育了你气质的阜原牧人一样，随春日而蓬勃，遇冬雪而离别吧！

我喜欢在夕阳斜射的草中散步。

这习惯传染了蒙古哥哥。每天我俩都信步一圈。漫步着我俩聊个不休。我感觉胸中语言丰富。拥有语言之后,人的感觉真幸福。开个玩笑:我倒盼着哪一天人类完全不能对话。那时我就美啦,我可以自由放浪于我的乔布格、汗乌拉,我可以和埋在每一株牧草下的灵魂谈话。

起风了。

在乔布格的牧场和营地上,从远方锡林河方向一直到背后的敖包山,次第漾起了一道道牧草的大潮。就像是熟悉我的一些灵魂,依次地前来与我问好。

2000 年 11 月

巴特尔和俊仨儿

半生以来,熟悉的地方其实只有两处:内蒙古草原的汗乌拉嘎查(大队)和西海固山地的上沙沟小村。而在两个地点,相交相熟的人家又只有两家:蒙古牧民阿洛华一户,回族农民哈柔乃一门。

他们的老一辈,我执父母礼的额吉老母均已辞世;和我平辈的两族兄弟也都已是两鬓飞白、渐呈老态了。不觉间拔地而起的是孩子们,在内蒙古一族晚辈均称我"阿哈",而西海固的家门娃娃则喊我"巴巴"。他们本是毡包角落扔着的一堆黑羊皮,本是泥屋炕上闹着的一群鼻涕虫,他们对于我是多余的,常常只是我们弟兄倾谈的打搅。但是谁架得住热乎乎的依偎、谁能不搭理左一个"阿哈"右一个"巴巴"的喊叫呢?慢慢地,我不由自主地抛掉着腻烦图静的心理,把眼睛转向了他们。

这么一来,视野变了:咦,原来他们的角落,也蛮有意思!

——若要说清楚他们的事,怕又要写满两本子。我不想涉及那些串联着他们人生的要紧事,顶多说一点对这些娃娃们观察的感觉。

文化界有人提出理论:说哪怕只差一年,六十年代出生的人和七十年代出生的人截然不同。对这个理论我还在纳闷。若依我在内蒙古和西海固的观察,对小孩们来说出生年月并不重要;但是小孩们当中,确实画着一根清晰的线。

八五年回去那次,由阿洛华哥的长子、我插队那年两岁的巴特尔每天随我出游。他当时是个快长成青年的半大小子,说话的声音很轻,速度飞快,满嘴说的都使人频频感到这儿童对未来的憧憬。他在我的马左马右不断地扯起一些话题,告诉我春天打马鬃时他套翻了两个三岁马、告诉我前几天去看赛会时摔坏了马鞍。他生性不喜串门,常坐在离人家门口百步之遥的草地上守着羊群、就是不进去喝人家的茶——气得邻居们找我兄嫂质问:我家的门框子装不下你家的巴特尔吗?

重返草原时有这么一位少年骑手贴身跟随,心里感觉很舒服。望着这位新羊倌我总想起他两岁时的样子。我说："巴特尔,阿哈有一副银马嚼子,送给你了。"

他咬住追问:"真的?什么时候给我?"

我说:"回到北京后,马上寄给你。"

一眨眼这孩子长成了大人。九十年代末再回草原时,他吼着半句歌。老三是家族中唯一在旗里上过中学的人物,如今银鞍缎袍,俨然一副独立思想的姿态。但是他们缺少巴特尔与我那种默契。一种对清贫往昔的记忆,带给双方的默契。今天我才捉摸出来——巴特尔以下的孩子(即非六十年代出生者)缺少一段"yadao"(穷、苦)记忆,所以既没有心事也没打算承当责任。他们那股子没心事的闲散劲儿源于"小康"的哺乳期;它如一个暗咒,挡开了我与他们。

观察着他们弟兄的一些细末,我有时小声问巴特尔:"他们套马怎么样?修拖拉机呢?认识羊吗?"

"barek qatah-ugai(差不多不会)。"再斟酌着语句,我试探问:"听你的话吗?""Su——nusuh ugai(不——听)!"

他说得干脆且不耐烦。

这一边在西海固,三男三女的娃娃也都齐齐长大。长子俊仨儿出落得异常漂亮，高考失利，辗转宁夏新疆之后，他和弟弟都在兰州稳定了打工的日子。他年复一年睡板凳下大苦，挣来的钱变成了身后家里的新房子、蹦蹦车、电视机。但弟弟们的事和蒙古巴特尔一样不舒心——大弟虽然也打工在外，但基本上走了条半绿林的江湖路：打工收入只养自己，出了事一律菜刀拳头，几年没有他的音讯，更没见过他捎回家里的钱。小弟当满拉念经，好像也在第一个上坡就停了车。你若语重心长劝诫他，满拉便羞涩地垂下白帽，脸儿痛苦地涨得通红。第二年他还粘在那个坡上动弹；装备倒是更新了——买下的自行车还没见使唤，却见到他跨着摩托风驰电掣。

我每逢到了兰州就把俊仨儿喊来，仔细说上半夜家常话。除了从他那儿听来一肚子打工娃的苦处、新时代的劳资关系，以及兰州的各种人事交道之外，我发觉：这娃娃虽然正身处社会的黑黑洞底，却暗怀着振兴家族的心事。

"你弟弟，我说老二呢，在兰州常来看你？"

"不学好。上一次我恼得把他捶了两拳，从那以后再没露面。"

我惊奇地问："他干坏事了？"他回答道："坏事那娃不干。就是爱一个打架。算算自出来不知打了几遍！人家打他一下，他就一菜刀剁在人家身上。剁罢了推门就跑，打一个的，跑得不见人影。"

我沉吟着，我可真没看出来。最是老二给我打的电话多，听筒里说得甜甜的。

女儿高中毕业那个夏天，随我又去了一趟汗乌拉草原。那年我们依然由巴特尔陪同，女儿随俗按晚辈称呼，喊巴特尔"阿布盖"（哥哥）。

畜群草场划分之后，早早成了"小康户"（这个词的蒙文，即划阶级时代的"上中牧"）的我们这个千只羊的家庭，由于三个男孩两人娶媳，而嘎查的草场已分割完毕——面临着分家则缺乏牧场、同居则诸事不便的局面。更何况，一千多头的大羊群若是划分给三个儿子一个小妹、再留给兄嫂一份的话，那么每个小户不过只有二百来个羊，小康马上就会紧巴，"上中牧"瞬间就会魔术般变成"亚道"。

我觉得弟弟们不会提出分家。大家还在尽量挤在一个屋顶之下，轮流出牧，日子也应该说和睦。这样有兴旺的感觉。可是难道三兄弟能永远这么一块住下去？他们能否各自再创造一个千畜小康的新家呢？我在一旁注视着，微微怀着不安。

唯有巴特尔怀着同样的不安。看得出,像南边农民地方的那异族同龄人一样,他心里满是严峻未来的压力。理想的富裕牧人应该像八十年代末那样:享有四望远山一口好井的宽敞草原、山上有千只羊百匹马、门前拴着二十头乳牛。而这理想却因为潜在的再分配而渺茫了。父母已经衰老,只能指望他这长子,弟妹不负其责,不过听吩咐而动作。我心里对他多了同情,但表现出来是不妥的。

回京那天他送我们到东乌旗,完成了古老的送行礼节。晚上他用蒙语喊我女儿:"你过来。"我看见他从包里掏出买来的糖果月饼,一一塞给我女儿、他远方的妹妹:"再来啊,听见了?"那一会儿我非常感动。

前些天,接到了兰州老大打来的电话。好像那天他没有什么要紧话,把些个家务说完以后,我突然听见他这么说:"巴巴,你等着,我一直没忘了那个念想,在北京开个铺子,顺手把您老两口伺候上。您们岁数大了——"

我心里一惊。早年在西海固扯磨,聊到晚年的事,说累了便撇下哈柔乃兄弟,拍拍大儿子的头,开玩笑道:"老了的事老了再说!我指望俊仨儿出息了,在北京安个家,顺手把我照顾上呢!"

也可能那个年代的一句话,被儿童睁着大眼听了进去,以后便一直埋在心里。而他的弟弟们,由于那时还在襁褓或还只知道在门口乱跑——所以心里就少了一件事。和兄长之间也无形地画上了一条线。

草原也普及了电话。

冬季里,我有时往他们的定居点打电话问问雪情;春季北京若下开了透雨,我就拨电话问汗乌拉下了没有。今年春节,我拨通了阿洛华哥的冬窝子,做过年的例行问候。电话里知道一个划时代的消息:他们已经毅然分了家。砖砌的新房子老大老二一家一半;兄嫂带着中学生,回到荒废多年的旧泥屋——但牲畜还合着放牧。我仔细问了细节,最后问到巴特尔。听不真,电话线里一阵白毛风的呼啸。我喊道:

"巴特尔怎么样?他好吗?"

"他放羊去了。"

我放下听筒,心里油然浮起感慨。当然,不爱串门不沾烟酒的巴特尔,在春节的日子里独自放羊去了。我没能听见他最近的嗓音,也不知道他的心底细处的纹路,但是他已是成熟的牧人,是那个雪海人家的主持者。

一代人如一阵风,在自己的疾行中,裹挟了下一代的几个。那几个就是新一代的第一层,他们最先出生、像是争着抢着要早几年挤进这个世界。于是他们成为长子,继承了前辈丢下的盼望和心情。

我盘算着什么时候给他们搭个桥:

让讲蒙古话的巴特尔去认识穆斯林的亲戚,也让黄土山沟里的俊仁儿去大草原开开眼界。说不准他们能进行全面的合作——把汗乌拉的牛羊销到西海固,把回民拿手的拉面馆子,开到北疆的交通线上。

2004 年 2 月 25 日

全家福

早就知道有些心中有数的摄影家,在同样的地点,对着同样的对象,在相隔十年数十年之后,按下快门。

这些,漫长的时间成了主题。

环境是静止的,主角是纹丝不动的,变了的只有包括皱纹在内的时间。人们端详着,不禁赞叹。

而我想,画面拥有的内容才更值得看重。大的历史,他者亲人,胡服异域,人的情义——内容再加上漫长的时间,照片就不像瞬息轻取、而如同锻打锤炼而成。

照片只是一些匆忙的片刻。本领要在人心交换的验证中表现,神情和细节的后面还有曲折的历史和故事——因此当我和我的蒙古家庭合影时,我们漫不经心,随随便便,我们没意识到自己怀抱着重要的内容。

但是多少年之后翻数照片,心中还是吃了一惊。一个如

全家福之一。1969 年摄

全家福之二。1972 年摄

全家福之三。1981 年摄

全家福之四。1985 年摄

我的外来青年,一个如他们的蒙古家庭,居然在同一片草地上,从一九六九年到一九八五年,四次合影,留下一次次对别人是那么特殊、对我们是那么平常的——全家福,对,这个词即使译成蒙语也很顺口,挺合蒙古牧民对喜庆的喜爱。

其实若是追求的只是照片,我们还能使年代跨度一直拉满三十年,甚至已经步步临近的四十年。一九九六年和一九九七年我都回到草地的家,也都曾不在意地浪费过很多胶卷。但是女儿们都出嫁了,住得遥远,拖累畜群,不能约齐赶回娘家看我。和她们的小家庭的合影,毕竟和"全家"的"喜庆"不一样。

朦胧中是为着一个四十周年?二〇〇〇年、二〇〇四年我都曾重返草原。合影留念已是惯例程序。只是——在我们私有的,这道小小的时间之河的流淌中,人在变幻,事在更迭,逝去的、远嫁的、新添的……不觉之间,照片的画面已经深刻地变了。

就这四张吧!它们已足够使我的人生荣耀。也许有不少人也会与底层民众有过难舍的接近,也许也有不少人拥有几张类似的留影,但我猜,在那尚还贫穷的"前八十年代"里,在大人一分分衰老儿童一寸寸拔高的流程中,在乌珠穆沁蒙语的喧闹声中，一共拍过四次全家福的人，不会有几例。

不过荣耀不是夸耀。它们仅仅给了我一种自尊和底气，仅仅描画了我在人群中的立场和位置，而不是别的。

何况——我凝视着它们，心里更多的是惊奇。我悄悄地感到不可思议。一定是有一个强大支配的存在，它在决断一切。它的意欲，使我实践。

我把这种认识讲给他们听。额吉听了，默默不语，她是不苟言笑的。哥哥听了，连连点头，我的思路好像给了他一个解答，他说："一定是这样。"

孩子们呢，如照片所示他们从那么小就习惯了。

公开这些照片，实话说我犹豫了很久。我们就这么把珍贵的内心交给了隔膜的世界，并忍受愚蠢的评头品足。

我只想说，历史确实走过这么一瞬，它真实得如照片的记录。在那一瞬，人类是亲近的，青年是热情的。

拴着的骏马，咩叫的羊儿，不知这些性灵是否也有觉察。它们和时枯时绿的牧场草原一样，和岁岁吹拂的长风一样，来而复去，生生息息，没有影迹。

1998年编辑《大陆与情感》时写
2017年编辑《汗乌拉 我的故乡》再改

汗乌拉
我的故乡

张承志 - 著

辽宁人民出版社

目 录

1　　被潮水三次淹没

9　　音乐履历

29　　呜咽的马头

39　　时光白驹

45　　给我视野

53　　恋阙与胡琴

65　　有名的小马

79　　二十八年的额吉

103　　阿尔善——谨把此文献给我的蒙古兄长

119　　十遍重写《金牧场》

127　　公社的青史

143　　启蒙的历程

201　　代后记｜汗乌拉矗立我心

被潮水三次淹没

决定在一瞬间就做出了。夏天刚刚开始就已经酷热难当,我们刚刚坐下来,牧民刚刚露出应酬的笑容,我就预感到了。我问的同时看见他的脸上在斟酌,这位当年健壮勇猛的套马手、全旗摔到了第三名的力士放慢了语气,尽可能和缓地选择着词句:

"——你家额吉吗?现在,她不在了。"

那一瞬我自知已经决定。听着他的讲述,我觉得出我的机械的问答突然拗口,我不能表现得激动也不能流露出感伤。那一瞬多么难堪,额吉当然会死去,就像草原岁岁枯荣的季节。十一年你没有顾上探问她的音讯,那么她的死讯就只能在这样不伦不类的场合听到。但是我不愿自责,那一瞬我在紧张地盘算着。

头发花白的原牧马青年安慰般补充道:"你哥哥曾经

想给你送信，可是不知你在哪儿……"

我冲口而出："我去看看，今年；快的话十几天后我就走。"

十几天后，我登上了西直门长途车站的一辆夜行车，在暮色苍茫时分翻越长城，午夜穿过张家口，笔直地向着大草原，向着额吉寄生死而我被启蒙的大草原急急奔去，在车上独自遐想，算来自插队当牧民整整二十八年。半生中不知几遍地走过这条北行的路，而从一九八五年以来，世事沧桑，我一直没有再来。一度感觉自己的蒙语已经退忘，心思也已经彻底地转移。但是斩不断、离不成，我和这青青草原之间已经难舍难分。二十世纪即将结束，世间人事已经变色蜕皮，而我却换了一次缝的夹布袍子，不顾一切地径直而来。

应当留待心有余裕的时候，再来细致地追述。如今我有一种懒得叙述的毛病，好像在等着出现一种直通我脑海的打印机，除非那时，描写和讲述都是不可能的。我是幸福的享受者，默默地享受是至高无上的。人在毡帐里斜斜躺着，话语在我们之间轻柔地传跳。视野里是七月的浓绿，是胸脯般起伏的夏季草原，以及如今属于自己的畜群。在这片草海上我是真正的儿子、弟弟。新长大的年轻人都循着二十八年前的旧例称呼我为阿哈——我如一条潜回水中的鱼儿，身心浸透，似梦似游。我终于被如此巨大、如此温暖地淹没了——我怎能费力地偏要描画和解释呢？

我猜哥哥和我都满意：彼此没有过分地谈论逝去的母亲以及额吉。他知道我深谙风俗，不提及不该说的话题。比哀死更重大的命题是生存，我们仔细讨论的是一个个孩子：担负起家庭重任的巴特尔、正在戏耍之年的乔玛、辍学回家的单薄的敖屯。当然更细致地谈到三个出了嫁的女儿，谈到她们婆家的财产、为人、夫妇间哪一个更当家，还有她们各自的小宝贝与纳合齐（姑且译为姥爷家吧）的关系。

三个在遥遥的某座毡包里忙碌的女儿，都赶来和我见了面。呼勒根（女婿）们当中，只有当年天使达莫琳的丈夫曾是我的游牧小学的学生，另外两个都是新识。他们见我的时候都很拘束，悄悄地躲在蒙古包一角，应答什么都不出大声。不过如同预料一样，谈得多了一些以后，他们都借谈话中需要呼唤之机，赶紧叫上一声"阿哈"，以便向我显示他们完全清楚我们家族称谓的习惯。我猜，他们的这一声，更多地不是从妻子，而是从我们家族其他小伙子那儿学来的。

我微笑着，藏着感慨装作心满意足的样子望着他们。我的两眼中的她们永远是叠印的幻影，永远是二十多年前冻红的小脸蛋、蹒跚着跑在门外阳光里的小精灵。而理智却使我一遍遍确认般数着：达莫琳属龙，一九六八年是四岁；五一生于我插队的翌年劳动节之夜，她该是二十八岁了；最小的奥云烟属鼠，我离别草原的那个春天她刚出生，即使这样也满了二十五岁——哪一个都比那时的我还要年长。难道幻象不真实吗？难道在这莫名的空隔之间真的存在着岁月和年龄，真的发生过我的成人、变老和内里的剧变吗？

五一笑得特别幸福，她好像想使我注意到这一点。听哥哥说，她是自己为自己选中了今天的这个女婿。我暗暗佩服。草原姑娘的眼力居然如此不凡——邻苏木（以前叫公社）的小伙子浓眉大眼魁梧憨厚，开着一辆崭新的客货两用型吉普。我们走到草地上合影。我已是第三次分别和出嫁的三个女孩以及她们的丈夫孩子合影。那时我忽然想到近三十年前的一次合影——那时的我才二十一岁，双手捧着哇哇号啕的一个婴儿。背后是插着一杆红旗的我们的毡房，红旗、蒙古包的围毡、我的袍襟都在风中褴褛而生动地抖动。那个婴儿，就是户籍本上由我取名乌尼其、出嫁后被婆婆唤作白音其木格的五一。那帧照片的底版早已丢失，照片存在我手里。我忽然想复制一张送给身旁这黑眉红脸的青年，让他在享有自己活泼勤劳的妻子时，也分享我们家族的往昔。

和两小姐妹一样，家里扔着畜群，他们不能留下过夜。小两口居然拥有一千多只羊，我再三问过，是分家后在他俩名下的羊群。那么无法挽留，我代替出嫁女儿的父母，像以前最后递过马笼头一样，替他们关上了吉普车的门。他们消失在七月的乔布格盆地尽头，夕阳的光线映得草地一片深黛。

哥哥在背后解释般自语开了："要走就走吧，有羊群的人嘛。"

关于羊群的话题其实就是关于历史的回顾。离开北京时我查了一下一九八一年和一九八五年两次回草原时记下的畜群数。喝着奶茶，瞭着山坡上散洒开来的羊群，我和阿洛华哥随意漫谈了不知多少次。忽而扯到达莫琳出嫁时带走的羊，忽而扯到"铁灾"之冬额吉救护的羊，一九八三年按人口分的羊,还有合作化以前阿洛华哥二十岁时跑着放牧的那两头乳牛和十六只羊。

如今我家拥有八百六十一只羊,还不算近百匹的马群和近百头的牛群。只要今冬天公作美,明年五月我家便跨入千畜之家的行列。几天前我刚进门,哥哥就捧上崭新的团花蓝缎袍子、意大利式样的西服套装、装饰着金属扣的高筒马靴。人要全面地表现自豪;让二十八年前住进这座毡帐的北京知识青年里外三新,已经是富裕的牧民兄嫂自认的责任。

我穿着天蓝色的团花缎子特里克,费劲地迈开被硬邦邦的新马靴夹得生疼的脚,站在乔布格的旧营盘上。二十八年前我恰好就是在这个营盘上,开始了我骑马的青春。骑过的第一匹马是蒙古语称"hao"的黑鬃黄马,放牧的范围就是这乔布格四周的奥由特、乌兰陶勒盖、色楞乌兰。中午额吉总是骑着马来找我,换我回家喝茶;而我总是不愿回去,躺在她身旁的茂盛牧草里。

额吉默默陪着我,坐在我的一侧。两匹马戴着嚼铁,匆匆地撕扯着大吃其草。那时天空的颜色,那时四野的山头,都已经在记忆中淡忘净尽了,只有她的灰白头发,只有她的破袍子的前襟,还有她略显不安的、沉默的表情,静静地镂刻在我的心底。

每天我都撞见与她有关的什物情景。每个孩子、每只闹嚷的羊羔、牛车和嘎夏（栅栏）上系紧的每个羊毛绳结，都使我悄悄地想起她来。只是遗憾的是当她临终时我不在身旁；唯一欣慰的是我曾把她接到北京住过几天。

不该悲悲戚戚扰乱了一派喜庆和谐的气氛，所以我注意不多谈及额吉。但是，双脚踏上乔布格的旧盘时，胸中被掩饰着的想念就冲击起来，像一道无声的潮在汹涌。

夜里有时由不得地暗哼一首内蒙民歌，那里有一个非常伤感的句子。哼着想着，突兀地控制不住填词的欲望。后来就偷偷地用笔记录，改来改去地，一共用蒙文写了五六节。草原上已经流行录音机，蒙语中借入的"磁带"一词读作"panzi——盘子"。那些天我们经常听邻苏木、查干淖尔出身的歌手央登的民歌——听时我陷入遐想：我盼我正在填词的这首蒙文歌由他灌成"盘子"，让它响遍乌珠穆沁草原。这首歌至今还没有写好，但我已经把它题为《二十八年的额吉》。

有一节是眺望苏木小镇时想到的。如果先把它直译，大意是这样的：

有岩石的敖包下方，是以前的公社

　　使你安宁的庙宇，望着那么好看

　　我大致地押上了"q"音的头韵，使用了时代味的借词"公社"，利用了"苏木"和"庙宇"两个词的谐音，也表达了我作为穆斯林又作为额吉养子，对藏传佛教的感触。

　　哥哥告诉我，庙里曾为额吉诵经。作为子女的仪礼，我家给庙里布施了一匹马和一头牛。新庙已经彩饰一新，重新成为乌珠穆沁东部的第一胜地。庙中有三个喇嘛，当年都曾和我一起并辔游牧。

1996 年 10 月

（本书收入时有删节）

音乐履历

在平庸的日子里,有时会忽然听见一串乐句,像风在哪里摇动了一株异样的树枝。它与众不同,不是一般常说的悦耳。它也不同于古典的庄严、流行的疯狂。我至今还没有找到概括它的语汇。我只是霎时若有所思,一瞬感觉到了心魂被牵扯,有时当场站住,痴痴地听下去。而它却多是似是又非;一阵风飘了过去,就再也追寻不上。迟钝的、失聪的日子又淹没而来,又将久久地不能和它相遇了。

何止没有听出谱子歌词,即便感觉和滋味也再不能分辨。哪怕固执地寻访,但是已经追问不清——已经与它永远地失之交臂了。

这样的体验一旦被自己意识清晰,以后再听人议论歌曲音乐,就会觉得难以插嘴。人不会喜欢自己的沉默;可是怎么说得清呢,那种夺魂的神秘和亲切,那种迷人的坦白和浪漫!

我很少和人谈论歌曲。哪怕是当人们谈到一些受到知识界和青年强烈支持的著名音乐家;更不用说对那些充斥电视的老鼠腔狐狸眼、对那些厕所苍蝇一般嗡嗡繁殖的"伪歌"了。

渐渐地我必须习惯一个"偏激"的名声。因为这个莫须有的结论,我在漫长的、差不多走遍了北方的过程里,无数次地审查着自己的感觉。不管手里忙着什么,我的双耳总是在倾听。我用触觉留意,处处盼着与我念盼的歌子相遇。迎着那些清风般吹拂而来的、使我爱恋的歌,我再三地看到了——在这人间和大地上,存在着洗练的诗句、特定的和鬼斧天工的旋律,还有导致着一种种音乐类型的、几乎无可概述的神秘气质。

它们是真实地存在的。

无论谁,在他活一世的路上,都会与音乐主要是歌——发生若干关系,虽然质类深浅不同。我也一样,我可以用一连串的歌子,把自己的履历编写一过。

我回忆起伴奏着各种歌声的过去。追忆中我不住地咀嚼着其中的意味。我不禁吃惊地发现,我居然长久地独自涉水,逆溯着冲腾的水流。那些在往日漫不经心地哼过的小调,正滚滚淹没而来。它们至今仍在强劲地冲刷着我,继续着对我的改造。

一九六八年夏天,当我和两个同班同学扒车插队,混迹在正式被批准的知识青年队伍里,翻越了张家口大境门一线的长城,紧紧抓牢解放牌卡车的木拦板,奔向苍苍茫茫的蒙古大草原的时候,我们嘴里哼的是清华老团的《井冈山的道路》,是还没改词的《长征组歌》,和被大小三军宣传队唱红的、谱曲不同的两套《毛主席诗词》。

在那条剧烈颠簸的、蜿蜿蜒蜒通向大草原的路上,我们没有发觉:自己唱着的歌,和自己将要迎送的生活,其实各自属于极其相异的文化。

时代的伪装,相当全面地隐蔽了这种区别。

那时的草原,正在席卷着红色歌曲大潮。只不过,没有谁指出过它其实是"汉式"的。那时不仅人人都在唱《毛主席的著作闪金光》和《大海航行靠舵手》,而且还正在一个小节或一拍之间,拚命地塞进好几个蒙语单词。虽然已经住进这片将要安身立命的草地,知识青年们却没有怎么担心自己的蒙古知识缺乏。我们只是兴致勃勃地在那轰鸣的大一统主旋律之中,和贫下中牧们一起大喊大唱。

——只是，非常不同的是，在这种大喊大唱时使用的，是一种新鲜的语言。

最初的蒙语学习，最初的对异质文化的接触和喜爱，居然就在简直可以说是最不自然的方式中，自然而然地开始了。今天我才懂得：多少人永远不能接近的一步质变，被我们跨越得简单至极。此刻回想，只觉得不可思议。

时代的野性也鼓励了在这个方向上的兴趣。因为，突兀地加于我们的，还不仅是压抑的政治和干瘪的"艺术"，更有亘古沿袭的——骑马游牧生活。

青春的欲望和活力，在骑马的生活方式中，被释放和平衡了。

随着第一件袍子穿破，随着对牧人生计的熟悉，以及在生产队（今天叫嘎查）的家族和人群中找到了自己的位置，昔日的北京中学生们闯过了蒙古语言的第一道关口。应当说，在这道关门里的一片空地上，很多人都停步了。生活总算有了秩序，余下的只是谋生，他们不打算再费力改变。

而且，谁也没有要求过谁什么。

可是，在另外一部分北京学生的内里深处，却不易察觉地滋生了一个细胞。

起伏的牧草,合理的饮食尤其是奶茶,鲜艳的袍服,骏马和忠实的狗,慷慨而不道谢的作风,引诱着启发着他们。追逐畜群作息,观望水草迁徙的日复一日,使他们的身心渐渐熏染上了一层蒙古牧民的、难以形容的气质。

压迫人的政治空气,并不能阻挡敏锐起来的蒙语听力。那么人就会向着魅力倾倒。对于我,就是向着蒙古旧歌的倾倒。

是有生第一次吗?当我初次从一种异族语言中接触了那样的表达时,我有些不知所措。只是,几乎就是在感到兴奋的同一个瞬间,我就明白了——我不能和这些歌不发生关系。

"十两黄金打成的摔跤服,在后背的上面闪着光。"而在草原上听的时候,它的蒙语原词不仅比汉译更富画面感,而且韵律间还有悠悠的赞叹:

> Arban lang-gin altan jodag
> Areng-ne degur gilelje-na ...hoi

和汉语是多么不一样呵，它居然是句首押韵！ a 对 a，阿勒巴（十）对阿楞（后背）！年轻的我叼着草棍，躺在牧场上想入非非了。真绝呀，接着，"二十两丝线绣的花护腿，在护腰的下面闪着光"：

Horin lang-gin holgai toxiu

Hormuic dogur gilaljina ...hoi

从十两到二十两，从穿戴到籍贯，传奇的摔跤手独龙章被吟咏了一遍。最后，"百两重的一头走骡子，在场子中央小走着出现了"——jo 对 jo，召（一百）对召西（josin，摔跤场）。当然，还要懂得什么叫走马的"走"（joro），否则想象不出那头走骡上场时又稳又摇的神态。

牧民们非常耐心地解释说：走骡，据说是古来角斗场上的最高级奖赏。低一级的奖是全鞍马；再低一级是马，然后是牛羊。我究根问底：那么为什么骡子重一百两呢？牧民们哈哈大笑。

躺在草地上的我，琢磨着这种奇特的性格。这些旧歌子，对词汇的使用简练得几乎吝啬，比如动词"闪光"就只是重复而不替换。而名词则是全套的蒙古话；排着队一样，滚滚而来。最新鲜的是，从来枯燥的数词在这个队列中无拘无束，活泼又可爱。

就这样，我接触了韵脚、音节、词首和句尾。也是这样，我第一次见识了朴素而有趣的比喻、排比和比兴的艺术。对于一个在一所重理轻文的工科大学附中里，几乎从未接触过文学的中学生来说；对于除了小人书和语文课本，再没有谁为自己开拓视野的普通北京孩子来说，这些异样又对仗的蒙古词儿，是一次新奇的启蒙。它们像灌顶的雪水，像开窍的一击，弄得正在草原上寻寻觅觅、精力过剩的，刚刚满了二十岁的我满心欢喜。

第一首学会的旧歌是什么？是《乃林古和》还是《独龙章》？时至今天记忆已经模糊了。记不清我那时是用汉字记的音呢，还是用别字连篇的"准蒙文"加上俄文字母和汉语拼音。我耳朵竖直地听，右手急速地写，把老人们好不容易才吐露的一句半句，不求甚解，先记下来。

恐怖的政治，从来直接压迫人的歌唱。阿爸额吉们没有忘记谨慎，他们往往唱了几句就后悔了，生怕因为宣扬古旧而招祸。他们在教了几句以后，往往就神色不安，渐渐坐不住了。"拜！都是旧东西，拜！"他们连连挥手，坚决不教了。但是，我大多已经胜利地记了下来。

由于蒙古长调的用语的朴素和口语化，诸如"大海喇嘛的祭会上，它七十三次跑第一"那样的奇句，往往让人一听即熟，过耳不忘。这种朴素成全了我，使我不至因为没听懂、没记住，而落得过多地得而复失。这种朴素不仅使我感慨，而且至今使我体会不尽。

歌词因人而异，古歌在每一个歌手那里都被随意增删。我忍住烦，费劲地一个人一个人地反复打听。后来我懂了，确认一种界乎民间流传和传世古典之间的旧歌，是一件不易的大业，歌子的生命也就在于它的衍变。但我的要求不高，我的愿望只是大体学会立即上口；只是用这些异色的歌来强化自己身上的、那被我满心喜爱的牧人味儿。

那是我的最初求学。

我在马背上游荡，琢磨着远近的老人。歌子成了我的心事，我用一切办法引诱和启发他们开口。一般在羊群安稳的时候我就去串包，然后端着茶碗哼出半句，他们大多不可能憋住，大都会接下去。当然求学不能只靠这些小伎俩；在严酷的草原，人之间的关系在随人的品质改变。记得在我教游牧小学的那个冬天，有一次刮着凶狠的白毛风，放学时刮得更猛，四顾天昏地暗。我把布德的小女儿抱在胸前,踏着雪把她送回了家。那一晚,布德似乎为了报答,他拉起了四胡,唱了一个晚上——我记词又记谱,手臂都写累了。

那一夜在我的经历中相当重要。许久以来我一直认为,那一夜使我突破了向着底层和人的防线。近来,我又总是想,是那一夜使我靠近了真实的音乐。

蒙古民歌启发了愚钝的我。似乎心里有一丝灵性在生成。几年时光如白驹过隙,终于,我遇上了那首神奇古歌,当然,它就是长调《黑骏马》。

至今我依然对这首歌咀嚼未尽。你愈是深入草原,你就愈觉得它概括了北亚草原的一切。茫茫的风景、异样的习俗、男女的方式、话语的思路、道路和水井、燃料和道程、牧人的日日生计、生为牧人的前途,还有成为憧憬的骏马。我震惊不已,它居然能似有似无地、平淡至极又如镂如刻地描画出了我们每年每日的生活,描画出了我那么熟悉的普通牧民,他们的风尘远影,他们难言的心境。特别是,他们中使年轻的我入迷凝神的女性。

这支伟大的古歌无可替代。顺便说一句,小说《黑骏马》在改编成电影以后,我一直觉得不好过多议论。如果只说

油画《回想》。张承志作品

一句,我觉得电影对那首古歌勾勒的基本游牧世界的画面,以及它叙述的那种古朴的生活方式,缺乏神会和探究。自然,耳朵和眼睛都随人而异;也许那古歌能给人不同的印象。它给予我的,是一种异色的诱惑。多少年了,它总是给我不尽的感叹和启迪。已经不能计算有多少次,我从完全不同的角度,一再地对它惊奇不已。

不错,我已经和它结成了一种秘密的授受关系,好比芨芨草丛生的雨季洼地,它常年浸泡般地,徐缓地改变着我。而我,每当我听见了它遥远的流音,我就想竭尽全力喊出一响回声;我总想以它象征的生活本质,批评傲慢而空虚的文化。

歌子促进着语言。岁月推移带来的语言的熟悉,又使我学会了更多的歌子。我没有对证过别的朋友,也许我学的并不算多;不过是,我一直在吟味而已。

至于旋律和曲调,至于蒙古民族为什么找到了这种音乐,对于我还是一个深邃的谜。我常常对它依仗着那么简单的因素就能保持的、那么持久的生命力,反复地暗叹不已。

唱蒙古歌的要诀是必须骑马。

若是不骑马,无论如何也不会唱得自在。而一旦马儿奔驰起来，身随马，声随蹄，那么无论是谁，又都能倾吐出一串又一串自由至极的、颠簸滑下的长音。歌唱在这个火候上，其实是无所谓好听与不好听的；只有这么唱，才能骑姿和唱势都舒畅，才能使人马世界还有心情，都达到和谐。

在驰骋和呼喊的纵情之中，人痴醉了，有时我真的觉得自己化成了雨点般的蹄音。歌声只是在奔跑中的随地抛洒。盈溢胸膛的，都是日复一日的心事和渴望。在马鞍上，耳边风疾疾呼响，欲望被鼓舞了。旋律话语都不用改变，那种呼啸颠簸之间的心情，和古歌里唱过的毫无两样。

四蹄的敲击密如雨点，体重一压住鞍子，歌声就被颠得破碎，坠跳闪滑着脱口而出。一霎间歌手不敢相信这是自己的声音——唱惯了我就胡乱总结：著名的蒙古长调的自由滑落部分，也许就是这样诞生的。只是，尽管有闪跳和滑落，它的定义仍然只能是"长调"。

什么叫典型草原？也许，只有古歌的描述才最传神。蒙古草原的地理，几乎原封不动地进入了这种歌曲。

和其他民族比较；比如和高山牧场上的突厥游牧民族的音乐比较时，可以看到平坦草原给予古歌的特性。峻峭的森林和冰峰山谷，使得突厥人的弹拨乐就像密集的马蹄。

而绵延起伏的地理特点，却夺取了蒙古古歌的主调，赋予了它长慢的旋律、舒缓的节拍。因为，只有辽远地尽着喉咙和呼吸的极限，伸延再伸延，才能够得上这坦荡世界的无限。加上华彩装饰一般的、激烈的跌滑，它描写和抒发了——这无论怎样疾奔驰骤也走不出去的、草之大海里的伤感和崇拜。

当我二十来岁的时候，在世界的一隅，我学会了在六合八方汹涌的草海里，匹马独行，心高气远地歌唱。那时曾是多么痛快呵，我一分分记得那刻的愉悦，甚至是狂喜和兴奋。

记得那时我得到了著名的白音塔拉的杆子马，它的颜色叫"切普德拉"，即通身红艳、但有银色的鬃尾和白蹄白唇的马。它非常快，飞一样的下坡时人会失重。一夜，我在从一道山梁向下过瘾时身子失重了，瞬时心如开花一样甜甜地醉了，长调脱口而出。我忘情地在高高的音阶上扬落跳转，随着马儿冲下长长的草原。颠簸的、妙不可言的歌唱感觉，伴了我一路。

还有一次，但却是另一匹马；我在同样的发疯般的飞驰放歌中马失前蹄，连人带马翻滚了几圈。正是初春，满地湿雪,我摔了个头晕眼花。但是坐了起来,待了半晌,用雪胡乱擦着脸上的血迹,第一个念头是——唉!我还没唱完呢。突然我忍不住独自笑了起来。回到家里,和兄嫂额吉们一说,大家又是一阵捧腹大笑。

后来弹指二十几年。

身不由己地,我几次重返过草原。或许,我的目的,就是要把这感觉"放生"么?一九八五年夏天的一夜,我在蒙古哥哥的长子巴特尔的陪同下串包做客。回家时,抬头看见,正是月上中天的时分。月儿姣好,真的像半个静静的银盘。繁星璀璨,夏夜的草原在暗暗引诱。

我要放纵了。借着满肚子的酒劲,我半是醉了半是有意地,剧烈地在马背上东倾西歪,恣情地把当年的古歌一一吐了出来。马儿冲过呼屏·乌拉,驰过汗敖包西侧的丘陵,巴特尔无奈地紧贴着我,他紧张地随时准备救护,几次企图夺过我的马笼头。而那时他甚至还不算儿童,只是一个虚数才两岁的婴儿。他把奶子叫"乎"而不叫"苏",光屁股只穿一件连裤的羊皮"格登"。

那是实实在在的、美丽的夜草原,墨蓝的天穹下,只有我们俩骑马飞驰着,穿过一座座毡包,顺着倾斜的山坡,飞奔回家。

马儿驰下山麓，长调激越起来，尖锐的拖音在高扬处还能三折三叠。我兴奋得想哭。在北京，平日里，我哪能这么痛快地大吼大唱呢？后来，巴特尔说我那一夜是完全的烂醉，"aimor！"（吓人）他说。而我明白，我是清醒的。原来自古牧人一旦有了心事，就在马背鞍上，把它缓急轻重地撒掉。我要用草原的夜歌，把心中的堵噎洒尽吐净。

到了一九九六年，从我插队数的第二十八个年头，我又一次回到草原。因为额吉逝世了。二十八年过去，世事沧桑，牧区富裕了。家家都端出健力宝和啤酒，我穿着团花的崭新缎子长袍。依然是巴特尔陪同我四处转悠；只不过他不是骑兵护卫而是驾驶员，我坐在他的嘉陵牌摩托后座上，听凭这小子驮着我，以八十公里的时速危险地从山顶笔直冲下。

我忆起十几年前,老人六十一岁的"jil"（本命年）时，我们就在这里，在炉火熊熊的烘烤前，围着她此起彼伏地唱起《乃林古和》的情景。嫂子的破长袍拖到地面，她搅着铁锅里翻滚的奶茶，铜勺不断地朝铁锅流下棕色的小小瀑布。她带头唱起了那首歌唱母亲的古歌，调子起得又高又陡。大家应和着，不知怎么都有些羞涩；因为当着老人动了感情。歌声高锐地拔地而起,久久地缭绕不散。我当然使出丹田之气紧跟。我唱着,也舍不得地注视着。那一夜多么难忘,我们复习古歌和往事,炉火照红了脸庞,长调从半圆的蒙古包天窗扶摇而去。

老人在应该离开的时候离开了,没有拖累和病痛。我虽然因她的逝去而长途奔来,但是我懂得,牧民的习俗中并没有吊孝。我还是只休息身心,半躺着喝奶茶,用蒙语扯家常,在巴特尔陪同下出游。

我和哥哥的话题依旧:孩子,燃料,畜群,羊毛价钱。我们都觉得,彼此谁也没有变。我们避免过多涉及母亲的话题,尽管我们非常清楚,我们都在想着她。

我们都喜欢一面散漫地谈着,一面在营盘左近散步。辽阔的草浪方圆之中,少了的只有一个人,那位生养了他和影响了我的蒙古母亲。草浪在靴子上摩擦,历史就在眼前。一股无声的气氛,莫名地在四周升起,又轻悄悄地四散落下。我感到了古歌在走近,就是它,那音乐和汗乌拉的草海一样浩渺苍茫,它逼近着,我简直就在与它对岸相望。《二十八年的额吉》,突然我想到了一个题目。

那一夜我失眠了。以前我从未在草原上失眠过,而那一夜我满心都是句子、单词、排比和比兴,都是骑手们烂醉地纵马驰过,高喊着我写的歌词的幻境。

一夜过去,我编成了几个半截的句子,几个想用的关键词,几个……一个野心突兀地出现在我的心头。我的心思被它俘获了,我一下子沉浸在对久疏的蒙语的寻词摘句之中。

次日我用纸笔写着想,又多了几个半截句子,几个比喻,几个想法的表达。

次年,我还在对着它发愁。尽管心中反复涌起着一团强烈的堵噎,尽管旋律有时已经轰击和裹挟得自己不能忍受;歌子没有出现,纸上的它,依然还只是一些句子、几个段落,一行行蒙文。

一直到了今年,到了写这篇散文之前我还没有放弃幻想。我想在这一节收尾时使用它。可是歌没有写成。我绝望了:我缺乏足够的修养和才力。

二十八年变成了三十年。尽管我真的从对一种古歌的喜爱,神差鬼使地走到企图写一首如此的歌;但是,万能的造物平衡着人的成败,制限着人的野望。

绝望并不痛苦,它是温暖和深沉的。在计划以后写的散文《二十八年的额吉》里,我会把那几个零散小节和半截句子整理一下,但我已经不会强求了。

也许可以说，在蒙古草原上的日子里，我听见过自己这条生命的，可能的和最好听的歌唱。马和歌，我发觉"这一个我"正合我意。如此一种感觉，决定了此生我的做人与处世，惠予了我以幸福和成功，也带来了我要接受的一些麻烦。无论如何，感激草原，它使我远离了另一种——我想是可怕的存活方式。如今回顾，何止单单是一时横行的"红文化"；游牧乌珠穆沁和蒙古古歌的履历，拖拽得我如同坠落一般，剧烈地倾斜了自己的选择。

我开始朝着一个魅力世界坠去。一个幽灵已经潜进了我的肌骨筋络。它在我的深处凸动着，催化着血肉的一次次蜕变。直至今天它还在鸣响着、挣跳着、不可控制、重现不已。我不知这是福是祸，我不敢判断究竟该骄傲还是该自省。我只知道它使我此生再无法回头。反正它不会全是坏的；至少，平庸顺从的人生，猥琐嗫声的人生，与它赋予我的气质，已经不能协调。

我迷恋着各种异族的音乐，心里却想着母语和故土。从远古的礼乐时代开始，其实我双脚踏着的这块大陆，也是一个音乐的源头。只是旋律随时间而僵硬，和声之律变成了秩序。不知为了什么，气质和真情一丝丝被排斥，古乐衍化成了统治的礼教，音乐可哀地异化了。

只剩下边缘死角。只剩下贫瘠不毛的旱渴之地，还残留着几声炽热和苦涩，还缭绕着一响扰人的呼叫。

当植被和绿色都破坏净尽，当世界已是一派荒漠的黄色，人的心事更重了。年复一年，我徘徊在黄土的塬坪峡谷之间，寻寻觅觅，山东山西地找着新的《三十里铺》，高山空谷地听着《花儿》和《少年》。但是，封建主义是一个无处不在的主宰；它使人呐喊着又要矜持，渴盼之中又要规矩。它总使每一股鲜活的情感，都依附在另一股强大的束缚之上。

于是我便步不可收，急剧地滑入了深渊。忆起来一切如同前世的定然，三十年过去了，留下脚印般的履历。在漫野的美声魅惑中，我如中魔怔，如被夺魂，离官俸利益、大势时潮步步远了。猛然惊觉时，才发现自己像是初次做人，刚刚尝到一点人性的滋味。

有一些纠缠我半生的命题，诸如木卡姆与苏菲传播的关系，诸如不同语言的乐感、它们与曲调的承载谐调……要承认自己已经很难深入了。不用说更使我倾心的那个题目——关于那片覆盖着广袤欧亚内大陆的浪漫音乐之海，究竟是从印度起源还是从波斯起源——不，已经不是此生可能穷究的领域了。

但是更多的依然是满足的感觉。因为我毕竟听见了，我没有完全堕入失聪，这是一件使我悄悄喜悦的事。

怀着感激，我不断地学习，一次次踏上长旅。我和深爱的人们时散时聚，共享和分忧着文学和生计。流年之中，我总是听见耳际充斥着一脉歌声；是的，就是它，是它在陪伴着我，生息度世。

1998 年 3 月至 4 月
（本书收入时有删节）

呜咽的马头

1

若是想概括蒙古和突厥两大游牧体系的音乐,恰好可以分析他们各自的一种乐器。突厥的今日代表是哈萨克,他们的乐器是冬不拉;而蒙古的乐器则是马头琴。冬不拉的两根肠弦被手指叮咚弹拨,琴声急若蹄音,如疾疾驰骤的生活。而马头琴的两根肠弦则被马尾轻磨慢拉,曲子悠远哀婉,如起伏无际的环境。

冬不拉先不提;至于马头琴,以及它那不可思议的缓慢悲调,则给过六十年代初生牛犊的我深刻的刺激。我对那声音,对那音质不能忘怀,它虽然只是仅仅混在空气里擦耳而过,却成了对我启蒙的文明的一环。

那时候听说过一位名叫齐·宝力高的传奇艺人,仿佛一直在我的视野之外,在看不见的地方游荡。他的故事飘忽不定，但名字却非常响亮。他在深夜出现在毡包前，然后整夜为牧民演奏。他的琴拉得出神入化，人如一位白发神仙，甚至被人误传是马头琴的发明者。

后来在日本又听说了他的消息。日本人对他好像特别感兴趣，店头排列着他的CD。我想那很自然，肯定他在红色的风暴里遭遇连连。

所以听说《北京青年报》的记者邀我去听齐·宝力高的演奏会时，我觉得自己是去寻一个失去太久的旧物。那费人猜想的瘖哑声音，今晚真会活生生地为我响起么？

2

前半场是唱歌。幕间休息的时候，记者领着我，去后台拜访了大师齐·宝力高。乌珠穆沁的蒙语甚至一下子被一股莫名的激动干扰，我第一句就说："我以为您是一个九十岁八十岁的老阿爸呢。"他说："我今年五十八！"第二句说："巴赫西（老师），您的阿勒的尔（名字的尊称）我不知多早就听说了，那时我正在乌珠穆沁放羊。"

他笑了，表情天真的像个儿童。一伙人也都高兴了，于是我和他那支"野马"乐队聊了天。在北京说蒙语永远是一种享受，"野马"的一群小伙子里夹着一个苏尼特旗的中年人,我瞥见他已经谢顶。他留给我特别的印象。我想,也许就因为世上已经有了齐·宝力高,他的一生将默默无闻。还有,他的琴也将总是伴奏。他指给我另一个小伙子,"他是西乌珠穆沁人";说话时音容举止都活脱一个牧民。

而齐·宝力高则脸膛通红,滔滔不绝,完全是一个豪爽的大哥。后来看了报才知道,在我观察着他的时候,记者却观察着我。

下半场开始了。

刚才和我用蒙语聊天的苏尼特人,果然是"野马"的第一琴手。他静静坐在左翼排头,紧挨着他的是西乌珠穆沁的小伙子。

声音出现的时候我还没有集中精神。人坐稳后好久一段时间,并不能使精神摆脱浮躁。我需要独自静下来,排斥开拥塞的浮躁空气。在今天这样做是非常费力的,但我必须冲出包围,让自己恢复隐蔽已久的自我。

几阵乐曲的折叠之后,我渐渐调整好了自己。春季的薄勒嘎斯太浑地(hundi,长川)的山坡上,荡漾的草波沉重而纯净。我把马笼头换了一个活结,用靴子随意勾住,然后躺下来。清新的苦艾可味儿涌入鼻腔,同时我听见了它——对准我涌流而来的琴声。

齐奏的它，在一字并肩的一排马头那儿突然涌出。由左翼那年长的苏尼特大哥和他身旁的西乌旗青年领先拉响的一声齐奏，宣布了一个门就要开启了。我差一点哭出声来，这是在焦旱的北京啊，久违的音质使我无法控制。它不是乐器，不是弓弦尾鬃的摩擦也不是马头琴的句子，它活脱是心中铭记的一个女人的嗓音。是谁呢，是佝偻的"额吉"还是甜美的"都"？我不能分辨，但我抓住了它。

齐·宝力高和他的"野马"乐队拉得在情在意。中山公园音乐堂的草海彼岸，一个锁死的营地敞开了。在窒息的声音抄袭中，它的异样令人吃惊。嘶哑的它破门而出，无视四下充斥的喧哗，那么真挚，就像骏马化成琴的时候一样。我磕着马鞴，无声地踩着草地走了进去。在这个金草的营盘里，没有侏儒的哲学，也没有伪造的艺术。

三十几年前，齐·宝力高的名字钻进我的耳朵的那一天，究竟是怎样开始和度过的？

我对自己在那个时代里获取的知识，总是感到巧合又奇异。有一篇讲到前一夜里枕着姑娘的胳膊、这一夜枕着冰凉的马鞍子的小说，有一首叹咏拥有两千名歌手、两千名摔跤手、两千名套马手的、人口两千的乌珠穆沁的短诗，还有传奇的马头琴师齐·宝力高。在我那时的心田里，这些消息如同天上播撒的种子，它们埋藏下来并久久孕育着，和我的天性融为一体，直至变成我的初声破口而出。那曾是我的艺术和文学的启蒙。我不像别人，背诵古今的名著，我是在穿着一袭褴褛的蓝袍子、斜躺在薄勒嘎斯太浑地的草坡上的时候，得到了它。

他们怎么会知道，连同巴赫西·齐·宝力高怎么会知道——如同种子一样的、那关于文学和艺术的印象，居然能为一颗异族的心记忆，并化成了他的精神！……印象那么朦胧，马头琴师其实不是一个白髯飘拂的老者，算一算他该是一个少年。哪怕竭力回想，依然一片溴漫。齐·宝力高，这个名字是从哪里听到的？是从中学同学诺木汉家借来的书里读来的，还是从蒙古哥哥阿洛华的滔滔的讲述里听来的？

白胡子神仙拉着一柄马头琴的形象，变成了眼前这位红脸黑发的牧人。他不过比我只年长四岁，一样迎着冷冷的试炼。但是浮躁虚伪中冲出的声音已经奏响，他驹犊无畏，直接使用真嗓子，一气倾吐了整个的命运。

我凝视着台上的齐·宝力高和他的伴当，那一色牧民组成的"野马"乐队。伴当们（这个词是从十三世纪的古书里抄来的,它今天被译成朋友)静坐在大师的阴影背后,不做各自的发言。

算来在我一边放羊一边对他想象的二十岁,他只是一个少年。居然就有那么大的名气!我注视着他,此刻他正拉得忘我。他的姿态独特,不,是他的躯干已经围绕着琴,不易察觉地变了形。

齐·宝力高的骨架,被拉琴的气力磨扭成了一个固定的姿态。他右肩微耸,左胸抢出,持弓的手如潜伏半藏侧后。我凝视着他们的群雕,凝视着吐出呜咽诉说的琴上的马头,一缕沙沙的低音,从台上直直流入我的胸口。

3

按捺不住胸中冲动时,我从邻座借来了一根圆珠笔,试着在节目单的背面勾勒他的姿态。于是这篇笔记有了插图。阔别得太久了,我已经忘了人可能与艺术这么近地触碰。

传奇中死去的骏马变成了一只马头琴,如我们的母亲生下了我们。这乐器的隐喻意味非常强烈——马骨头化成了琴身,马尾化成了琴弦。但是纵使马头从上面凝视着你,如果你是个不屑子你仍然可以无视它。何况它永远沉默,如同哑巴。

至于我的民族,在漫长的移植混血之后,骨架鬃尾和马头都隐藏了。无形的凝视更是无言的。摩擦的噪音流出我的笔端,我留意着,它可以失误和粗糙,但没有背离那沙哑的质地。

你呢?今夜该称呼你阿哈(哥哥)或者巴赫西(老师),而不该把你继续想象成白发神仙。你我还都经历过日本。你在日本感到了什么呢?当马头琴奏出《夜来香》时,巴赫西,你的弦没有颤抖么?

——我的心绪如汩汩流水。在中山公园音乐堂度过的那个夜晚,使我恍如置身于薄勒嘎斯太浑地。我听懂了他使用过的三种语言,我记起了不止两个民族的命运。

苦难的马献出了它的骨骼鬃尾,它死去后,琴诞生了。姣好的马头从琴上俯瞰,它注视着齐·宝力高,也注视着我。我陶醉在听觉和冥想里,耳际流过艺术的呜咽初声。

幕落了下来。

一个时代结束了。

我醒来一般站起,草叶和蒿艾纷纷从衣襟散落。台上也站起了他们,一排并列的马头高高地望着我。巴赫西·齐·宝力高再三地向观众谢幕,用右掌抚着左胸。我手里捏着那张圆珠笔速写,焦急不能再勾画他这穆斯林似

齐·宝力高演唱会现场速写。张承志作品

的手势。那一夜从锡林高勒到北京都下了小雨，湿漉漉的草地沾湿了我的双脚，沾湿了我的感受。

——回到家，我立即想加工那张速写。但是刚刚描了几笔我就意识到：任何多余的一笔都会描坏。哪怕我没有画出那个姿态，圆珠笔追逐捕捉的，正是我要记住的他。

2002 年 5 月改毕

时光白驹

曾经有过几个导演邀我去看他们拍摄的草原片。本来对我来说,在银幕上看阜原故事是一大享受,可是总是因为忙,竟一次也没能去看。有一次当我无奈推辞时,一位导演的话使我吃惊了。他说:明天来看片就是朋友,不来就是……!

就是什么呢?

大汗时代的朋友(那可儿,nohor)一词,是一种一旦结伴、以命相托的关系,而不是一种廉价的吹捧者。他认错了人没什么;而我要追寻的,是和真的那可儿一起,维护我们一直称为母亲的草原。

所以接到宁才的电话时,说实话我犹豫了一瞬。但鬼使神差的事是常有的,当我坐在八一厂的放映厅里,看见一片旱渴枯焦的草原在银幕上浮现时,我意识到了一种严肃。

这部电影描述了一个在城市化、沙漠化、商品化的狂飙暴风扫荡之下，惊恐、抵抗、迷惑、呼救的牧民家庭。青绿的家乡已彻底蜕变成荒漠，止不住地羊在衰竭渴死，贩羊皮成了聪明人致富的手段。可怕的铁丝网如同草海布雷，白马悠闲吃草之际踩中陷阱，险些被铁丝网缠死。泛滥的公司和资本的喧嚣闯入草地深处，毡包前，安宁的天赋之权被无情地侵略了。同时空洞的虚荣也在蔓延，到处有人自称孛儿只斤（borjigin，成吉思汗氏族）姓氏，却不见他们星点的实干。牧人祖传的所有权观念和秋营盘一起，在土地国有的堂堂名义下，一句话就被掳掠剥夺。以待客为传统、视买卖为耻辱的游牧民族被迫经商的足迹是历史性的：站在汽车奔突的危险边界，他们拥有的只是一缸酸奶，却没有价格和零售工具。一个平淡的情节看得我惊心动魄：尽数卖光残存羊群、准备进城打工的一场戏，残酷地写出了脆弱的游牧业濒临的破灭。皮已不存，其毛焉附，生存方式的穷途也是美的末路，白马最后还是被卖掉了。当美好的白马被一个肥蠢的半裸女人骑着走上歌厅前台，为红男绿女的狂浪欢乐助兴时，我明白了事态的严重。这是古典的浩劫，是高贵的游牧文化的受辱。

结尾的雕琢与否，已经不要紧了；总之骑马的牧人被迫走向语言不通的城镇。那匹化作了精灵的白马留恋着他，使牧人观众的泪水夺眶而下！

电影代整个困境中的草原提出疑问，因为突兀的一切太难理解。我也一样，我和牧民们一起瞠目结舌。难道历史的翻页，一定就意味着传统的破灭么？难道真的无法挽救一个古老文化，甚至无法挽救一匹马么？这不合人意的现实，难道真是那么合理么？但是这不是一部环境片或抗议片；它只是表达了牧人在历史剧烈变革中的震惊，代那些无言的人，诉说了满心的紧张和对千年传统的留恋。

放映还没结束，我就决定要为它写些什么。想起前面提及的"那可儿"，我感到异化了的朋友观的肤浅。

我以为，这是八十年代以来最好的一部草原电影。它的叙事甚至有些神异，因为情节的脚步那么平常，但寓含的指向却深具意味。几个次要人物：在时光中萎缩了气质的陶高，其实在今日的蒙古世界比比皆是。结巴地学说蒙语的汉族司机，是一种牧人魅力和思想的同盟者。孛儿只斤·比利格也是必要的，他的刻画，给了误解民族精神的倾向以轻轻地一掌。

电影用蒙语娓娓道来，许多对话使人过耳难忘。如苏木书记的话很精彩："你的秋营盘？你的秋营盘是谁的？是苏木的。苏木又是谁的？苏木是旗的。旗又是谁的？——国家的！"还有比利格也演得惟妙惟肖："咦，你刚才喊我什么？""比利格。""不，是孛儿只斤·比利格！成吉思汗的黄金家族！"不用说陶高倒卖白马时的蒙汉双舌头戏——都写得、演得轻灵而有趣。白马一角也没有选美找一匹罕世奇骏担当，而是让一匹普通的老白马出场——它那么平凡真实，简直就和我离开草原时告别的那匹白马一模一样。

不用说著名女演员娜仁花的表演分寸严谨（她只是忘了在卖酸奶时把车卸了让牛歇息），导演兼男主角的宁才，络腮胡子虎背熊腰，在银幕上传达了一种牧人的亲切。他们踏着满地沙砾的咔嚓的靴子声，如今日沙漠草原上，苦涩的牧人的心跳。

大作品往往是朴实无华的。这部电影毫无炫弄民俗的花哨，它叙事的朴素，甚至使人猜测出自一种老练的手笔。其实不然，作者只是些普通的草原儿女，我甚至怀疑他们是否意识到了自己的尖锐。日子一般的平凡镜头，把人引到了历史的关口。待人吃惊时，故事的毡帐已经搭成。

电影的题目叫作《季风中的马》，但蒙文旁译却是 Qak-un saral。这个蒙语词组一下子抓住了我。它译回来很难：saral 是一种白马的颜色，它不能使用"白"（čaɣan），因为后者纯白如同理想。而 qak 则是时间、时光之意。这个题目起得好——它隐喻了一种文明、一个民族在狂暴的时光变移之中的姿态和立场。一匹驳杂的白马挺立时间之中，系着我们的情感，如我们自己的象征。同时，科尔沁草原出身的大胡子那可儿也有个好名字，宁才的原文是"能赛"，neng sayin，更好，如牧人朴实的希冀。这个片名引我久久地遐想。有一个汉语词叫作"白驹过隙"，它强调的是时光的迅疾无常。牧人的思路有所不同，他们渴望的是——白驹在时光中的永恒。

这是一次文明内部的发言。在浮躁的风潮之中，它的观众必然是有限的。在侏儒主义浸淫的今天，它还可能受到冷遇之外的讥讽。但是蒙古、哈萨克、西藏和裕固，整个北亚的游牧民族都会支持它。现实愈是严峻、退化愈是惨烈、对民族价值的侵犯愈是肆无忌惮，它就愈会显示出一种道德的力量和悲悯的警喻。

我们曾期待地说，真正深刻表达游牧文化的作品，应该产生于牧民的儿子之间。虽然，前定在成全这样的人之前,会严厉地要求他的许多素质——现在,我们终于辨清了出现的人影,虽然路还正长。

2005 年 4 月 9 日

给我视野

1

世上有许多地方,人若是无心则一生都对它们不置一顾;而对其钟情者,它们如强力的磁石,引人千里远投。

从大坂山到扁都口,沉默于祁连山脉奥深的那条路,就一直诱我投奔。去年刚刚来过还不够,今年又来温习的原因,不过为了让自己的眼睛再享受一次。

夏天,第二次从南麓穿过祁连山脉的深奥,越过大坂山,抵达了扁都口。青石口的邦克楼,大通河的铁索桥,元的四角城,宋的三角城——都疾疾掠过眼角。一座经幡敖包一霎,我们对准了扁都口。

以前只是在捉摸地图时,心里曾经飞过一个念头。扁都口,它不仅是古来的孔道,不仅穿行过数不尽的商旅民族，不仅走过霍去病和唐玄奘、隋炀帝和匈奴单于、马仲英和范长江、失败的红军和河湟的回民；它还是两大地理世界，是青藏高原和河西走廊的分界啊。

从闭锁的无尽丛山、从连绵的青藏高原出来，你将会一眼看见河西。我分析着。那是走廊，是连着蒙古瀚海的大平川啊！站在那儿，一眼同时看见蒙古和青藏。那时你获得的，是伟大的视野。很快这个分析变成了火热的追求，我急不可耐，只想马上站在那个立足点上。在那个点上，我能极目眺望——我的眸子盼着那样的享受。

在雨幕里最后几十公里我有些迫不及待，总觉得前方山弯一过，就是那个出口。然而，山脉还在继续，瘠薄的植被，黑绿的牧草，两侧黑牛毛的帐房。山背面河上游的、微微倾斜的大地，还有网一样在上面淌着的溪流。漆亮憨厚的牦牛盯着我们，提醒着西藏还在延续。

出口近了。

我感到了它的靠近。但视野里，还是羌藏的山。

隔断了蒙古的河西，宽阔若海的蒙古，还有古代的胡——还只是在猜想和判断里，正缓缓地逼近。尽管它们近了，但它们仍在山外。只要没到达边缘，只要不出那个口子，山就依然莽莽伸延。终于悟到——不是别处，这峰回路转的山坳,正是藏民的牧场。于是我开始集中精力,打量两翼的黑帐房夏牧场。就在没留意转过一个山脚的时候,阳光好像猛地射来,一瞬间眼前一亮——

眼睛上方的天空豁然开阔,祁连突兀地结束了。脚下的古道,如同被吸干了的河水,忽然汇入前方的苍茫。天空舒展开来,无边无声地倾泻过去——

我不徒劳地形容了。任怎么也不可能写清楚。

我只是想珍惜,那种时辰我总是提醒自己要珍惜。巨大的两个地理世界环绕着自己,眼睛同时看见了黧黑的祁连和白亮的沙漠。切断了游牧民臂膀的走廊,金张掖银武威垦殖无度的河西走廊,就在这儿,与青藏高原对峙。它的彼岸,是蒙古之海。

我默默地赞美造物的主。是他,给了我视野的盛宴,惠予我满心的感受。

唉,没法写。我只是牢牢站稳,握紧相机。

我有一个习惯:用自己的身子做轴,脚跟旋转,慢慢转着,保持水平——尽力把宽阔的风景多少拍些下来。

这事我已干了多次,在扁都口也一样,我总是用28广角,兴致勃勃地制作一个接片,不管它们能否应用。我坚持这么做。我喜欢每到一处这样的地方，就如同一种纪念仪式一样，拍一张横跨两界的宽幅画面。

这件事我做得在心在意。用三张或四张底片，一张接上一张地照。管它什么球面差，管它接得上接不上——因为那是真的"壮观"，在那里笔墨和词汇都无法施展。在那种地方能做的事，只此一桩。

2

这个习惯，是在另一个大视野——在隔开阿拉善沙漠和宁夏回民灌区的贺兰山口养成的。

那一年在宁夏开会，一位朋友说你若想去哪儿就言语，他出车。我想了想回答，那就走一个阿拉善吧。

阿拉善左旗虽是蒙古地方，却以宁夏的省城为依托。近代以来，不论军事、教育或商业哪个方面，阿拉善蒙古都受着银川回民军阀的控制。尤其求学，呼和浩特太远，要读银川的学校。阿拉善，它像一只脱了臼甩出去的左手，够不着本土的肩膀。但它确是沙漠型的牧场，是最贴近农耕文明的牧区。

后来，结识过在银川读书的蒙古人，也远眺过贺兰山的峥嵘相。蒙古人告诉我："近得很！去阿拉善，班车一个小时就到了!"给我车的朋友也说:"你一个小时就到了。"

那就是说,羊圈和水稻,沙漠与银川,蒙古人与穆斯林,两个地理和两个文化,中间就只隔着一条狭窄得只有"一个小时"的山。二十年走尽了宁夏。我早就该看看隔山起伏的阿拉善沙漠。

这个念头,引诱着我。

一道连山横挡在面前,峥嵘枯焦。一字并肩摆开的它,狭窄的它,真的就是楚河汉界的贺兰山么?

山脉在这儿断成了一个山口,两翼拉拽而来,在山口子上低低地变成一条长脊。此刻,我站在了"贺兰山缺"上。

公路如一道细痕,嗖地划过山脊,毫无一丝踟蹰。

左手是游牧的沙漠草原,右手是农耕的黄河灌区。左手的沙漠草原一览无余,右面的灌区被山脊挡着。

虽然被遮挡,但是右翼的灌区我走的熟。我深知村庄的分布解数,知道怎样从这些狼牙山下去,绕西夏陵,进回民区。秦渠、汉渠、唐徕渠,用天下黄河唯一这一股好水灌这一隅稻子。人不爱吃面,离不开大米。就在贺兰山背后没多远,回民的清真寺星罗棋布。等走尽了一座座渠、闸、桥、堡,看遍了古老灌区的处处庄子,再过下马关,深入固海,直下泾阳,穿透整块大陆,穿透黄土高原……

什么是"贺兰山缺"?

左翼的这一侧,我也不陌生。沙窝子有水草,沙漠并不单调。说陌生,是因为我没有实现年轻时候的愿望,骑马从遥遥东部的乌珠穆沁,一直走到这儿。它的文化是我的颜色。瞧,绵羊、山羊、马群,居然也和乌珠穆沁一样膘肥毛亮。稀疏的牧民不骑马,坐骑是摩托骆驼。站在圆滚滚的山脊望去,灰毡包呈着深色的影子,沙窝子里炊烟袅袅。照理说从这儿一直能走到蒙古中央去,只是阿拉善人更愿意绕道银川,到了那儿再试试搭火车。

这不像一个山口,倒像是一座桥梁,一条边境线。

我享受着风的呼呼推撞,享受着一字并肩的视野。山脉在此断为一个口子,山口高踞俯瞰,地势比蒙古或宁夏都高。我意识到自己正脚跨着两界的文明。蒙古的知识,宁夏的经历,都与这山口密切相关,但又语焉不明。风抖摔着车前的小旗,飞来的云朵,染黑了山巅的锯齿。我凝视着,让眸子尽兴,让胸怀大敞。一种言说不出的心境,一阵阵徒然地冲动。

在疾走的山口的强风中,我用身体做轴,端牢相机,用了大约三张底片,照了一帧连接阿拉善沙漠和银川水稻

油画《远方》。张承志作品

区两个世界的——贺兰山缺口。

这样的地点,有着这样视野的例子,也许我已经能举出不少。当然,没有地理上的特殊含意、没有介于两块地理区之间——但是一样视野辽阔的地点,就更多了。

以前,我喜欢琢磨人的活动半径对人的思想性格的意义。一个牧人大概能享有约八十里方圆。那种羊倌八十、马倌二百的日常生活半径,造成了牧人的视野与心胸,给予他们与农耕民族的巨大差异。

由于害怕落一个鼠目寸光,我总是千里投奔,寻找这样的地方。十几二十多年过去了,地点的体验积蓄了很多。我常独自计算自己的拥有;像那些发了的富汉掂量埋在地下的钱,也像那种风华凋逝的浪荡子暗数有过的情人。如今我已上瘾成癖,如受着磁石吸力,脚上绑着"甲马"。我恍然大悟了:我一生的目的,原来就是这个。

那也就无从修改。

就让自己且看且行吧!无论如何,追逐伟大的视野,于我已是流水的日程。这不挺好么——让两脚粘着泥土,让眸子享受盛宴,让身体处于分界,不正是要紧的大事?

2003年2月又改于西班牙

恋阙与胡琴

1

一位熟识的日本评论家谈及我的《敬重与惜别》，说了一句出人意外的话。他说："如果日语中还有'れんげつ'一词的话，张承志对毛泽东的感情就是它。"

我先是吃了一惊。

在字典上查了之后，才知道这一词的汉字是"恋阙"。它是什么意思呢？我的思路被斜拉歪拽，朝着"阙失、残缺"等处寻觅。词义未明，而一股类似憾意的感触，就已经袭来。仿佛自己的潜意识里藏着什么。藏着什么呢？

但最后查清楚了：这完全是一个中文借词。从出典到读音，都来自中国古代，尤其唐诗。

——当过考古队员的我，当然知道古建筑中的阙，还知道午门其实就是汉代门阙的演变。恋阙，即留恋宫阙，比喻心不忘君，典出韩愈杜甫等人。如："恋阙丹心破，恋阙更忆家。"朝天阙，想皇上，在野的士大夫远向宫阙鼻涕一把泪一把的遥拜，爱得恋得心破碎、白了头——令人遗憾，这个词，只是古典的败笔而已。

我还不清楚这一词汇借入日语后的具体用法，它与"四十七士"似有一线相通，无疑它与天皇制也会搭上关系。突然想起，不少电影都有志士死前高呼天皇陛下万岁的镜头——那就是恋阙！

恋阙，虽然出典高贵，不过只是奴才的表达而已。

2

我苦笑，真是说不清了。

显然，同文同种的阅读，仍隔着巨大的障碍。他们居然没有发现——那一股发了霉的忠君情，与我们对历史人物的复杂感受，并无一丝类似。

韩愈、杜甫等人用这个词，表达自己对朝廷的忠诚。而我却终此一生，也不会向任何一座土阙洋门示忠——哪怕它是"民主"的天朝。对毛主席我藏着一份自己的感情，那感情与对革命的观点，以及胸中因革命失败而涌起的遗恨，渗透纠缠，但它从未愚忠，更不作态，它意味着我更尖锐地直视着他的错误；唯因革命的又一次无功而终，而深深地痛惜与遗憾。而且，也正因为他勇敢地粉碎了那座高耸人民头上的俨然天"阙"，才使我不能轻抛对他的一份尊重。

日本评论家的一句话所以令我一惊，是我对他的"恋阙"用语中，那个"阙"字的瞬间联想。其实包括日语使用的汉字中，"阙失"的含义，也确实存在。

这种阙失，于我个人而言，最终一直纠缠在一对名字上。若取"依恋阙残"之意，倒是这一对残破的名字，让我多少年来，一直不能相忘。

3

请容忍把弯子绕得大一些。

——那时，我刚刚经历了"荣获"一九七八年即"四人帮"倒台后的第一次全国优秀短篇小说奖、摇身一变成了作家，眼前洞开着黄金屋颜如玉的青云梦，正是那节骨眼儿一般的时刻。

——君不见，除我之外又有几人，不是从那时起便一步一步异化，四眼如钩瞄准官位金钱，而且装腔艺术、作态诗歌?

而我在那个节骨眼儿上,曾不假思索,只仗着——那时全仗蒙古草原的养育而择题命笔,所以现在我也用蒙语比喻——仗着"小马的气性"(urō-in jang),拒绝过一次思想的妥协。

唉,jang-tai 的天性!可能就从那一天,我开始了不妥协、也必须吞咽下"不妥协"种下的硬皮果子的人生?

故事很简单:

在我的第一篇草原知识青年笔记《骑手为什么歌唱母亲》莫名中彩、使得我突然变成了作家以后,我马上兴致勃勃开始了第二篇。如后来因一个"黑骏马"的意象写了一个小说一样,那也是一篇题目先行的作品。我不管写好写坏、情节逻辑框架是啥,先咬牙决定题目一定要叫作《刻在心上的名字》。

我要杜撰一个故事,我要借助编造的"小说",塞入我重视的名字。这个名字乃是蒙语,叫"阿尔丁夫"(ardin-hū)意为"人民之子"。但它必须与另一个名字接续、完成一个思想的传承,那个旧名字叫"红卫兵"。在一个蒙古的叙事中,哪怕它胡汉不通,被我硬是搅到了一处。双语言、两思想,咬牙画圆了一个圆圈!

稿子写成，或者说概念之圈被描出来以后，我以当红获奖作家身份，把它投寄给一份大刊。

大刊编辑不满我这过时的念头，又怜惜我这文学新秀，于是破例费心，亲操牛刀指示迷津，为我写了近乎一页的大纲。无疑，若我孺子可教，则瓦可充玉，只等我按照一页梗概，"创造"出一篇新的佳作，顺风便可以接着刮。

——大刊虽大，但不足惧。它怎知那时的我，浑身羊膻浓烈，豪气傻气贯通，刚从蒙古归来不久，又正学习哈语。那时胸中激荡着一股刚刚淬火的青春意气，岂能任人摆弄！

大刊不悦，稿被却下。他们不知，"新秀"就是这样炼成的。我自我打分：那是我作家生涯中，第一次宝贵的不妥协。

4

关于大刊到此为止。若不是为了思想的表述，我不该对人家多作议论，何况以讽刺的口吻。

我要说的是——在一九七九年春夏之交的时候，我正在痛感、我渴望倾诉的，是革命者与人民的关系、是革命史的前一环与后一步的接续、是我们红卫兵一代正在反省或摸索的一个结论：唯有在人民的大海里我们才能获得重生，唯有人民的利益才是我们忠诚的对象。——像娃娃说的大实话吧？但历史多次证明：它也相当费解。

稿子辗转良久。但是，即便我不是千里驹、顶多是一匹 jang-tai urō（有脾气的小马）；我的出世，却处在一个有许多伯乐寻寻觅觅、打着灯笼寻找的时代。

好运气追着我。辗转良久之后，我遇上了当时《青海湖》的主编老赵（赵希向先生）。显然，他对一个青年作家居然为这么呆傻的一点想法而发愁，大大不以为然。

唯因伯乐来，urō 作好马。我的粗糙习作《刻在心上的名字》——关于一个非要找一个和"红卫兵"意思一样的蒙古名字的知识青年，在草原上走到了迷误与伤害的尽头，终于懂得了"阿尔丁夫"含意的小说，被刊登了出来。

由于我自知它并无艺术可言，以往结集时，我总把它和另外几篇一起划出删掉。除了一九八四年黄河文艺出版社的一本集子外，从未把它编入自己的书中。

在此期间，三十年弹指而逝。

最近的某一天，鬼使神差一般，我把它重读了一遍。

重读之后我不免沉入遐思。当年自己的删除，可能不必要，也可能有好处。那三十年前的往事恍如隔梦。一阵阵心中涌起的，是对老赵的怀念。

《青海湖》还在，老赵却隐去了。在西宁甚至编辑部，很少有人知道他的踪迹。写这篇稿子时，青海传来消息，说他已然辞世。他的淡出离去，一如当年的出现——给我留下了一丝神秘。

在一九七九年的"思想解放"大潮中，对当红获奖作家的话语限制，没准有点可供咀嚼的滋味。但于我而言，我命中前定的、对自己坚信的真理的坚持、与对话语限制的突围——从那时就早早开始了。

那一年我三十一岁。

每当摊开稿纸，便向草原寻觅。蒙古草原几乎是我唯一的文化资源，也是我自信的依据。

确实，随着古代的终结，"恋阙"已是一个死语。但是，随着不义世纪的展开，"阙残"的视野正在蔓延。

一个时代过去，心底唯有一股阙失的感情深埋。哪怕心如生锈，但那刻在心上的名字，才刚刚打磨，正呈现光亮。

5

弯子绕回来。

别忘了：两个词汇，没写出一点艺术。我还没有原谅那篇生硬喊叫般的"小说"。它享受了社会的援助，但没有达到艺术。

此刻我想稍稍补救一回。

虽然此刻我拥有的，都五音逆反声若胡琴——与恋阙者分庭抗礼的艺术，会相当异类。

并非是恋阙，且正好相反。两个名字的归宿，一股阙憾的心思，都与天阙截然两界。身处底层的泥泞，包括对那位伟人，如今只有我们对他怀念。堵噎我们胸中的——是注视革命退潮的痛苦，是对缺残历史的无奈。

对缺残的爱惜，有难言的美感。它藏在人的情感奥深，保持着思想的力量。攀附权贵的人哪里懂得？它是泥巴里、下贱中的一个个外族异类，是一些纯朴姣好的女性，是一些缄默无望的农夫。它也是耗尽了我半生年华的——黄土高原的穷山恶水，伊犁喀什的绚丽风土。它们一件件一处处都并非寄身高阙，而是尽数都在底层……

不消说，"当红"的时节，不识如此的意境。

猛然间想起一首蒙古的短歌。也许我该说，是我的满腔心事，突兀撞上了一节胡琴的哀调：

海忒～

海勒恨乃恩格尔～都～

霍莱～德勒斯～～

谁在我心底埋下了如此一节?

它响着,如提醒我"阿尔丁夫"惯用的语言与武器。这个旋律,它有一种混血的韵感;虽早已彻底地蒙古化,但又可能起源于坝上汉地。一丝远溯晋北、也没准是东北的味道,说不清地消来逝去——但唯有它收藏着什么。是的,就是那拂之不去的思绪,那种阙失不返的东西。

纳斯太浑～

纳每～哈拉特～

纳西～艾赛亦怪～～

那一瞬只是掠过耳际,便被我死死记住。它从被我听见的那一刻起,就与我纠缠不已,在夜阑之际——逼我为它填词。

居然有这样的旋律!它勾引已经埋葬的旧事,挖掘不合时宜的心思。它如在催促,无论能否,强人所难,要求填入合适的词，回应它渺渺的招魂。

——以下三段，便是上面我咀嚼阙憾、若有所思时，以蒙语写下的歌词汉译。

>乌洛*
>变了颜色
>真的认不出
>
>北方
>山的南麓
>芨芨草枯黄
>
>老人
>望着我
>不到这边来

这三段，分别使用了蒙文"白头"的 u、h、n 头韵。为了不在推敲中耽误，更考虑到自己毕竟是用汉语写作，

---

*乌洛，urō，年轻的马，好马。

这儿只列出了汉语。其实它的每一句都是用蒙语吟过,大体觉得通顺之后才搜寻对应的汉语词再填入的。也没达到十分规范:h 头的一节中,混有 ha 字头和 ho 字头——留作后日推敲吧。

至于歌的题名,我其实想把"阿尔丁夫之歌"之类的本意,蒙古式地写成"小马的名字";但那样不合蒙古民歌的格律。我遵守文化规则以马为主格,题目也自然成了《有名的小马》(Alder-tai urō)。

——这样写着,恍若梦中。

费解如此地超出限度,只因为心境一片纷乱。心里哼着,恍惚写着,我自己也觉得词不达意。但非此我怎能染指如此沉重的话题？我鸵鸟般地埋着头,用胡琴古调,防卫与开火——噢,连文体也是莫名的前定。只有使用亲爱的蒙语,我才能——既拒绝古代文人的恋阙,又表达心中的缺憾。也许,还把对历史的观点,多少表示了一点。

2011 年 3 月 2 日,为《青海湖》改写

有名的小马
（Alder-tai urō）

1

数年插队异乡，身心发生了说不清的变化。

从内蒙古草原回来，我没料到、更没有常把它提起的一件事，是心里一直潜行着一个旋律。

它时而漂浮到表层，时而缭绕到了嘴边，但更多是在心底潜藏。本来已经把它忘光了，突然它冒上来横冲直撞，掠夺了心情和大脑。人不由自己唱了起来，直至痛快酣畅，直至筋疲力尽。

在一篇没写透的《恋阙与胡琴》中，我用它比喻过我们对革命的难言情感。我写到我们是决不会那么肮脏地咒骂的，不管自己其实经历过怎样的厄运。我写到我们的感情从来不是旧文人的愚忠恋阙，而是一种……只有草地古歌才能类比的古老惆怅。

呸，和这机器人繁殖的世界谈草原古歌，你不觉得是一种地道的"受污癖"么！后来我后悔向那种下流摊子展示了我的这一面。我暗中立誓，决不再与他们谈半句革命……

此刻，我只想用一点残剩笔墨，给我私人的读者写一些 setgel-in duu。这个词组可随字面译为"心的声音"。当然，一旦骑上简单的两句调子，它就是"音乐的原初"。

确实，歌就是音。我说的是关于北亚使用蒙古-突厥诸语言生活，并在生活与情感发生激烈摩碰时，游牧民族使用母语进行的抒发方式。我坚信那是艺术的起源。谁说艺术起源于老土农民的小黑棉袄？不，从来不朽的情感与它的抒发，都与自由的游牧相关联。山陕两省一共三首好歌，《赶牲灵》《走西口》都不是农耕。不对么？都是进出憧憬的异乡，染足自由的畜牧。

由于得天独厚地赶上了那一场时代的风集云会，于是年轻的心被启蒙，仅在一瞬之间，我就再也不能顺从体制。它常化作声音，一瞬掠过耳际，被我牢牢记住。自斯时起，它与我纠缠不已，夜阑之际令我反刍再三，甚至在花甲之岁，强求我童声胡语，再填新词。

而此刻，我决心把这件事做掉。

我在想做的做不成、做着的又做不透的时候，就明白：一个作家到了求助原初的时刻了。

我的原点初音，在那遥远的青青蒙古。我的这支笔，经由的最初途径是蒙古字头押韵的民歌。asirrū, ijharū[*]，噤声，高声，秘默，张扬。我似乎又要回到那种形式，那抒发与含蓄、倾诉与缄默的形式。世纪末的日子，需要这样的古乐，就像瘟疫中的人，需要解毒的草药。

在《恋阙与胡琴》中我没有写上的三段蒙文，如果随意些作"音"的转写，大致如下。第一节是 H 打头，第二节是 N，第三节是 W 字头：

1） 海忒~　　　　　　　hai-tu　　　　　　　　北方
　　海勒恨乃恩格尔~都~　hairhan ne engger-du　 山的南麓
　　霍莱~德勒斯~~　　　horai deres　　　　　　芨芨草枯黄

2） 纳斯太浑~　　　　　nasutai-humun　　　　　老人
　　纳每~哈拉特~　　　 namai-i harad　　　　　望着我

---

* asirrū，低声。ijharū，高声。阿拉伯语复数第二人称命令式。

纳西~艾赛乌怪~~　　　naxi aisih-uguai　　　不到这边来

3）乌洛~　　　　　　　乌洛
　　翁各~海布什奇拉德　　变了颜色
　　乌尼勒~叹恩怪　　　　真的认不出

——转写转到了第三节，我突然厌倦了。究竟在为谁费劲呢？难道自己对自己的独语，还要等谁解读么？

我停下笔，不再像以前那样找一个蒙古朋友核对。波澜沉寂，心里只剩宁静。久违阔别的、水一般的静。

万籁俱寂。耳际一丝微风，把三段悲凉的辞句，用蒙古的轻灵语音托载着，轻轻地甩摇舞动，似一丝云在漂游，如一口气在吐尽。

我屏住呼吸，又合上了眼。我舍不得这难得的静。用耳朵捕捉、用身心承接，我在吮吸一般地享受。

2

我把这些句子，给一个西蒙古人一句句唱过。

因为那一年，细数的话是一九八八年，在兰州的西北民院招待所。门推开了，进来的是一个"腿不自由的人"

（不能说瘸子，我一使用蒙语就避开不礼貌词），所以我没法子对他的闯入发火。问候的是蒙语，更让我无法拒绝。

他坐定后，注视着我："你干吗到军队去了？"

这一个"干吗"（yāji）击垮了我。"牙吉"、"牙吉痕呗"，是嗔怪、埋怨、批评自家人的语感亲密的词。

我像一个赤裸裸的小偷，呆呆地接受他的审问。真的，自由的牧人怎能穿那套紧身的兵服呢。

这就是我的知音。你可别以为我写这些乱七八糟的蒙古小调是一种自娱。如同梦游，我常夜阑之际抵达兰州。找到他，才能诉说最深的心事。我把自己最隐秘的诗作，逐句吟诵给这个独脚审读者。他听得懂弦外之音，听得懂我唱出声的和憋在肚里的本意。

吟诗，也就是哼着编词儿的时候，我使用流行的《鸿雁》调子。但是为了遵循蒙古旧体歌以马题名的习惯，我把这些自娱的诗句，命名为《有名的小马》（Alder-tai urō）。一旦定下题目，我更身不由己。我信马由缰一路写去。噢，谁知道在这个二〇一四年岁末，我选择的语言居然就是它！

我如无形巨手拨派下的草木。我随草浪摇摆，我任词汇浸漫。管它别字多多，我不在乎被人挑出毛病——反正我要写要唱出的，并非蒙古语的高低，而是它给我的呵护。

是的,一种游子慈母般的、粗糙微酸的呵护。

独脚兄弟微微笑了。他依旧用那双貌似柔和、其实钻头一般的眼睛直视着我。"abuje xiu……"他评论一般自语着。我高兴地发现他根本不在意我拼写的错误,格式的出轨。他一眼就看透了我要写的是什么。abuje xiu,就是"你真行呀,抓住啦,干成了"——就是你的心事实现了。

须知,战士一旦换了蒙语,就像穿上了硬牛皮的护心甲。或者说,就像长征红军"调虎离山袭金沙",中伤流镝,围追堵截,一下子都傻了眼。它们像白狗子一样,胡乱扫射,无的放矢,难奈我何。

于是,我在所谓花甲之季,再度讴歌草原度过的青春。古人云白头搔更短,我却有冲腾的热情。赞美赠予我放浪气质的蒙古牧民、赞美给了我不羁习气的茫茫草原吧……

哦,创造者!谁能尽知你拨派创造的奥秘?在我满胸堵噎,在我渴望倾吐,在我的笔尖心头满溢着悲怆激烈、渴望一泻千里抒情的时刻,在下意识之中,我的手脑心笔居然并没有选择汉语华文,我的脑海眼前接二连三涌出的,一段一段都是蒙语胡歌!

哪怕它并非工整对仗,哪怕它总是别字连篇,但唯有它,也唯有我,才能获得创世造物的伟大主宰的眷顾特爱,写出这些字，做出这等事！

何止对革命的过去，甚至对当今的天下大义，我的心情已经离不开这种调子。在历史的尽头,唯异族的"胡语"，使我挣脱束缚，完遂了作家的悲愿。冷漠的世间，怎知我闪身占据了天外堡垒，仰手接飞猱，俯身散马蹄，用最字面意义的"超现实"手段，高屋建瓴地进行反击。

昨天我讲述着两种的母语。

今天我倾诉着双关的诗句。

我用全部感觉，丝丝吮吸一般，接受着胡语的抚慰。艺术在此刻抽象又还原，每一个词都是最平常的。它们简朴至极，但表达得淋漓尽致。人到了这样的火候，会不觉间向纯朴倾斜。何止对于革命，从天下大势到一己无常，从民族兴衰到享荣受辱，都被几个简单的词儿，先是一语道破，然后一唱三叹。我不禁要落泪了，怎能如此平白，又这么滋味无尽！

3

一个白毛老外来采访我，问了"文革"问门宦。

我说："给你讲，你听得懂吗？"

他自信兮兮地笑。从背囊里掏出一大堆书，都是他翻译的中国文学。"我们，都毛泽东，你说，听想。"

"毛泽东？你听得懂么？"

他更自信了，搭上了二郎腿。

于是我给他念了上述蒙语歌词的第三首，那首没有拉丁转写的。他一翻白眼，显然觉得我很坏。

我本来还想给他讲一节草地经，告诉他年轻的马到了老后，漆黑会变成苍白的常识，但老外哪里肯听！他恶狠狠地怒视着我，换了英语飞速地朝我扫射。我估计，那些话无非是你哪里是作家你纯粹一个死不改悔；你对西方有偏见你的文学一文不值你写了我也不给你翻之类。

我也大怒，比外语吗小子？我能用蒙语把你小子从鼻子到尾巴骂一小时绝不重复，你信不信？

使我勃然大怒的，其实并不是他的政治文学观点，而是他对我们黑马变白马的牧人经验的蔑视。我不能容忍，我浑身的野性顿然腾起，我要把他用最毒最脏的话骂个透——就在这时，忽然出现了那个独脚牧人。

他警告我不许把语言弄脏。

我只好恨恨地转过头，闭了嘴。恼人的传统哟！你让这么坏的老外占了我的便宜了！……眼角居然有一滴泪。我愤怒地抹掉它。

就在那一瞬，一首新词浮现在眼前：

4) habur-in

　sur-du

　nuteg hara bolna

　hair-tai

　qaima-s sarerad

　jil bolna

　春天

　结束时

　营盘变黑了

　和喜欢的你

　分手后

　已经是一年

一瞬间，我被一股情绪攫住了，老外被忘在脑外。
当然我不会对老外说，牧人对化雪季节的表达，是"地

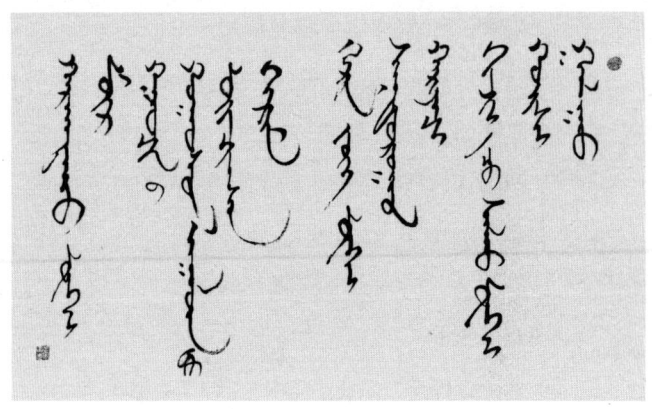

图中蒙文即本文第四节的歌词。张承志书

变黑了"。真的,终于五个月之久的漫漫冬天熬到了头,先是雪白后来黄污的雪地融化以后,湿漉漉的草地露出来,望上去一片黑色。还有"爱",牧人和一切普通人一样都不讲那个酸酸的书面语。蒙语的表达是"喜欢的",多亲切。

  我不会教给老外这些草地的体验,免得他们立马写成博士论文。我没有告诫他说只有这首歌才总结了天道运行中的人与大地,你们的文化教养不足。不,我没工夫再搭理他,我在倾听我心里的声音。弥漫的旋律。正从天而降。

5) garoo

  haisii-du

  hejeqi sareh-uguai

  hargaqi

  sandrad

  haren jug uguai

  鸿雁

  向北方

  从来不分开

燕子

着急了

但是没方向

我的胸中，胡音渐起，琴筘交奏，妙不可言的句子接连涌出。

我的语言尚未彻底自由。但层层的封锁，就像泛滥春水席卷下的土墙，无声无息地颓塌崩溃。我顺流而下，我能这样不尽地写下去，就像语言依附的生存一样。一刻一刻之中，我清晰地意识到这是我的生之享受，于是我低低起调，为自己唱了起来。

6) herem

aiqutesen

hosun-ne agoldu

hoqin-gin

murer

harateh-uguai

棚圈

倒塌了

空空的山中

旧时的

车辙印

已经看不见

　　　　写于 2014 年岁末，马六甲归来

二十八年的额吉

额吉去世的消息,是偶然听到的。我们去找一个来北京看病的牧民,找到昌平农村的一家小旅馆。问好笑闹着,我顺口问候额吉,可是话出口时,我把"额吉她好么"问成了"她还在么",话出口时我觉得自己脸色变了。在他谨慎地讲出来以前,第一眼看见他的神情,我就明白了。像一口气被突然憋住了一样,直至午夜回到家里。

在桌旁坐下,心里空空的。去年冬天我居然毫无感觉。窗外洞黑,一股难忍的愤怒席卷了我。我望着黑夜,遥远的草原猛地逼近眼前。我不能再耽误,我已经使她失望。像又被抽去了一根骨头,单薄的感觉那么清晰。

十几天后,我到达了乌珠穆沁。

绿海般的大草原依旧荡漾起伏。像是抚慰,二十八年,我凝视着想到。这个数字也叫人吃惊，已是与她结识的第二十八个年头。

就这样，不可思议地心又倾斜了回来。次年夏天，我带着孩子，又千里迢迢奔赴那座拥挤的破毡包，住了一阵。嫂子抢在前面，挡住了我的教法。她要求孩子喊她"额吉"。一时我有异样的感觉：在我的失了准头的眼里，嫂子永远只是额吉的儿媳，也永远只是个少妇。

这些年岁月轮回得飞快，转眼一年，又是一年，二十八年在眨眼工夫里变成了三十年。我不仅应该承认嫂子的意识，而且必须承认算术：我已经和当年的额吉同龄。那么还要追忆么，在这无情的时代，在这干旱的旧日营盘？

1

我好像写过，我写你写得手都酸了心都累了；我好像狂妄地说过，我要把额吉这个词输进汉语。但是我并没有听到过你的回答。相反，我却不止一次地听到过一种追问，它在问出之前已经带着挑衅的怀疑。它没有从我的笔下读出照例该有的刺激，没有发现应该丑恶的现实。我则经常勃然大怒，记不清多少次驱逐过来客，多少次出口伤人。是我写得太甜么，是我在我的草原写作中美化么，我不愿纠

我的额吉。摄于 1981 年

缠学术的或敌意的追问。因为缠绕我的是一个更潜在的问题，关于发言者资格的问题，关于文化的声音和主人的问题。

追问是一种不好的毛病，由于它的轻佻。

不必回顾早期那些中学生作文了，至少从《黑骏马》的写作开始，我警觉到自己的纸笔之外，还存在着一种严峻的禁忌。我不是蒙古人，这是一个血统的缘起。我是一个被蒙古游牧文明改造了的人，这是一个力量的缘起。在那时，人们都还只是用四百字或五百字的稿纸的时候，我就总是一边写着一边看见她——那个乌珠穆沁老妇的沉默形象。我早写过，我家额吉是位饱经沧桑的女性，她一生对外界缄默着，我继承了她对这可怕世间的不信任。

笔虽然年轻却撞上了巨大的命题。我虽然一气写去，心里却咀嚼着带回城里的那沉默形象。喊她额吉，是风俗也是历史，但更是浪漫和愿望。我和阿洛华哥毕竟不一样，这使人多少伤感，但它是事实。

从来文化之中就有一种闯入者。这种人会向两极分化。一些或者严谨地或者狂妄地以代言人自居；他们解释着概括着，要不就吮吸着榨取着沉默的文明乳房，在发达的外界功成名就。

另一种人大多不为世间知晓，他们大都皈依了或者遵从了沉默的法则。他们在爱得至深的同时也尝到了浓烈的苦味。不仅在双语的边界上，他们在分裂的立场上痛苦。

血统就是发言权么？即便有了血统就可以无忌地发言么？

我们即便不是闯入者，也是被掷入者；是被六十年代的时代狂潮，卷裹掷抛到千里草原的一群青少年。至于我则早在插队一年以前，就闯入到阿巴哈纳尔旗，品尝过异域的美味。额吉和我的关系并非偶然形成。但我毕竟不是她的亲生儿子，我不愿僭越。

那时流畅地写着，而心里却时轻时重地抱着这个矛盾。人群和人群，社会和社会，早有更基本的交流，不过有时天然，有时残酷。牧民，追逐水草放牧五畜的人，过去只是对彼岸的茶叶、绸缎，今天是风力发电机和廉价吉普车感兴趣。他们说过要和这隔膜的世界做细微的交流么，用异样的语言，用制作的文学？

额吉一生的遭遇，已经被我在心里完成了一个勾勒。旧时代的那一部分，我至今在体味和探究。新社会的半部，我曾与她若即若离地分担承受。她如一棵草，是个自然的女人，前半生饱尝的都是家庭不幸，生存和养育的艰难；后半生承受的多是政治的胁迫，不过是没有太悲惨，厄运和幸运夹杂。

我确信突破了一个无形界限的人,同时可能突破血统的隔膜。但是,你难道跨越了关口?你具备代她发言的资格吗?

我不知道。尽管写了半生,我并没有找到结论。审判要你来做出,额吉。我只是约束了文章也约束了自己。我只是感到:代言的方式,永远是危险的。听见对我的草原小说的过分夸奖时,我的心头常掠过不安,我害怕——我加入的是一种漫长的侵略和压迫。

青草浓密。这里是我放牧的第一个营盘,位于乔布格盆地一片草原的西北角。如今已经不再是合作化时代,瞧,连我的文字都把地理范围缩小到自家牧场。我已经觉得汗乌拉草原的概念太宽阔,开口闭口总是自家的草场。巧合的是,分草场时我家得到的乔布格,是一九六八年秋天我住进牧民家庭的,我的第一个营地。记忆阵阵醒来。右手是奥由特,左边是乌兰陶勒盖,当中有清澈的水井和一条狭窄的硝土碱草。一切都和与你相逢的那年一样。

额吉,如今我形单影只,独自立马站在这里。我看见你的灵魂徘徊飘荡,在乔布格,在你曾经望着我上马下马的旧营盘上。

2

传话的人说,她死在冬天。那个冬天我在云南的村寨里。那两年我总是在夏季去北方,入冬则一意惦着南国。六盘路上满是路障,我在它的周边绕来绕去,伺机一头闯入。我冷冷在外围转着,这个外围,几乎有半个中国之大。连年在云南,有冬日明丽的太阳,有丰富的百拉提月份的生活。我已经沉吟着,狠狠地凝视着那座瘦窄的大山好几年了,我确实忘记了极北草地的隆冬,忘记了燃料、白毛风、畜群和枯草;也忘记了我的蒙古母亲。

我不知是否该责备自己:偏偏在那个冬天里我没有想到她。可是,即便得到了消息,我能在冰天雪地的冬天,找到御寒的皮袍、穿越雪封的坝上、熬过零下三十多度的夜路,到达乌珠穆沁并且抵达我们的冬窝子么?

现在我才来,确实更多是为了自己。我有那么多的话堵噎在心,不倾倒干净我会病倒。额吉,我要到你的荫下休息和医治。

时代使得语言呈现得奇特。我向额吉和阿洛华哥的求学,大致限定在纯粹游牧的生活方式之内。口语,偏狭而急速地发育着,只向着游牧生活的范畴倾斜。一方面,我和牧民们之间已经细致入微地谈论草场、膘情、春雪和冬雪，谈论成千的羊群和单独的一只羊羔，更谈及社会的各支血系和家族、某人的底细以至秘事；但是我没有学会一个考古、证券，哪怕关于楼房的词儿。

现在流行的词是"话语、语境"。在当年的额吉与我之间，不仅一切交流都在最严峻的语境下进行，而且，也许我们使用的也是一套非常微妙的话语。我们夜夜的曼声细语并非全无忌讳；它们既在政治威胁的限制之下，又在古老禁忌的规矩之中。它是相当全面的蒙古语，但又没有金融宗教物理摩登，好像根本就不存在那些语目。今天我半学究地发现：语言其实可以在基本语汇里发达。在前六十年代的草原，除了强加于草原的开会、语录、批修之外，朴素的基本语，支撑了整个牧区的社会和生活。

可是，若想谈些复杂的事呢？

亘古不变的石碴子敖包山下，新庙如今才真的彩画一新。一座可能真是镏金的黄灿灿的庙顶，在敖包鸟瞰下静静地闪烁。当年我多是采用转述办法，表达自己不会说的话。算算又是离开了十多年，我又经历了很多事情。为了畅谈个痛快，行前我甚至新学了一批词汇。我特别想给他们讲讲我所谓的"戴白帽子的民族"，我甚至联想到额吉倾听时的警觉眼神。

但是她已经"不在"了。蒙语对逝世一事也用回避的表达。"死"这个词忌讳出口，用"不在"说出来，更加语感沉重。用这样的语言谈着额吉，我和阿洛华哥都有些受不了，我们小心地选择着，尽量谈得简单和概括。

若是环境再好一些，我会对着她安息的山谷，念几节悼念的经文。可是我觉得那也许是强加于人，所以一直犹豫着没有提出要求。我走了一趟新庙，但是没有缴纳布施，回来后又觉得后悔。

哥哥并非孤陋寡闻。我感觉得出，他在琢磨我的变化，他听得谨慎而专心。他无疑在用我的过去分析着我的现在。我讲他听，他似乎知道一切都不是戏耍，甚至我觉得他把事情看得很透。

一天早上，我醒来听他说，刚刚去背后的山顶祭了敖包下来。我有些不高兴。他说自己没有办法去北边正举行的敖包会，孩子已经去了。看来，他掩饰了前几天的焦躁。"孩子去了还不够么。"他说。"我说的是乔布格这里。"于是他就自己带上奶豆腐，祭了乔布格的敖包。

"奶豆腐摆在南边吗？"我问。他说是。"走着上去的？骑那匹黑马。祭的时候人要跪吗？"他说当然跪。他觉察到我的不快,解释说:"以前额吉的父亲,我们的吉林宝力格的老父亲说过,要记住祭这个敖包。所以,我就在今天早晨,在天刚蒙蒙亮的时候,上去祭了。"

我发现,他是在对我介绍自己。我突然明白了:在这漫长的世事沧桑过程里,不仅是我,还有他,一个最普通的蒙古牧民——我们都变了。我不再怨恨他没带上我,我意识到他的做法中内藏的严肃。用另一种文化来解释的话,他还在服丧。在和阿洛华哥对坐的那个早晨,我切肤地感到额吉尚未走远。

那么,就像一九八一年、额吉的六十本命年我从北京赶来一样,这次我仍然算是来对了。不知是因为把敖包祭了,还是因为对难缠的我讲过了,哥哥又松弛下来。望着他,我暗自想,人人都有一颗负重的心;而且最终都把这颗心托付给了冥冥之中的存在。

还不仅这么多。我对这样的简朴仪礼感到向往。它像一滴血溶在日子的水里,几乎只剩下一丝的举念和随意的形式。在蒙古草原不尽涌来的启发中,我总是不知所措。在这座不起眼的灰旧毡包里,我曾看见过一个古老的社会模式,一种人,现在又看见了一种深有意味的信仰。

或许额吉于我更是一种象征;但我也并没有直露它的

含意。我从来就没打算给世间提供消遣。我不会把从她那儿获得的知识尤其是秘密,猴急地签名叫卖。她使我在这片草地上,在乔布格和汗乌拉,模糊地悟到了禁忌,嗅到了神秘。她只是不知道后来我在西海固,把这一切实践得淋漓尽致。

我家有过一匹黑马,那是阿洛华哥的坐骑。它确实给过我很深的影响,但它并不是额吉养活的。额吉倒是喂活过一匹马驹子。那是在一个春天的毁灭之后。夜里突然刮起了白毛风,大队的马群冲进雨雪交加的泰莱姆湖,一层层地摔倒,一层层堆了起来,冻死在泥泞的水里。早晨包门外面,立着一匹死了母亲的小黄马,额吉把它领回来,用奶瓶喂活了它。

如今小黄驹子长大了。我走到水井旁边,看见黄儿马领着一群骒马,慢慢踱来饮水。正是傍晚时分,曝烤的毒阳终于黯淡了。空气凉爽,我随着阿洛华哥,徒步向乔布格的方圆四方散步。他讲了一些额吉临终前的情况,我默默地听,知道额吉临终结束得很快,没有太多折磨。

漫长的、情义的体验呵,你使我复杂了。

3

幸亏我把她和阿洛华哥硬逼着,来了一趟北京。这么想不知对不对,我似乎认为,那也许多少可以算是一个报答。她毕竟玩了一趟北京;若是没有这么一个小小的报答,今天我实在无地自容。

那件事漫漶迷蒙,记不起细末。于是想起额吉离开北京后,我曾经写过一篇东西。找出一九八七年的《北京草原》,翻看着觉得恍如隔世。可能是由于不满意自己旧作中意识流变体字的败笔吧,这篇记录没有收进任何集子。

发黄的旧杂志里的字,使我不住吃惊。那时,由于傻,由于没有心事压迫,我写得多么轻松自如。只后悔那时一头钻进"小说",而懒惰地不愿细细实录。我怕叙述;娓娓道来的文体,好像只属于另外一类作家。记得我和谁说过,我说我额吉来北京那些天的件件小事、每天每时都是珍贵的文学。

此刻虽然是机会,我还是没有心思回头补记。我不愿唠叨额吉访问北京的日程表。读着那篇随意至极的小说,又觉得正因为傻而无心,它才有点意思。

阿洛华哥好不容易才大着胆,咬了熊猫形状的冰棍。

来到北京的额吉和哥哥。

额吉在厨房好像又被复查阶级的工作组拦截，紧张地大喊我的蒙古名字——她不敢关掉煤气。八十年代的北京公共车上，还有人给少数民族的老太太让座。那可怕的苦夏，柏油路溶化得粘着咬着鞋底子。在北海公园的树荫下，额吉和咯咯大笑的女儿玩耍。一个老外带着个翻译围着我们转悠。那翻译一脸给土著施恩的表情，过来问能不能让额吉和那欧洲老太太合影，我恶狠狠地说："NO！"

我教会妻子三句蒙语：额吉，我走啦（早上上班时用）；额吉，你们今天过得好么（晚上回来时用）；还有最重要的：额吉，多吃！小女儿那时才三岁多，被我训练得一会扑过去亲额吉脸一口。我们在三里屯的简易楼里，邻居家家赞叹我招待插队的房东；这一点，够人民子弟兵们学上两辈子。因为此刻我又想邀请阿洛华哥来北京，估计若想穿着蒙古袍子住进我军的大院，大概要先受上一个月的"政审"和"安检"。一想用蒙古话说这两个词儿我就恶心。

和牧民住进北京的简易楼，那滋味比住进蒙古包还特别。虽然没有门栏外的牛犊和狗，没有视野尽头的地平线，可是额吉在北京必须依靠着我。从开煤气到关电灯，我像真正的儿子一样照管一切。吐木勒，吐木勒，她总在不停地叫着我的蒙古名字，叫得我美滋滋的。她对我说的话，比在草地的几年还要多。我多么喜欢她那无奈的、一切任我怎么办的神情呵!

最遗憾、最最遗憾的是,差一点我就能使额吉见到班禅!

我有一个要好的藏族作家朋友。他和班禅·额尔登尼喇嘛有密切的联系。额吉尚未驾到北京时我们就商量好了,一定让班禅接见我额吉。那将是多么快乐的一场民族大团结呀!更重要的是,我要让整个乌珠穆沁,让党委书记和葛根活佛,都羡慕他们从来不放在眼里的额吉。

准备一直顺畅,班禅活佛的平易非常有名。

可是,就在额吉抵达的前两天,活佛远行青海教区。那时家家都没有电话,可是跑一趟和平里好像不费事。反正每一两天,我就和朋友联系一次。"佛爷还没有回来。放心吧,一回到北京马上通知你。"可是日子一天天过去了,"怎么还没有回来呢?奇怪!"最后朋友的老婆、朋友的朋友,好几个相关的藏族朋友都为我们着急了:"还没有回来!怎么办呢!"

最后的两天绝望了。我对哥哥和额吉,可怎么解释呢?我的心淹没在一派憾意里,那股可惜劲儿和原来盘算的快活一样强烈。直至多年以后的今天,我突然觉察到,当时额吉并不叹息,就像开始也没有兴奋一样。她只是默默等待,不奢望,不显露。最后不如愿时,就像没有盼望过一样不动声色。

倒是实现了两位母亲的会见。

我心里充满独自的欣赏,瞟着她们。我喜欢这罕见场面,因为我而出现了。在那个炎热的夏日,母亲和额吉紧挨着,她们都不知说什么好。我催促着,聊吧,有我当翻译。可是她们只是静静坐着,费力地笑着,对着面前丰盛的筵席。她们比平日更少言寡语,好像只是坐等我的下一个行动。显然她们都意识到了:既然眼看着花儿结了这么大的苞蕾,那么它反正是要开放了。而且最后会结下果实。显然她们对花朵和果实感到忐忑不安,她们似乎都担心我这么与众不同。

我长久地注视着她们,揣摸她们的心情。谜底究竟是什么呢?

4

随着对突厥源流的了解,我对蒙古草原的理解日益广义化。我逐渐有了一些把握。但是从细末和广度,在两处察觉到优势的我,心底却鼓动起离别的欲望。我寻觅着新的出发,准备扑洒过去的,是一种双数的感情。

后来,而且是在遥远的日本东洋文库,有一次学习回鹘文养子文书,我突然意识到,养子的观念和习俗在北亚草原的普遍。

养子,tejesen hū,这是一个多么语感温暖的词汇!后来我便半是认真地,用乌珠穆沁口语里的这个词自喻。

其实,连真正的抱养也未曾有过。只是挨着冻羊粪燃起的炉火,睡前要由额吉掖紧皮被。只是那个苦恼人的年代,它一下子就把人扔进草海,扔到了这乔布格的营盘上。一切都在这个营盘上实现了;那毡片磨烂的我们的家,那种非常接近了家庭关系的加入和承认。不,我再不能容忍什么民族学、社会学、人类学。我不能容忍用"调查"替换这种关系,我不能容忍凌驾民众的精英发言。

如同你,蹒跚走完自己的路,哪怕一生穷愁潦倒。不去向世界开口,追逐着水草变移和牛羊饱暖,径自完成自己的生命。这才是作为人的存活,才值得为之生死一番。反之,屈从官宠媚权拜金,在别人制定的模式中蝇营苟活,那是腐烂和失败,是可笑的自虐。

你逝去了,像早晚会发生的一样,像牧草枯荣一样。

你的文明里没有吊孝，我赶到乔布格，是与你别离呢，还是最后和你重聚？

我没有解决关于文明发言人的理论。不过我想，也许我用一生的感情和实践，为解决这个问题提供了参考。

一切都过于私人化了。

即便在告别的文字里，额吉，我不愿渲染你的故事，抛出去供外人围观。作家的水平，就在于写与不写之间。我要执行守秘和规避的原则。我总在琢磨——你和人民的沉默。你可以安享你的安宁，你是我独自继承的遗产。我谨在这里向你道别，并遵守这个约束。

牵着马，散步在乔布格的旧营盘上，我悄悄数着。二十八年，居然真的有了二十八年。我突然觉得它是一个天成的题目。我决定写一首蒙文的诗歌。就像最初我套用民歌《诺加》，填写了作家生涯的第一笔一样，我企图用《厄鲁特》的格式，写一首总结的蒙古歌。

用诗表达的企图，连贯了二十八或者三十年。不用说那个《做人民之子》（应该译成"平民之子"，蒙语……算了吧）——八十年代我还曾准备使用全部蒙文"白字头"的排列，写一首长诗，后来当然由于能力不足而放弃。那

和蒙古兄嫂。摄于 2004 年

里面有"赞颂恩情家乡的歌这么多呵,而宽阔的草原,沉默沉默";还有"已经衰老青春不逝,这是什么病呢?更细数的话,我并不是从你所生"等等句子。

不能的我已经不想强求。总结的话不及早说,等机会遗失殆尽要后悔。用尽字母表的豪华设想是不现实的,然而,我毕竟是我,我要用她的话语,留下几句。我应该为这一切,留下几句蒙文诗。

念头袭来的当夜,我睁眼望着天窗,失眠了。睡着前我已经默哼着,做出了几个小节,次日早晨我把它们追忆着抄到纸上。那一次剩余的草原日子,我是沉浸在头韵和比兴里度过的。回到北京后我以为马上可以收尾,并且已经准备向第一次我发表作品的蒙文刊物——《花的原野》投稿。

但是到了第二年,我决定把它带回草原去再改。在聚会的席间,我也曾经忍不住唱起过它。虽然屡屡修改,它一直停留在未完状态。此刻已是从六八年计数的第三十个年头,《二十八年的额吉》还没有写完。我喜欢在夜深时拿出它来,字斟句酌一会儿,渐渐沉入幻境。我喜欢反复地,在韵脚、对仗、一个个质感音声不同的单词里徘徊。除了叹息修养的欠缺,我逐渐发觉了:其实我想表达的,在题

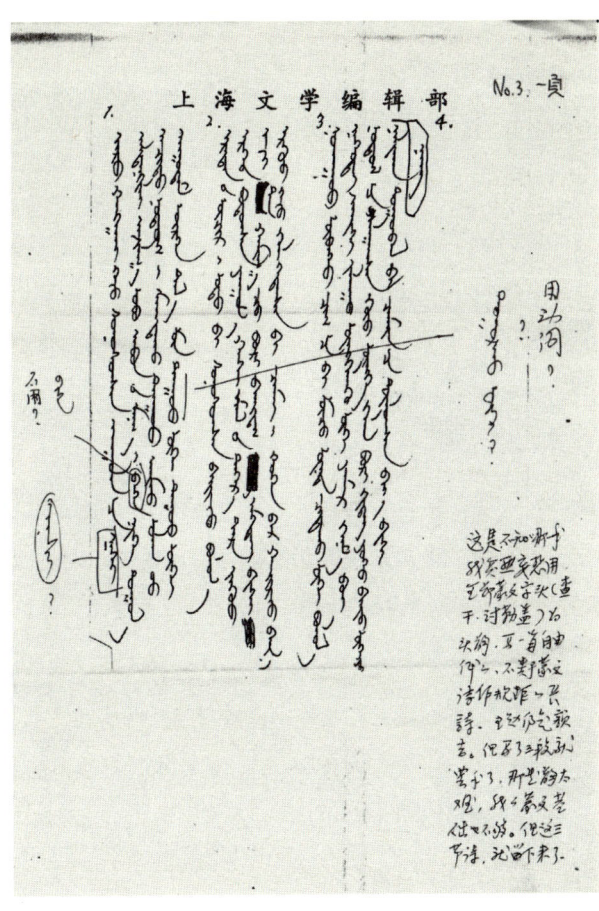

未完成的蒙文诗草稿。

目里就表达完了。额吉，额吉，其实我用小说、用散文还觉得不够而要用诗表达的，只是"额吉"而已。

我打算在这篇散文里录下几节，充作束尾。

最后挑了四节八句。我决心这一次做到语言的严谨，绝对不能再让所谓国际通用的转写乱七八糟。果然，请一位蒙古族的长辈帮助校对转写的时候，他也觉得费力：使用书面语和标准的蒙文诗律吧，作者我首先感到别扭。合乎语法的句子陌生并且转义，好多词儿都不是我会说的了。最后，他说，你干脆就直接转写乌珠穆沁口语吧！

他的话，突兀地使我想起学《蒙古秘史》时，读过的一句费解的话："它是把口语直接写进去的书"，寻思着觉得新奇。此刻写下的，是经过蒙古族专家校对，但是与辞典不尽相同的，我用乌珠穆沁口语写的几句小诗。我写着，不禁觉得这一切实在太难得了，心里涌漾起舍不得的感情。

以下就是这几句诗的蒙语转写，以及字面的汉语直译。

Arban jurγan-u saran-u gegen tang-ās oroju irele
Alhun alhun tan-u aisui jam-du ösün boijiγsan bi mön

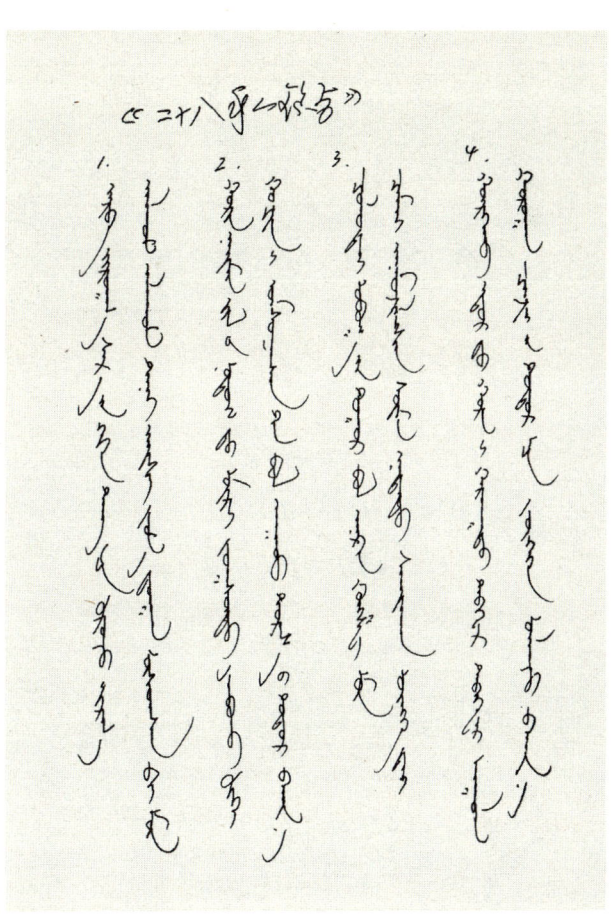

蒙文诗草稿。张承志书

十六的月光,从天窗那儿射进来

一步步接近了你的路上,长大的是我

Horin naiman jil-ün nutug-tu mori joγsōd yabuhu ügei

Hūčin-iyan emüsügsen ta bol aγü tön-u dotura baina

二十八年前的旧盘上,马儿停住不走

衣着褴褛的你,是在伟大者的数中

Qulūtai obō-yin dōγur bol angkan-u Güngse mön

Qima-yi amujūlsan Süme nada-du sayihan öngge-tai

有石头的敖包下面,是以前的公社

使你安宁了的庙宇,在我眼里颜色好看

Harihu edür-tü hola-yi harād dabhur dabhur ūl

Halūn čejin-ü dotor-ās jöhen uilaju baina

离去那天向远眺望,一层层的山连山

滚烫的胸膛里头,正柔软地哭着

1996年7月腹稿于锡盟

1998年4月写成于北京

阿尔善
——谨把此文献给我的蒙古兄长

听到他去世的消息时,心里掠过的感觉很奇怪。并无悲哀,只是平静。许久之后,空虚和惆怅才如一派寂静的水,逐渐地涌入,轻轻地充斥了胸腔。我舒服地沉默于遐思中,思绪如在白色的雾里。说不出那淡泊而深不见底的伤感。只有一星意识闪烁着:若是到了我自己的那一天,朋友们的感觉大概也就是这样。

毕竟是电话时代。只用了几天,我和草原上的方车弟就打消了残存的一丝侥幸。或许不该叫它噩耗,它只是因为来得太早,才出人意料。

我的蒙古哥哥逝于年初隆冬之际。

据已经变成了未亡人的嫂子在电话里说:傍晚时他在门口闲走,回来说头疼,接着躺下就不行了。

我在电话线的这一头静静听着,舌头处在一种凝固状态,说不出一个词。

和方车——他是另一个唤他为"阿布盖"的人——商量了我俩的办法。我们对蒙古人的事不能算外行。我们知道:在这种时刻,其实谁也再做不了什么。

但是那样太不甘心了……

那么,就是要献上布施请出喇嘛,为我们三十年的亡兄念一次经。其余的,所有堵在心里的和盼望做的,都不能做了。

嫂子在电话里说:我们蒙古人,人去了又能做什么呢?到庙里,经啊什么的念上一念……

那天的电话打得好难,我握着听筒但说不出话。嫂子毕竟不是他;我的三十五六年的义兄,我在走进世界以后结识的第一个兄弟相称的人,如今死了。另外一个真实也接踵而至:虽然我们强求地留下了它,虽然我们已经别而不舍既别又聚——它若去时无情绝义,如一块透明的冰,如一盏玻璃的灯,人间的情义,若是没有血缘的维系一旦冰消灯碎——那时分的滋味不敢多想,那里面的道理不能深究!

……用以前写过的词句表达:我和草原的情分,怕是真的要断了!

十几天后,收到了方车弟寄来的一封信。还没有拆开信,他的电话已经打来。办妥了,他说。他说话从来简单得让人恨。怎么办的?仔细说说!我催着。于是他讲述了由三女婿斯琴巴特尔陪同,去庙里诵经的过程。由于插队时代三教俱废,我对他描述得很生疏。若要知道详细,恐怕还要等我自己去问一遍。他讲罢催我拆开信封,我打开,一个小小的黄纸包落在手掌里。

"是什么?藏药么?"我问道。

"不是药,是——阿尔善!"遥远的草海彼岸,他的嗓音像一丝风声。

1

我不愿在如此时代再摊开稿纸,描写我这位异族的哥哥。只是为了完成一个最低程度的仪式,才提起笔来。刚划过数行我已经自知:想得最多的,正是不想写、不能写和写不出来的。

默默思索着,心里总觉得,此刻不过是代表我和方车弟两人,为一块不存在的墓碑写一篇悼词。即便我俩,对与他情分的看法,也存在着相当的差异。人已去了,我的事情，无非是填平这点差异。

在人去世后追加赞美是不必要的。其实还是传统的观点和习俗更深刻：人死了，活着的为他祝福，伤感同时是给自己的，因为留给自己的余裕也不多了，像往昔一样，我的事不过就是追随他。

我哥哥在亘古的游牧草原上，不仅缺乏传奇色彩，甚至是个平庸的人。但是我喜欢他；琢磨他的思路，容忍他的缺点。如同一堆牛粪火烤着大小两块黑石头一样，我依偎着他，潜伏和出世，历数了一个时代、三十七年。

在弱者群里他不起眼地挣扎了半生，虽然没有太大业绩。在世风日下中他是一个愤愤的批评者，虽然开口并不负责任。他不是那种驰骋彪悍的草原传奇人物，他总是顾东丢西、半截马杆、破鞍碎鞯。额吉不仅全部承担了包外门口的杂活，而且常骑上自己的小青马，帮他出牧或者轰马。我牢记着当年那种半是嘲讽、从四周斜睨而来的——社会的眼神。他们恶意地瞟着我们，瞟着我哥多少可笑的形象，他们判断他熬不了多久就要完蛋了。

但是我们的家族让他们失算了。

虽然不是风流的牧马人，但他天生一副认羊的锐眼。在畜群分割到户以后，羊群显示出牧业命脉的本质。额吉，也许还有我，暗暗予他特殊的帮助。三个儿子参差长大，三个女婿各有千秋，阿·乃玛克（aimaγ，家族）的名字，愈是靠后就愈是响亮起来。

因为我的奔波，方车弟愈来愈深地卷入了和这家人的关系。但方车弟的态度，更多是投桃报李得寸还尺，不像我拘泥于思想含义。

但方车弟个人，也与这个家有着一缕纠葛。

外来汉族移民与蒙古牧民的关系，是一种有趣的依存。方车是一名草地移民的儿子，因为身躯愈来愈胖，被这个家族唤作"塔勒根"（胖子）。远在苏军坦克如雪崩般涌入、新庙"解放"的年代，他的家族就和哥哥家的窝棚比邻而居。孤苦的额吉抚养着我哥一个儿子，邻居的唐格特（tanget，牧民对方车父亲的称呼）的膝下，却是儿女成群。额吉的牧民心绪被诱发了，她和邻居商量抱养一个儿子过来，给我哥哥做伴。

这件事最终没能落实。尽管如此，此事被我和方车弟重视——

打算抱养的是哪一个呢？方车家弟兄七八个。方车说：好像当年挑的，是老四或者老五。我却希望，那个差点当了蒙古人的小孩就是方车。这样才最合逻辑,别人都看着不像。这件旧案使我们兴奋;它暗示着人与人之间早有一层前定的关系,这关系如影随身,伴着人的一生,神秘地左右了人的感情。

由于六十年代的散漫和缺乏礼数,我们队的知识青年对同龄的牧民缺乏正式称呼。我对蒙古哥哥一直直呼其名,他也从来未曾予以纠正,直到九十年代初,一次回草原时孩子们问我:

——Aha, ta yaji Aja-gi ner-ir dōrje be?
(哥哥,您为什么用名字喊阿伽呢?)

我才羞愧难当;当场宣布正式称呼哥哥为"阿布盖"(abgai)。

其实我也有苦衷;阿布盖这个称呼曾使我踌躇许久,因为在新疆的额鲁特蒙古语中,它的意思是"媳妇"!在新疆考古时,那些西蒙古人听我用 mini abgai 说起我哥哥,就一副坏相忍俊不禁。这使我不愿选择这个麻烦且太常用的词儿,总幻想找一个特殊而响亮的称谓为我专用,这才显得缺乏教养地"用名字喊了哥哥！"——被家里的小崽子将了一军以后，我们开始严格使用乌珠穆沁的礼数称谓。但此情已成勉强，因为兄弟已经分离，整个正确的称呼，是在八九十年代一趟趟的"省亲之旅"中确定的——这多少不够滋味。但是我想家门里的人，还有方车弟他们会爱听这些，因为三十七年的情义，就是这么一点点建造的。

方车弟在这件事上比我懂规矩。称谓确定以后再次回内蒙，他开车送我到了蒙古包。当我听见他郑重地呼唤哥哥"阿布盖"时，心里很舒服。一是感到了方车主动与我并列共做了弟兄，二是因为这标志着这个称呼得到了社会的认同。

——这一套用汉语解释起来很麻烦，但这样的关系使我感动。方车弟追随着我、语气认真地称他阿布盖，这是一种确认，它确认了许多有含义的东西。

我也趁此对这篇小文说明一点——

按照草原上不能直呼长辈名字的礼性，我原想在本文前半称蒙古亡兄为"阿哈讷尔泰"（aha ner tay），但它的意思本是"那个叫哥哥名字的人"，多少不妥。于是我只好使用"蒙古哥哥、我哥哥、我哥"等等词汇，进行避讳……

文章写到这里以后我可以使用"阿布盖"了；我希望

读者知道用它是为了草原的避讳礼数，因为他已经逝去，不再是那个随意玩笑的哥哥。现在对他讲的每句话写的每个字，都会传向冥冥之中他的灵魂，不能再有丝毫的不慎。

一切都是往事了。

我从两千里之外赶到乌珠穆沁。方车弟开上他的东风车陪我来到这座毡包。喝着不加炒米的奶茶，说着轻快的蒙语，时而唤一声阿布盖。我们评论社会，商量家务，游牧世界的方方面面，如清风流过耳际。阿布盖，他毕竟是一个中心，他走了，我们之间的故事也戛然中止。

2

刚刚插包他家的第一个冬季，那时政治气氛紧张，经常开会。

记得有一夜我俩开完了会，在漆黑的雪原上并马回家。马蹄踏破厚厚的积雪咔嚓咔嚓得非常悦耳。我正走得高兴，不料他突然翻身下马，蹲在雪地上，痛苦地蜷做一团。我发现他在低声呻吟，慌得不知如何是好。蹲了一阵他又挣着踩上马镫。直到缓步摸回自己的毡包，我们没有说一句话。

那是头一回我觉察他患着病，后来虽然听赤脚医生七嘴八舌地说他的肺或肝怎样怎样，但那时我和他都已经习惯了。

次日一早天晴病散，他又精神十足，叼着一根烟，斜歪在草地上，天南地北胡扯起来。

阴沉的政治云彩，那时聚在我们这顶毡包上空不散，而且直接压迫着我这个知识青年的精神。如今我想，大队里存在着一些蓄意想整阿布盖的人，他们的目标并不太大，就是——想让阿布盖和额吉戴上白布条，把他们赶进干泥水活的四类分子群落里去。

不知为什么他们一直没能成功。我有时独自沉吟往事的时候，分析那大概是因为划分阶级的一些政策条文有利于我们留在贫下中牧阵营，而没能让他们如愿。但是我更相信是一种微妙的助力，因为比我们干净得多的家族也未逃厄运；而我们的运气是不可思议的，一个虽然不是任人践踏，但也是饱受歧视的寡母独子的小家族，不仅经济扶摇而上，而且名气愈来愈大。

在那个时期里阿布盖的健康正在恶化。比较严重的一次犯病，如今我已经记不清了。那次，他在公社卫生院住了一些天，额吉赶牛车去看他，脸色紧迫，脾气暴躁，我至今记得那天的每个细节。

在更漫长的、我离开了草原以后与他们继续交往的年月里，渐渐他不再骑马了。九十年代初我从国外返回，再去草原探望时，他喜欢傍晚在门前草地上闲走。我俩也因之迅速养成了散步的习惯，在暮霭中，漫步自家的营盘，细细倾吐分离后的经历，以及郁积的心事。

他更加愤世嫉俗，总是恨恨地咒骂愈演愈烈的坏人坏事。流行乌珠穆沁的小矿坑最使他仇恨，那些闯入草原纵深的采矿队，不仅挖烂了植被山冈，也毁坏了他的心情。在他看来，奥由特山梁上挖铜矿石的窝棚，简直就是世纪末的万恶之渊薮。他以最坏的判断进行分析，态度激烈得甚至使我吃惊。

不久阿布盖不再滔滔不绝，时而情绪不好，有些罕言寡语。难得再与他长时间畅谈，唯散步时是一些例外。最后几次的重逢中，值得记忆的都是我们在营地四周的漫步。

他在我的一侧走着，嗓音低浊，有时很慈祥。我意识到他老了。他满腹怀着焦躁，但已经不太宣泄。可是，我居然没看出他的病弱，只多少感到他内心的绝望、茫然，与反抗。

最后一次和女儿回草原时，看到他六十岁的白月（春节)的"纪勒"(jil,本命年)时录制的一个光盘。他举行了私人的"奈勒"(nair,祝会),赛马、摔跤、几项游艺都从自家畜群里拿出二岁马、二岁牛和羯羊作奖赏。来客呢,不管以前关系如何,也清一色地献给他金线绚烂的袍子和茶砖。

那是隆冬深雪里的奈勒,但来客们显然兴致很高。听说除了大队里另一个老人(齐姆为他的额吉活到八十一岁,举行过以骆驼为头赏的奈勒),阿布盖的这一次纪念的祝会,于无声之中撕掉了一页旧历史。我默默注视着屏幕,某某,还有某某,他们给予我们的苦楚,甚至给我个人的压力,至今仍没有消退。但那些当年对我们这穷窘的一家咄咄相逼的、在政治和经济上都春风得意的人们——如今捧着金绣的袍服,礼性十足地来到新年白月的六十本命"纪勒",给阿布盖祝寿来了。

我当年的小学教师搭档乌力记的儿子、青年诗人乌日图纳斯图夺取了摔跤第一,忘了谁的马得了赛马头名。一匹匹"修德勒克"(三岁马)、一头头"比鲁"(二岁牛)真的被牵出来,由阿布盖亲手交给优胜者。

嫂子孩子在一边解释说,当夜刮起了白毛风,来客都被留宿。翌晨,粗制的光盘上,彩色绣金的袍子眼花缭乱地闪烁，醉眼惺忪的牧民们摇晃着告辞，一辆辆破吉普蹚开雪雾，驶向茫茫雪海。

我看得津津有味，甚至看得惊心动魄。他没有太勇武或太花哨的轶事，他只靠平凡的羊倌本领，在一辈子里繁衍了自己的家族、畜群和财富。于是，也让我在不经意的观察中，看到了他六十年的轨迹，意识到了他在无情的草原社会，赢得的荣誉。哦，那些敬上贺礼的牧人们是否也意识到了这些? 他的儿女们是否也意识到了这些?

我已经可以停步了，不必再深寻体味。就像我不可能在冬雪中向那奈勒盛会跋涉一样，在那张光碟播完的时候，我看见了结束的信号。

3

阿尔善，arshan，一般说来，在蒙语中指的是药泉或矿泉。方车弟用邮局印制的信封，当然不可能寄来药泉水。打开小小的黄纸包，里面是一些粉末，像是莜面，拌着白糖。

我以自己的知识质疑这个纸包，叫宝贝叫神物什么都行，但它不该叫作"阿尔善"。问蒙古人，说法纷纭。我要求方车弟专程去了东乌旗的喇嘛库仑庙，资深的喇嘛与蒙医都确认说：它就是阿尔善，虽然它不是水。长途电话里仔细听了一遍后,我理解了,它是一个象征,是医人心灵的阿尔善。方车的蒙语很好,不会当面听错。何况在这种事情上,名称只是一个符号。

就这样,时至如此一刻,我又学到了一种乌珠穆沁风俗。

方车弟在电话里说:"喇嘛吩咐,每天用舌头舔一点,一共七天舔完。"他补充说:"我舔了,有点甜。"我问:"你去拜了佛?"他说:"是啊。"我想问得再详细,但一面问着心里明白:若想知道详尽,除非我回一次东乌旗。

总而言之,方车弟代表着他和我,专程到了遥远的新庙镇,在我们家族的三女婿斯琴巴特尔陪同下,把我俩的布施献上,并完成了佛庙里悼念亡兄阿布盖的全套仪式。

也就是说,佛庙里和家族中的人都明白:这是两个以逝者为兄长的人,尤其一个远在北京——他们为去冬逝去的一个牧人,做了一件藏传佛教的法事。在北京的那个遥控指挥,东乌旗的这个躬身实践。事情做得相当规矩,那个牧民的亡魂,已经得到了安慰。

但是有谁知道其中的分寸?

——作为一个弟弟,我必须完成草原礼数。作为一个穆斯林,我不能做到庙中拜佛。这是多么微妙、多么隐秘、多么无人知晓唯我寸心自知的、小小的一件事!我有不能躬身实践的一些动作，但我更要以哥哥的仪礼，完成对他的悼念。

在遥远的北京，我暗中咀嚼着——这不显痕迹的、文化的差异。我似乎感到四周的注视。我喜欢那一刻沉吟掂量的感觉，不是谁都能感受这一切，并非谁都能享受如此深邃的文化。我没有犹豫，我知道这正是我独特经历的一幕，一定有一个"双全"的方式等着我。

都说，如果你足够心诚，那么你最终不会为难。就连方车弟也不会想到：当他走进了新庙、在喇嘛的命令下一项项完成规矩时，他简直正在应运而生。他代我奉献了心情，也替我做完了仪式。在无人觉察的时间流动里，他恰如其分地插入缝隙，使事情达到了双全两美。

如果把从一九六八年夏天插队乌珠穆沁草原以来、漫漫绵延三十七年的这个长故事收尾——没准，阿布盖的辞世与我们的悼亡，倒是比较像一个差强人意的句号。

我和嫂子通话的那天，可能我的话题勾人不快，似乎她并不太附和我。她说，就在下午，要去为儿子抱养一个婴儿。地点在查干淖尔。那婴儿刚出生几天，已经谈妥了。今天去看一看，若中意，再让婴儿吃几天奶，然后就抱回家。可能车正在外面等，她的口气有些急。

"我现在不走不行了——"她说。我听着一怔，突然醒来一般，赶紧挂断了电话。

那天坐在电话旁，我陷入了痴痴地冥想。阿布盖去了，但是一个婴儿又来了。与我已经无缘的、那个在两千里外的草原被阿布盖家族抱养的小生命，不知为什么令人感到象征的意味。我琢磨着，心头浮起不恰当的联想：就像在那个严峻的年代，压迫的乌云遮盖时，北京的兄弟也到了。

看来新的巡回已经开始。由我和阿布盖艰难演出了这么多年的一幕历史，真的已经结束了。新的一代不会在意我们的故事，就像我们也不再为他们操心一样。电话挂断的刹那，仿佛有咔嚓的一响，心里的一根血管也被切断。就像我以前写过的句子：我和这片青青草原的关系断了。

我包好"阿尔善"，把它和二十年前额吉给我缝的一个黄布药包护身符摆在一起。两样东西很相像，都是不起眼的小包，说不清的故事心意。没有花七天舔完它，我打算把它珍藏起来。黄布包"俄姆"早就挂在台灯上，现在我把它也系了上去。灯光下，两个小包摇闪着，古怪而亲切。

我与"蒙古"这深沉的文明，竭尽人的半生相交相知，最后剩下的就是它们。额吉一辈子磨难,但是她培育了阿布盖和我两个儿子。阿布盖突兀走了,不再接受生的艰辛。留给我的前路也历历可数,我们都要皈依这伟大的前定。何况新鲜的小生命,又从查干淖尔诞生了,她(或是他)也是家族的加入者,像是要和我一样,继续否定血统的狭隘。

在北京的夜里,我独自笑了。迎着我,黄药包和阿尔善还在晃动,在灯影里如陪伴的灵魂。

2005 年 12 月写于 Puebla
2006 年 8 月修改于北京

十遍重写《金牧场》

在我可悲的小说习作中,《金牧场》一书又是个尤为可悲的例子。这本书写于浮躁的一九八七年。设计了两个时间,四条线索,企图对逝去的六十年代做出自己的总结。但是写作中感觉到一丝说不出的滋味。它扰乱着心,引诱自己对每一笔都抬杠质疑。我写小说总是这样,自我抬杠的最终,小说的后半渐渐矛盾,混乱的末了,往往是强行捆住的一束尾巴。

当然写作时没有意识到这一切。不是描写出的激情而是自己对激情的向往,鼓舞着笔一股劲跑到了尽头。唯有一丝难以捕捉的不安,它隐现缥缈,时而横在视野,刹那携来一阵烦躁。书成之后,无法满足。于是我自语般地写道:

没准,我会重写一遍《金牧场》。那是一本被我写坏了的作品。写它时我的能力不够,环境躁乱,对世界看得太浅,一想起这本书我就又羞又怒。重写一遍吗,我正在想。(《〈荒芜英雄路〉作者自白》,1992年)

两年以后,这个念头已经成了一个决意。我拿出这本唯一的长篇小说,开始动刀做手术。无奈唯有一张白纸才好画图,对写成的书东挖西补,不是一个可行的办法。已经忘了怎样就干脆删了起来——大砍大删的快感,至今还点滴清晰。也就是说,我最终绷不住劲儿,再不是若有所思的修改,而是破坏式的撕纸抡斧头。到了最后我才看见自己的删砍原则——凡日本文化的描写,删;凡理想主义的设计,删;凡虚构的小说人物,删;凡古文献、空议论、生命云云,删!

留下的是什么呢?

蒙古草原的一条长线,以及记忆中的红卫兵长征。此外,若说还剩下了什么,那就是几首我翻译的冈林信康的歌词。

原来是四轨并行的摩登结构,让我狠砍一番以后,四轨剩下大约两条;原来的四重奏四弦琴被拆散之后残余的,被我排队编组,成了五章八十六小节。这就是删节本的《金牧场》，即《金草地》的缘起。

在给这本差强人意地编成的《金草地》写跋语的时候，我交代谜底，展示最初的母本里四轨并行的符号意思，也借书写求清理，总结了自己脑海中纠缠永久的东西：

《金牧场》一书的结构是，用七十年代初的口吻，描写一次知识青年和牧民的大迁徙，同时描写知识青年的种种。在这个部分里插入对红卫兵时代长征的回忆和思考。全书的这一半，用表示蒙古草原的 M 为标号。另一半是用八十年代的在国外求学的青年的口吻，描写一个解读古文献的研究过程以及异国感受；同时插入对西方国家六十年代学生运动、前卫艺术的思考和对中国边疆的心情。书的这一半用表示日本的 J 为标号。书的两半两条线，始终并行对照。

这样，两条线和其中的回忆独白，概括了从六十年代到八十年代的种种最重大的事件及其思考。内容涉及知识青年的插队、红卫兵运动的内省、青年走进社会底层的长征与历史上由工农红军实现的长征、信仰和边疆山河给人的教育、世界的不义和正义、国家和革命、艺术与变形、理想主义与青春精神……企图

包含的太多了。(《〈金草地〉后记：思想重复的意义》，1994年)

自其时起，"牧场"已经宣告不在，代之以一小块"草地"。用我的话来说是："放弃三十万字造作的辽阔牧场，为自己保留一小片心灵的草地。"我以为这笔宿债就此了结，以后可以再也不想它的事了。

谁知道，被宣告了不存在的，硬是不退出历史舞台！

时隔十年，出版社们并不在意我曾经发表过关于"牧场"退役的庄严宣告。为了营利——这唯一的终极关怀；他们的扫描仪探照灯般的视野，也时不时掠过我这一隅死角。

鬼知怎么，若干的选题企划，都青睐了撕碎了的那一本。我虽强力推荐，谁也不对薄本《金草地》感兴趣。也就是说，我家能代父从军如花木兰的，并非打工的老二草地，而是退休的老大牧场。

而我自从八九退职，种得沧海十七年，笔墨便是打鱼船。一般来说——就像太平岁月里阮家兄弟卖鱼度日——作为卖书谋生的职业作家，不能拒绝出版社送来的柴米油钱。除非那不是出版企划而是诈骗戏胡日鬼。

在如此笔耕生涯中,我悄然地明白了:老二这条鱼没有人爱,还是把肢解了的老大推出去、送上战胜生活的火线。就这样,《金牧场》在宣布死亡之后复活,旧貌换新颜,至今(2007年2月)已分别又在时代文艺出版社、春风文艺出版社、作家出版社、燕山出版社、人民文学出版社新生了五次。

不知究竟是该哭笑不得,还是该感谢生活。至少对我一九九四年煞有介事地"重写一个金牧场"的行动,眼前的现实是不以为然的。现实如一个财大气粗的老板,他呵呵大笑,指着书皮上的"金"字对我说:"这一个字已经道尽了真理,你还重写什么!老金呀老金!草地牧场,能长金草银草的才是好草场;红书黄书,能卖十倍百倍的就是好图书!"

我不再犹豫,牵出老大牧场正式备战,同时命令老二草地继续巡逻。我仿佛初次相识一般,仔细地把老大金牧场打量了一番。

没想到,我看出了破绽!导致我重写、使得我不安、弄得我别扭的,《金牧场》一书的内伤,不在别处,就在四铁轨里的J组关于日本的故事,也就是讨厌的学者死抠那本古文献《黄金牧地》的情节里!

我的脑海如雪亮的闪电照过。

现在我正式告诉我的读者,也告诉以后可能购买新版《金牧场》的人们。尽管我无暇一本本修改重印,但你们手中拿着的、你们一目十行读着的日本部分(J)的正文,都应该按照如下故事梗概,改为大致这么一个新文本:

——那个主人公青年学者在日本研究进修的时候,因为结识日本女性真弓,而渐渐认识了一批新朋友。那些人是一群当年的左翼反战学生,对理想主义的初衷不言放弃,他们已经走过了很长的路,营救过被智利军政府迫害追捕的智利学生、参加过阿富汗反对苏军侵略的游击队、给围困在伯利恒圣诞教堂的巴勒斯坦战士送过饮用水和食物、为卢旺达屠杀中逃亡的黑人提供避难的地点。主人公加入了他们的组织,它名称的日文缩写叫作"Inoken",生命的权利。

就在当时,爆发了美国大规模入侵玻利维亚(也可以改为叙利亚或者朝鲜)的危机,拉巴斯保卫战吸引了全世界。同伴们决心不再做文绉绉的社会活动家,而下决心拿起武器,投身到反对新帝国主义侵略的游击战之中去。他们解散了Inoken,筹集武器物资,相约在安第斯山脉中的一个小城布诺集合会齐,越境进入玻利维亚,直接加入抗美战争的火线。主人公回国与家人告别,做出征前的准备,但在海关,因护照相片与本人相貌不像,被警方拘留。

小说就在此处结束。书的后环衬页印上一个"关于此书结尾"的调查表,悬念和结局留给读者自己设计解答。

我心里升起一丝野心,盘算是否把它付诸笔端。一边又寻思,那可就成了二写两遍《金牧场》啦,合适吗?

或者别再划分什么小说家和读者。干脆把这个构思写成传单撒出去!我终于探到了自己内心的最深处:不是金牧场也不是金草地,我渴望做的是动员有志者,动员我的读者大家动手、都来按照这个思路——即走上支援世界人民反帝火线的构思——写自己的一本青春盘点。

是这样吗?

我已经估计到了精英阵营里的一阵哄笑和群起围剿。就是这样,如今的世界已然简化,革命与斗争已经不是话题,而又一次变作了受压迫者的旗帜。不是民众和我们,而是可笑的精英正在被方兴未艾的世界大潮边缘化。

患着对帝国主义主子的一夜相思病的精英教授们,如今被百姓唤作"叫兽"。确实,在一派为金钱和富人、为资本主义秩序帮腔的号叫中,我们心中小小的理想愈发珍贵。如果"金牧场"确是一个公正的真理的代号,如果它真是值得让人一世追求的意义,如果它真是一种九死不悔的存在方式的动力——人生百年,重写十遍又有什么不可呢?

当然,这只是一个话题,没有谁会真的再写。可惜的是当年的我没有把握好机会,如蹩脚的前锋,射门时一脚踢偏。

严肃总结的话,我琢磨的是——自己缺乏的一种锐利的透视力。我在一九八七年构思时,没有看见茫茫视野里的这条轨迹。只是一个起点,如火车站的铁轨,可以抵达指示的远方。如今写在这儿已然太晚,所以我不愿写得直露,不想涉及得太具体。

最后,我没有说,那样写小说就会获得成功。我不过想接续以前那没有结论的思索。在不肯屈服和衰老的、遍及全球的六十年代人之中,这思索不会终止。"叫兽"们终止了,是因为他们出局了。或者他们从未被纳入。这个命题牵扯着人类的命运,它将不断地与我们发生碰撞,不断挑起那些似旧还新的讨论。

2006 年 5 月 24 日

公社的青史

1

手头的这本小书,不是出版物,只是印刷品。它是由公社,即现在的苏木机关,土气十足又充满事业感地印制的。书题严谨:《道特淖尔苏木史志》。虽然若把它插入书架它会沦为最寒碜的一本,无人识,无人翻,在架上孤单可怜;但若是要对它细读推敲,倒可以说,它是一本翔实地道的社会学小小著作。

插队时曾爱不释手地读过一本《怎样经营牧业——给牧民们的一些建议》(蒙古人民共和国科学院编,乌兰巴托,1958年版),这回得到的这一本,又使我在离开蒙古多年以后忍不住时时摩挲。

它俩和大部头们不一样,不是有了教授头衔就能读的东西。不仅由于它们是异族语文;重要的是它们要求读者

《道特淖尔苏木史志》

调动私人体验。是则读得生动快活，否则那将枯燥无比。

我有个不定期地淘汰不读的存书的习惯，目的是为了更妥善地保存特殊的好书。蒙古科学院那本已经藏了三十年，这一本是一九九六年在乌珠穆沁，蒙古哥哥送我的。那时喜欢那一本的原因，是因为书里讲的都是我每天正度着的游牧日子；此时捧读这一本，是因为它正式地追述、记录和确认了一方草原——那块地方，不仅封存着我们的旧日情义，还催促我们去继续探讨新知。

2

书的分节很细。立目特别而有趣；有地理概要、牧业经济、文化教育、名人录、庙宇及历史、旧时的富人、新老角斗士……恰如麻雀，五脏俱全。

读这种书时，人好像立即脱掉了知识分子身份。我翻开书页，视野里出现了蒙古兄长的读书姿态——他自言自语般地，一字一字地独自沉浸在一种境界。不是读，是在享受。时而他欣赏地啧啧有声，时而不屑地撇着嘴角。更多的神情是参加的兴奋；好像这书干系着他五十年的牧人经历，他按捺不住要表达意见。

我也学着他，一开卷就仿佛回归成了牧民。

在下意识中我沿袭着旧日的习气，先读马，再找人，后翻历史，末了才瞧瞧沿革概况。于是我们这些牧民读者就满意地发现了：在这本小书里，骏马被专辟一节记载。

人么倒是可以适当忽略，要让那些伟大的马儿青史留名——这出于一种古老的公正。一读我不禁高兴起来：此书一共著录了十二匹骏马，居然有四匹为我所知。确切地说，是马的主人为我熟知。他们大都是当年的牧主子弟，三个人有两个和我一块打过井。显然——在动荡结束后的八十年代，他们一直在努力弄好马的事。这使我不禁深思：在古老的游牧文明传统中，拥有骏马，其实是一种社会地位的象征。

至于"白音塔拉黑马"，我此刻闭上眼，就能浮想起那匹马的身架。它是一匹勾背的怪马，虽然善奔，但是脊骨如刀。一场赛马结束，骑它的小孩便满屁股流血。书中说：

> 白音塔拉黑马于1972年道特淖尔苏木的祭典中获第一。1973年于东乌珠穆沁旗大典中获第五。

当年——它没有记载更重要的一九七一年，那一年是"蒙古之春"，多年的坚冰解冻，第一次旧式的传统祭典（它叫作 nair，而非通俗的那达慕）在我们公社（那时也没有改称苏木）召开。那个夏天丰饶而平和，我正和一群孩子忙碌在游牧小学的毡包里。不动声色之间，一个消息在随风传播着：要开 nair 啦……

如清明前后的第一股暖风，如一个新时代的试探；我至今牢记着那时牧民们的眼神，以及那时弥漫的气氛。只是，黑马的脊背确实硌屁股，我听见过小学的孩子们议论它，也因此知道了白音塔拉黑马。后来，十五岁的学生查干巴依拉骑它，在那次历史性的赛会上夺得第三名。书没有记录那一次，显然编者过多看重了锦标。

或许该顺便批评书的编纂者，他们在"文化教育"章里，居然对七十年代的民办教育只字未提。那是教育史上的大事；几个牧业队都出现了亘古以来最初的小学，儿童在那时背会了蒙文的"白头"字母表。我正是那时的民办教师，所以心里愤愤——我觉得即便在小小的公社，人的脑瓜里也多是正统主义。

3

我大概没有在别的哪本书里，对这个栏目哪怕瞄过一眼：党政组织历史。但是这一本，却被我读得津津有味。因为不仅里面有不少熟人，还有我离开草原那年的书记罗

布桑金巴。他是一个友善的长者,特别和我还有过一点友谊。我一直想念他,可惜他早早逝去了。查了一下,果然:

1971年3月选出了公社党委。

书记:罗布桑金巴(1971.3—1973.7)。

"著名人物"章里,选了我们大队两人。

特别是我的学生巴的父亲,最后以酗酒方式辞世的查布干齐获得了牧民式的殊荣:以"套马手"的名义入选。

著名套马手查布干齐,是道特淖尔苏木汗敖包嘎查的资深牧民。

其父名朋斯格;……乌梁海姓氏之家。十七岁为富户牧马,曾把汗乌拉十岁的儿马摔翻。……曾与乃门同行,乃门骑着一匹名"鼻子萨勒"的马,问道:"你若是真的是这么有名的套马手,来把我的这马摔倒一下。"查布干齐答:"我把你那马的细脖子不套,我套在顶鬃上再拉吧。"于是乃门,摘了鼻子萨勒的鞍子,撒开它。查布干齐在顶鬃上甩杆,猛一拉,马杆的梢头断了。

书里讲了他一个小故事。其实，我知道的这位套马手的故事也不少。此外他那阿尔巴尼亚美男子的形象，曾使我费劲地猜想过许久。小册子透露给我一个重要信息；居然有根子远在阿勒泰山脉的乌梁海人！这使我更明白了乌珠穆沁构成的复杂。

居然还有这样的一章：旧时的富人们。可能设置这样的章节，是为了列举那些旧日富人的畜群数，使今日读者知道他们是多么冤屈——他们曾因这个数字被打入地狱底层；而今天畜群达到这个数字的人家，政府奖赏一个小康户铜牌。

我读的心情沉重，都是认识的人。但当年我们什么都不了解，包括这些数字：

> 阿西尼麻，西部乌珠穆沁旗代钦淖尔苏木所属乌梁海姓氏孟克之子。1958年拥有牲畜1365头。宝力嘎，孛儿只斤姓氏，1958年合作化时有畜1014头。旺钦，1958年全部牲畜643头……

读了才知道，首富名叫哈拉夫（此名意为黑孩子，正与红孩子乌兰夫相对），他曾拥有畜群2930头。其中马群88匹、牛178头、绵羊2033只、山羊631只——无疑他被划成最大的牧主，只是不知他是哪个大队的。

这样，读着"名人录"，或者"旧时富人"，还会发现一些以前根本不懂的事情，比如姓氏。一般说来，蒙古草原所谓的姓氏指的是部族，它们往往源于传说，可以上溯到十三世纪。只是在我们插队的时候，牧民们对此讳莫如深。

如今换了人间，人们开始炫耀出身的高贵。听说我插包的家，也是"孛儿只斤"姓氏。哥哥骄傲地对我说，我们是成吉思汗的同族！……孛儿只斤，borjigin，这是一个我早在读《元朝秘史》的学生时代就熟悉的姓氏。若是它果真与我插队的家庭有关，当然令人兴奋；但是我想还是需要认真考证一下——考证将是很费事的。

看见我津津有味的样子，有人说：你也该入选，去找苏木说，你也该选进去。我说："滚，少恶心我！"他不懂，我不仅在享受着一种——草原上的晚辈面对古代以及民族长老的感觉，而且我还保留着对游牧民族的历史记忆方式的崇敬。这是神圣的事情。他们不懂我也解释不清：被一个游牧社会认可，是怎样一件难事。

这是对许多旧事的结论和评价。它将迎接漫长的咀嚼般的议论。著录于这本小册子以后,那些牧人和那些往事,似乎就获得了某种价值确认。草原上印书毕竟是罕见的事,小册子似乎就是一种历史定论。

不过,也不一定。这本小册子也开了一个著述和评点的头。也许,已经有更好的公社史、更细微的苏木志正在酝酿之中;也许也会有一种腐蚀,从此肇端。

我还读出了一种别的东西。何止民办小学,全书居然没有提及知识青年。为什么呢,既然人口统计笔笔清楚,而他们千真万确曾是公社社员。或者也可以说,知识青年全数溜了,也和来来往往的盲流差不多所以不用特笔著录。我猜,回避全部"文化革命"的题目,一定是编者的原则。没有人议论这一点,我也慢慢觉得挺合适。

4

有些资料,过去好像没人知道也没人打听。我一直无从得到。比如我们今称苏木的公社概况:

> 道特淖尔苏木是在 1455 平方公里草原上的 4 个牧业嘎查组成的纯牧业苏木。据 1995 年的统计,共有蒙古、汉、满洲 3 个民族的 505 户、2437 人。其

中牧民户336户，牧民人口1732人，占总人口数的71%；而蒙古族人口，占总人口的70.07%。

如今读着这些资料，只觉活到老学到老的真理那么真切。它可以纠正以前长期的、哪怕数十年保留的错误印象。我一直以为，这里已经是草地奥深的奥深，难道蒙古族比例还不占个95%以上么？

其实不然。误解是因为眼中过于强烈地留下了乡下牧区的印象，而忽视了其实我们也很熟悉的，星点散落的小集镇。

这是一个自给自足与对外依赖——两者同样夺人眼目的文化。从很久远的古代起，这两种特点就非常显著。不小心，会在感觉中发生误差。由于绝对的交流贸易需要；由于自古以来的皮、铁、毡、银等手工业对纯粹牧业的补充功能，外来户，早就一直在默不作声但源源不断地流向草地。

读着这个数字我明白了忆起的歪斜泥屋，忆起了新庙，那个神秘的小镇。游牧世界的最奥深处，民族的构成，其实就是生活所需的方方面面的构成。形象地说，它就是行帮与匠人。也许正因为乌珠穆沁的游牧性过于纯粹，所以才需要移民来补充它的单薄造成的物质和技术困难。

但民族人口的三七开比例,毕竟是一个使人吃惊的数字。若用它比较其他民族区,比如对比河州某县或新疆南疆的某县的人口构成(缺乏论文灵感的教授们不妨一试);我猜一定会有许多本质的发现。

随便可以再举若干方面的例子。比如,灾害记录的数字也很宝贵:

> 自 1972 至 1995 年共 23 年里,本苏木牲畜头数曾有 3 次下降,3 次创历史纪录。
>
> 第一次为 1977 年的"铁灾";共减少了 34371 头牲畜,占总数之 51.15%。
>
> 第二次为 1986 年的灾害,减少 16268 头牲畜,占总数 20.24%。
>
> 第三次为 1992 年的灾害,减少 3088 头牲畜,占总数 3.06%。

著名的铁灾的教益是,现实重温着比如回鹘西迁的历史。它教育道:游牧经济是一种脆弱的经济。若遭遇灭顶的灾难,它的崩溃并不是不可能的。一九七七年仅仅是雪,就消灭了它全部财富和生活用品的一半。此外，近年来愈见频繁的小灾小害还不见记录。表格数字在教育着牧民：风调雨顺的古代已成过去，从此大小的黑白灾，将是日子的一部分。不要再幻想了，只有青贮饲料、保暖棚圈，尤其是吃苦的劳作，才能从灾害中保护和挽救自己。

5

基本生产资料，牲畜的数字也值得一记。一九九五年全公社的牲畜总存栏数，是12.8万千余头。不知调查数字是否准确；小册子说它是历史记录，我想它没准是一种顶点。如今都说，一再扩大牲畜数量并非好办法，草原载畜量是有限的。我记下这个数字，以后可供比较。当然，这数字很正式，羊马牛驼山羊各个精确到个位数——包括18头毛驴。

遗憾的是，我们插队时，正是大势已去的年代。整个公社从一九六八年的149021头，跌至一九七二年时，锐减到60275头。牲畜减少了一半多。读着心里不仅懊丧，而且真的觉得凄凉。

不过，与全公社的锐减相对，我们汗乌拉大队（今称嘎查）从我插队到离开五个年头的统计数字，却透露着当年曾有过特别的努力——这努力,我对它记得丝丝清晰。即便在同一片草原上,其他公社大队的外人也很难想象,那是一种近乎绝望的努力。其中的"苦"已随风而去。由于它,那是我们几乎拼命的挽救,汗乌拉的牲畜数没有在表格上滑跌。它是大体稳定的,如下列的几行:

  1968 年:15660 头
  1969 年:不详
  1970 年:13301 头
  1971 年:13470 头
  1972 年:13258 头

  然而我们走后,物换星移到了一九九五年,令人艳羡也使人伤感地、汗乌拉牲畜的总头数几乎快翻了近三倍:37374 头!……若翻开重回草原的笔记,我自己还记载了近两年的、更细致的数字。那么,我们当年的挖井修圈确实是徒劳么?或者更惨:我们的努力不过淹没在了一场悲剧之中么?
  近几年我常回插队的草原的家。当太阳沉入乔布格一线山影,我与蒙古哥哥常去散步,顺便赶一只掉队的羊羔。

在那种傍晚的平静漫谈中,这个话题一再地被我俩提起。他说:"不!那时……现在……又有什么办法!……"

我们不愿继续扯下去。也许此刻还是感受的时候,用不着给历史结论。

6

如今在我国这印刷术的故乡,有三个搅作一团的概念:出版物、印刷品、书。我的这一本不知算不算出版物;但可以肯定它不仅是印刷品,而且是一本书。它无疑是好书,虽然没有从大招牌的出版社印出来。

如今的我蒙文已经很差。但我忍不住还是常常拿起它,一点点地慢读。好在它的内容不是什么悬念情节,每段每小节都自有头尾。这不是一本一次就要读完的书。读得多了,多次读得入神,我不禁觉得:这小书大有价值。它虽不起眼,可能被人蔑视为印刷品;但比起科学院和各色大学的那些兑水货、那些十年规划五个项目——要扎实和有趣得多。

空闲时我常取过它来浏览,不久就陷入一种享受。不像读书,这是再入自己参与过的世界、追逐自己经历过的往事。无论觉得有趣、悟懂,或是痛苦,反正我已爱不释手。一节读罢时的心境,一直能连接着六十年代的风云——

那时的惊喜感慨，真是难以形容。

若是全面地逐章漫谈，还可以扯出很多题目。这一篇只能写得非常简略了，我没雄心写一本游牧社会学。那种事太装模作样，一想到自己斜歪在草地上给牧民念社会学，就忍不住先领头打起哈欠来。

有一句话叫作"永垂青史"。同时蒙古也有一部书，叫作《Guhe sodor》，"青色的经典"，意思就是"青史"。在那印刷术几乎被禁的年代，我们聊天时，提起憧憬中的《Guhe sodor》，谁吹牛道："嘿，历史，叫青色的血管！名字多棒！……"浑然不知自己把 sodor 当成了 sodel，把"经"当成了"筋"。

如今，向往的青史普及到乡里了。一想到自己当年插队的公社（我不习惯用新称呼"苏木"，因为那时的口头禅总是"我们公社"），居然有了自己的第一本简史或简志，心里就升起一种罕见的异样感觉。是所谓读书的快感么？不知道。反正读着滋味新鲜。

写于 2001 年 11 月

改于 2002 年 2 月

启蒙的历程

关于插队草原经历对我的宝贵,我已经写了半生。

确实——半生的笔墨,没写尽它对我的滋养和启迪。

如今在流行一个词:双语。没准倒是我,在它尚未流行也没被污染的时候,比较早地使用过它。大约在一九九一至一九九二年之间发表在《新疆政协报》上的《夏台小忆》里,我提到一个额鲁特蒙古和俄罗斯移民的混血小姑娘诺伽。在那篇散文里我写到了一个"和父亲讲蒙语的额鲁特方言、和母亲讲俄语",因为从两三岁时就和异族的邻居娃娃玩在一起,所以说起维语、哈语"如母语一般纯正"的小姑娘。

我还特别提及了她的夏台小学。那所小学"比北京大学还棒",因为它同时使用维、哈、蒙、汉四种语言授课(包括每一门课),不同民族的儿童可以自由挑选想学的一种。

后来在长篇散文《夏台之恋》(1994年)中,我使用了"bilinguist、双语持有者"这个词汇。我讲到一个回族一个维族、从孩提儿时就滚爬玩耍在一起的两个小孩:

> 两家都有一个一两岁的光屁股的小男孩。说他们是小男孩不如说他们是个小动物。
>
> 每天,除了吃和睡他们可能爬向各自的母亲以外,他们与各自的大人毫无关系。他们日出而始、日入而息地天天玩。当然,大人也根本不搭理他俩。夜里,两家的房子由他们随便睡哪家,亲妈不会去找。两家的女人早就习惯了在吃饭时,给爬到跟前的两个都盛上,而且决不能偏心——否则天下就要大乱。……他俩无疑将是真正的bilinguist,双语持有者,对彼此对方的语言精通得入骨入髓。

如今看来,我显然还不够啰唆。我并没有写足他们对彼此的语言理解得入骨入髓的原因。

那原因就是——玩在一起、滚在一起,用唯有婴儿才会说的那种所谓牙牙学语之前的"语言",吱吱呀呀地"说"在一起。

在夏台。摄于 1976 年

我想强调：造就双语，必须经过如夏台桥头两个小孩那种自然的共同生活阶段。只有那种和平与平等的比邻而居，人才能获得某种语言本意的感受。后期的、学校的、被迫的语言学习，不能与那种孩提交流相提并论；因为那是"人与人初次对话的语言，一点没有被污染的语言"。

我还忘了多啰唆几句：使用四种语言授课的夏台小学，乃是一院子四学校或一校四学；在用天山上的松树圆木榫卯拼接造成的校园里，学生和教员、授课语言和使用教材，麻雀虽小，却有四套之多。学龄儿童与他们家长的愿望，毫无异议地享受着民族政策的保障。

如今我常感慨：别看这么几句，能写出它来，还是靠了我那一段要紧的经历。

若是没有在二十二岁的年月、在异族异语的内蒙古、在风雪酷寒的乌珠穆沁草原创建过一座马背毡房小学，并在使用蒙语的人群中担任民办教师的经历——我不可能写出上述那么几句。

当然，若是没有亲爱而辛酸的汗乌拉大队游牧小学的"巴赫西"（bahxi，教师）的体验，我也不会醒悟包括母语的权利、双语的含义，以及教育与民族等话题的重大。

a

如今，恐怕已经很难让人相信——比如知识青年中流行的不是颓废和想家，而是革命和立业；不是破罐破摔，而是心气未褪——那样一种精神状态了。今天，偶尔哪怕是与革命前辈发生了思想的相碰，也很难让他们听懂我们当年的革命口号——真的，连我回忆着也觉得恍如隔世，究竟什么才叫"在根本利益上为人民服务"呢？

如果今天漠不经心地回想，当年被我们傻兮兮地认为可以划入马克思所谓"人生的需要"而不是"谋生的手段"的劳动，也就是值得为之一拼的活儿——可以列出打井、盖房、中草药种植加巡回医生等不多的几种。再数下去，就是小学了。

而盖房子，也就是定居点的泥水活儿，究竟是一项百年大计还是一场对古老游牧文明的破坏，也许将要迎对愈来愈多的质疑；而打井，虽然算得上一种有效劳动，但是它也会被机井和其他手段取代。只有学校——它牵扯复杂，一言难尽，将会令人长久琢磨。

在那个只争朝夕的时代，没有谁思考许多。我只是在脑子里略微转了一下念头，就投入了行动。

那时我想：这可是亘古未开的草原。教育从来只在城里，至少只是在庙或公社坐落的镇上存在。若是经过我们的努力，在汗乌拉四野茫茫的大草原上建起一座学校——该是多有意义！

所以，虽然当孩子王与我的形象实在偏差太远，我还是没能抗拒诱惑，接受了"老师"这个被定为中等劳动、每天只记六个工分（满分是八分）的活儿。

要紧的是，无人指导更无人援助的我迈出的第一步，若有灵感——当时的我当即决定，既然是我来办小学，就要教蒙文！

可能是因为前一年放羊时，一年里我都满怀兴致，抱着一本蒙古国出版的蒙文《怎样经营牧业——给牧民们的一些建议》，在山头上消磨时间。在空旷无人的山里，羊群只顾嚓嚓吃草，我懒懒躺在草地上，睡一会儿读一会儿——也许就是那时学得的一点蒙文，给了我一种野心？

总之，我一人刻钢板（当然是在公社公立学校的蒙古族老师指导之下），印了一本薄薄的"乡土教材"。蒙汉对照，有题图，记得编第一课"doron jüg-es ulān nara mandla——东方红太阳升"时，我对"东方"不用口语 jüüntei 而非用文绉绉的 doron，觉得很别扭。

其他的课文记不清了，但我永远记得刚开始教过的第一排字母表。蒙语的字母表，叫作"查干陶勒盖"（čangan tolgai），意思即"白头，白脑袋"，指蒙文七个元音与一个个辅音逐一拼读而形成的音节。后来才知道，这套音节表与日文的五十假名之间，有一种阿尔泰语言系统的惟妙惟肖。

在鞍子已经备好，即刻就要上马的那时，我明白字母表"白头"并不好对付。加上元音它一共十六行，但是掺杂着专门拼写外来语，比如"牌子"（paizi）要用的p、"前线"（farant）要用的f。我编着小小二十页的油印教材，心里却盘算着怎么绕过它们。不用说，对一切老牧老外都拗口至极的z、c、s、zh、ch、sh，那几个怪母乱码，从开头我就没打算碰它们。如今也明白了：既然我有意躲开了这一组字母，也就避开了把大量外来语强加给蒙古儿童，并破坏他们童贞语言的罪过。

白头音节表对蒙古儿童来说，常用和必须学会的，算算只有十三行。

回到自己插包的家里想寻求点安慰，哥哥却来吓唬：

"你记着：巴雅、乔玛、乌兰夫，全大队就这三个小孩最调皮。你要是能对付这三个，就能对付所有小孩；你要是对付不了他们仨，就别当这个巴赫西！"

巴赫西就是老师。在以后的岁月里，我与这个词纠缠得难解难分。

我躲避着zh、ch、sh，刻着钢板，根据囊中羞涩的那一点蒙语库存，选择着蒙汉合璧的课文。

哪怕三个尚未谋面的小妖再厉害，信心却在增加——如今写来已经是个语言学问题：阿尔泰语系的语言比起汉语，有一种令人惊异的简单易学。只要学会一行，继续三行五行都触类旁通。只要学会一行元音再添上几个辅音，白脑袋便突然变为私有，任谁是文盲也都可能突然读出来。只要读出来，照狗画马，就可能描下来，也就是学会书写。三个小魔头的事儿另说，重要的是：十三行白脑袋一目了然，背诵十三行白头音节表，不应该太难。

啊、哦、咿、噢、欧、喔、呜。

我暗暗念过一遍。前一年在山上放羊时，我一小会儿就背下来了，还用芨芨草棍写得滚瓜烂熟。这就是一行，小孩们背熟了，就等于学完了元音。在清华附中的外语课上，无非也就是这么一遍而过。啊哦咿噢欧喔呜，我要是担心发音不准，随便把一个过路的牧民揪下马来，让小孩跟他念，保证就准了。

这本乡土教材被我遗失，实在是一件大大的憾事。但是第一节课的情景,比钢板刻写的课文更加令人难忘。

e

一个牧民居然堵住蒙古包的小木门,端端地盘腿坐着,注视着我们——"听课"。我知道,他大约是来找碴儿的,看我这个 moo kyatad(臭汉人)在教他们的小孩什么。而我们小学的儿童,在那一天却唯有喜悦,毫无一丝复杂的念头。

我举起一根柳梢条,朝黑板一击:

a～

孩子们拼命地摇着脑袋,喊出了最初的第一个"白头":

a～～

我威严地下令:"巴雅!把这个 a,写到黑板上去!"

巴雅跳起,按着乌兰夫的脑袋,两步跨到蒙古包哈纳墙上挂着的小黑板前。他一边把长着两个牙的 a 嗤嗤地往黑板上写,一边回头问:

"巴赫西,写几遍?"他显然见过公立学校里的黑板默写。

我考虑了一下:"写七遍。哎,写直!别写弯了!"

我想让他们从第一次就习惯"七"。因为元音一共七个，而蒙文字母表的每一行，都是七个查干陶勒盖白头。习惯七，背下七，一张口就给我喊出七个音来吧！我要让你们天天背诵七七四十九遍，一直到你们早晨从皮被里钻出脑袋，一张嘴就是一串白头字母表！

巴雅费劲地写着，粉笔嗤嗤地在墨汁刷黑的木板上打着滑。

我悄悄回头一瞥：嘿，堵门"听课"的大汉，已经增加到三个人。两侧各有一个扒着门框，还有一个在往里挤。戴皮帽子的大脑袋忽左忽右，挡住了门框射进的阳光。三颗头呼哧呼哧地喘气，六只眼睛瞪着黑板。他们全神贯注，忘了自己是大人，更忘了自己不是学生。他们比写着的巴雅还紧张，好像生怕粉笔在黑板上一打滑，写歪了。

七个差强人意的 a 写完了。巴雅的小脸蛋红扑扑的，兴奋地回到毡包对面的孩子堆。一旁，乌兰夫喊了起来："巴赫西！我也写！……"

我已看出了乌兰夫争强好胜，决定因势利导。我盯着这个据说是小魔头之首的乌兰夫，提出让他上黑板的条件：

"你要写，就要写直。要是写弯了的话……把一个写弯了，要在本子上写七个！行么？"

"扎！"他冲上黑板。他写着，我在一旁随口说教："白头学会了，蒙古话的书不管有多少都能学会。查干陶勒盖是蒙古书的额吉、泉眼，是书的根子。不学会查干陶勒盖，蒙古的字和书你就学不会。不会念，不会写，一辈子你走着日子过着，书和写你不知道。"

一转身：听课的只剩下一个。目光和我一碰，好像害臊似地，他慌忙地也离开了门框。

那不过是一九七〇年初冬的一天，我草原生涯中平常的一天。那天我口似悬河，却暗觉在强打精神——本来我的愿望，是蓝袍黑马飞驰雪原，而不是当个孩子王。在黑板上画白头，本该交给某个文静的谁。只因没有这个谁，我才被套上了缰绳。但恼人的是，在亘古草原上教一群懵懂未开的儿童念查干陶勒盖，又确实比在雪地上追逐羊群多了一点意义——就是这可悲的意义，它使我一生都勉为其难！它使我放弃了多少散漫的快活，又使我的轨迹，拐了多大的一个弯呀。

按照随意定下的方针，我们汗乌拉大队民办学校的冬春校舍，只是一顶灰旧的毡包。计划在四个牧业组里轮着转，每个组教十至十五天。这个穷办法，不知被谁起了个好听的名字，叫"巡回教学"（toirin jāna）。

大队派了一辆大车,把毡包卸在了第一组驻牧的薄勒嘎斯太山谷中间。

车走了,我仍骑着马站在雪地上发呆。

忽见一辆牛车缓缓驶来。

"说是在学校门前,一家要倒下一车牛粪呢。"那个嫂子一边把牛卸下来,一边对我笑眯眯地说。我听得一怔,咦,我没这么要求呀。

就这么,每家都运来了一车燃料。毡包也被他们支了起来。第二天上午,当太阳把雪原晒得暖和一些的时候,山梁上出现了一些孩子,像旱獭一样摇摇晃晃地走来。

他们慢慢走近了,每人都喊我一声"巴赫西"。我听着,这个词儿给人的感觉很特别,心头掠过一种说不出的滋味。

汗乌拉小学,就这么诞生了。

小孩们每天从四面八方跑来上学。上课时我的马就撒在包外吃草,每天晚上我换一家过夜。

在课间喝一次茶。白头表念得太无聊,我就把腰带在他们身上捆一个十字花充当摔跤服,让他们在雪地上摔跤"上体育课"。看看太阳差不多离西边的山梁还有一丈高,我用簸箕端来雪块,倒进锅里,烧开一大铁锅茶。虽然我早有自备，喝茶时，每个孩子还是都拿出一个小口袋："巴赫西，这是阿嬢给你带的茶。"我则抖开一个个小口袋，把懂得惦记老师的女人们送来的炒米和碎砖茶，再分给她们的孩子。

没有牛奶，我们一直喝的只是黑茶。令我至今耿耿于怀的是，甚至到了后来——到了我们有了大队部的泥屋校舍以后，万恶的管理员仍拒绝给我们批一只羊吃。

几次我对他讲得口干舌燥，但他丝毫不为所动。到最后我也没能让孩子们享受学生的特权，像开会的干部一样，煮一锅喷香的羊肉，在念够了查干陶勒盖之后嚼个痛快。

连一只羊都没给我们吃过……当年我常因此恨得咬牙，如今却觉得别有滋味。管理员拒绝时的冷漠神情是难忘的，那神情刻进了我的心底，但我却佯作未曾觉察。

也许今天他会感到害臊？对这所马背毡包小学执行的母语尊重，对它不管多难也坚决推行的蒙文教学，牧民们缺乏敏感和珍惜。我明白，出于一种深刻的怀疑，即使我已经大张旗鼓普及查干陶勒盖，他们仍在冷冷观望。而我——既然骑上了马，就不是为了后退。

我们注定实行的，只能是清贫的教育。就像毡包外踏破积雪缓缓吃草的羊群，学校在那个彤云低沉的冬春之交，默默求生般地运行。除了日后自己种的胡萝卜带来的欣喜之外,我们从未有过牧区该有的"以肉为食酪为浆"的享受。

好在正是一个清贫的时代,孩子们对物质的匮乏毫不在意。由于他们对毡房小学的兴趣,唯因这一点——第一组的十几天教学不仅顺利结束,甚至可以说大获成功。

结束那天,我让孩子们排队。碰巧知识青年们合买的相机在手,我想照一张纪念相。

不知为什么队就是站不成。男孩们挤着看我手里的相机,女孩们在一堆叽叽喳喳。骆驼倌德吉格勒的女儿索米娅在抽泣着哭。一问才知道,原来,这个漂亮女孩一听要照相,着急自己褴褛垂丝的袍子太破,突然忍不住哭了。

至今我还留着这张照片。

磨蚀太重的画面上,驻扎在薄勒嘎斯太山谷的第一组儿童们个个皮袍黝黑脸带冻疮,神采奕奕地望着我。看不清小美人索米娅究竟是破涕为笑,还是仍在抽泣。

i

七个元音都教完那天,我发狠下令,要孩子们背熟背死,背它个口干舌燥、背到太阳下山。背!念! 一百遍,一千遍!背到自己的骨头也能记住,背到连你做梦时被阿伽阿嬢一把抓起来问"查干陶勒盖是什么",也能睡着把白头一个个念出来!

大约二十年前,在《听人读书》里我曾追忆过一次:

> 那天我费了半天劲总算把蒙文字母的第一行"查干陶勒盖"讲完,然后我下令齐读……
>
> 那天一直到散学好久我都觉得胸膛震响,此刻——二十年后的此刻我写到此处,又觉得那清脆的雷在心里升起了。
>
> 那就叫"琅琅书声"。二十来个蒙古儿童大睁着清澈惊异的眼睛,竭尽全力地齐齐喊着音节表。
>
> "啊!哦!咿!噢!喔!……"
>
> 这是我第一次听见有人对我读书,那些齐齐喊出的音节,金钟般撞着我的心。
>
> 那一天我如醉如痴,我木然端坐,襟前是蜿蜒不尽的乃林戈壁,背枕是雄视草海的汗乌拉峰。齐齐发出的一声声喊,清脆炸响的一声声雷,在那一天久久持续着,直至水草苍茫,大漠日沉。

厚厚的积雪融化着,草根在雪层底下露出来。融雪——所谓春水,在蚀空的雪层下汇成看不见的小溪。

当年的他们,其实根本就不是小妖怪。在汗乌拉小学辛酸艰难的创业史中,小巴雅始终不渝地追随着我,从未有一次动摇。乌兰夫的情况稍有复杂,原因在他的父亲与我插包的家族之间旧有一些费解的矛盾——但也迎风化冻。一次白毛风中,放学后我去他家过夜,风很凶,我抱着他九岁的妹妹巴依拉。只因乌兰夫对他父亲说了一句"老师抱着回来的",那位一直不友好的牧民政治家,好像就决定不再矜持。晚饭后,寡言的他似乎觉得不该睡得太早,独自微笑着,取下了哈纳墙上的四胡。

须知,那一夜他以胡琴伴奏唱出的,居然是在那个年代违禁的《钢嘎·哈拉》(黑骏马)。我当然没有错过机会。我不露声色,掏出墨水冻住的钢笔,把缥渺的旋律,还有几句能听懂的歌词,记下了几句。后来在很长一段时间里,我反复在各种场合对各种牧民尝试着套问、追挖、对证,最后终于洞悟了这首古歌的思路。我琢磨再三,筛选判断,认定了一套歌词,并做出了对它的翻译——当然都是后话。

乌兰夫不过只是"hiitai",有点气盛而已。至于小巴雅,则是天生的忠诚之士。

白毛风迷漫的十多天教完,第一组散学了。毡包要搬往第二组了,孩子们蹒跚踏着雪,纷纷回家。

巴雅拦住我:"巴赫西,我不回家。我跟着你走,一直到第四组,我都学!"

我说:"晚上你住哪儿呢?"

"到了第三组,我住胡勒根·阿布盖家!……"他朝我抬起清澈的眼睛。

他的胡勒根·阿布盖(hulgan abgai,姐夫),就是我的哥哥。乌珠穆沁姑娘在出嫁时,要认给她梳头的人为父(很像我后来知道的,西海固回民中流行的"尼卡玛")。我在草原的嫂子出嫁时的梳头义父,正是巴雅的父亲、著名的套马手查布干齐。

——也就是说,这小孩在提醒我:咱俩是有"关系"的,按道理讲,巴赫西你和我是一家人。

我故意问:"那第二组呢?"

巴雅被问住。他着急了,好像生怕被我否决:

"住这儿呀。住学校的包!巴赫西,我和你住在一起不行么?"

我有些吃惊。

当时不过是随口的漫谈,此刻写着我却几欲落泪。

我与小天使。摄于 1969 年

巴雅成了我的私人伴当后,一般都充当我们小学的唱歌起头人。我犹豫过,还是放弃了引入清华附中式的"课代表"一词、让它成为巴雅头衔的念头。他是个唱歌的天才,童音清脆如同铃铛一样。

汗乌拉小学最拿手的,是童声齐唱《毛主席的著作金太阳》。那首齐唱是靠巴雅的领唱练出来的。后来我们搬进大队部泥屋的校舍,一旦有客人路过,我常叫孩子们排队,给他们露一手。

别皱眉,最数那首歌唱起来能显示蒙语的妙处。那些表现着乌珠穆沁美妙的发音、前后音节的衔接与连读、语法成分绕弯儿跳出的轻灵、包括政治话语被蒙语童声带来的一种忍俊不禁……说实话,莫说知识青年,连老牧也很难唱准。我真想在这儿尝试敲开汉语的桎梏,哪怕徒劳地拆开句子逐节解释。那种非乌珠穆沁蒙语无法传达、非儿童齐唱不能唱准、非巴雅起头唱不出滋味的歌,我再没听过另一首。

多少年来直至此日,我常常独自一人陷入回味,过瘾一般哼起它的细节。巴雅的脸蛋,连同他清脆的嗓子、发音和连接,都招之而至。ajil sorolga-du qiglelte bolna,嘿嘿,"工作学习有方向"!

传说中的另一小妖乔玛（乔里玛的昵称），更是个罕见的人物。

"巴赫西，巴赫西！打人啦！他打人！"乔玛来告状。

"谁打人？"我问。

"Ama ner-tei！"

嗯？我莫名其妙。细细一问后，不想长了见识。Ama ner-tei 即"叫阿玛名字的"，也就是一个和他的父亲阿玛同名的家伙打了人。阿玛是他父亲的尊称，大名门德，所以阿玛的同名人自然是门德。我于是找到元凶——八岁的门德，多少吓唬了几句。

我收拾着门德，却琢磨着乔玛。好一个乔玛，我瞟着他，心中暗暗称奇。他连在打架的时候，都严守着不直呼父名的古老规矩。

——只是，我还没有认识到古训涉及很宽；风俗规定不仅对父母，包括对兄嫂也一样必须严守尊称。可能是沾染了北京的陋俗吧，那时知识青年对平辈一律都直呼其名。我是一直到很久之后，才暗自掌嘴，对草原哥哥改用了尊称的。在追悼哥哥辞世的散文《阿尔善》里，我写到过这一点。

小天使德茉亮。摄于 1969 年

总之,待到热清明(halun hangxiu)那股新鲜的长风,嗖嗖地嘶着铁硬的、散落草原的冻牛粪和积雪,视野里大地的颜色开始发黑。天穹之下,万物都次第变色、消融和变干——到了蒙古话叫作"大地变黑了"的时候,局面打开了。

传说的三小妖,有如《西游记》里的"有来有去"或"奔拨儿拜",都成了我名副其实的马前卒——我的白马"亚干"和后来夏季骑的一匹三岁"噶什德勒"颜色的生个子,都由他们牵了去饮水。

中坚分子其实并非我的死党。就本质而言,他们只是一些学习的喜爱者。后来就不止他们仨了:女孩索依拉,还有三十年后成为汗乌拉牧民首富的白音宝力格,也加入了我的圈子。

从那个融雪季节至今,谁能想象已是四十年弹指而逝!当年的孩子,居然都已年过五十。

真的,岁月和时间,简直无真实可言。只有琅琅的书声持续地在我心中清晰轰鸣,只有它留了下来,只有它是真实的。

○

一头牛还给了大队,黑污的毡房也送回给吝啬的管理员。到了新绿涂染的五月末,小学校迁徙到了大队部。由传奇的李庆哥一把瓦刀盖起的大队部礼堂旁边,三间西屋归了我们。

温暖的黄泥小屋顶上,红旗抖着强劲的旷野烈风,啪啪发出脆响。我们转入了定居和住宿制。

在牧区,因为孩子居住太分散,从来学校都采用和清华附中一样的寄宿制。总靠着一座毡包"巡回",每个小孩轮上的上课时间就少得可怜;必须靠寄宿制把羊赶成群,学校才像个学校,学生才不至于十五天是学生、五十天是野孩子。

其实我更喜爱游牧式。在巡回四个牧业组的冬季,我只需带着小孩们大念白头字母表、烧一锅黑茶、让孩子们绑上我的腰带当摔跤服在雪地上滚,连我自己的食宿都用不着费心。我能更广泛地接触牧民,每天都会有一点新鲜感和小收获。

而潮流从来向往体制,连古老的草原也不例外。不集中到大队部,学校好像就不是真的。于是,一待接羔季节结束,我们就迁到了大队部——汗乌拉小学的第二期历史正式揭幕。

寄宿制的孤立与麻烦,当时我并没有意识到。我只是忙碌着,修门窗、弄来一点水泥抹炕沿、求能人巧匠李庆哥为我们盘一个好烧的灶,还要物色不久要添的炊事员。

我们的三间西屋,一间是厨房兼办公室,另一间大屋兼做教室以及我和男生的宿舍。

夹在当中的一间是女生宿舍。

第一个住宿的夜晚,我心里忐忑不安。"板升"(baixing,房屋)和蒙古包就是不一样,在包里完全不必在意女孩们横躺竖睡,而在这种有墙有炕的"宿舍"里,必须男女有别——空气的味道不同了。

这时出现了小小年纪的索依拉。

她好像没有看见慌张无计的我,而是一边忙着铺开毡子,一边把一个最小的女孩揽在怀里。

"扎,我揽着你睡,巴依拉。睡喽……"

在这里写上巴依拉的名字,是出于无奈。实在记不清四十年前那一夜的细节了。那一夜,她揽在怀里的,究竟是布德家的巴依拉还是另一个谁?不,记忆如水洗过一样空白。但我牢牢记得索依拉语速快快的、温和的声音。那个才十二岁的小姑娘,说话的口气简直和我家额吉一样。

冬天，蒙古包里的大人们是把孩子揽在怀里睡的，藉以度过乌珠穆沁严寒的冬夜。索依拉，她在家里恐怕还要大人揽着睡呢，此刻却挺身而出，代我照顾了最小的女孩。总之，索依拉的出现，使得刹那的危机，平稳地一滑而过。

"哎，意达玛，你把那边的被子拉一下……"

突然得到了救援的我，在一旁依着泥墙听她曼声说着，悄悄独自目瞪口呆。我甚至想到这女孩会很快长大，变成一个伟大的母亲。

她在我们短暂历史中的作用，很像奇迹故事中的小天使。由于索依拉的加入，小学潜在的一个漏洞被悄悄补上了。与游牧式教育不同，寄宿制的第一件麻烦就是女生的事，而索依拉从天而降，轻轻拂去了忧愁。

大约是一九八一年回草原时，我专门约上巴雅去看生病的索依拉。她生孩子时受了风，面容憔悴。我甚至不理睬她家里别的人，径自把索依拉叫到门口，和巴雅一起照了一张相。对着相机时，我们三人都默默无语，好像都在琢磨以前的事。

在定居的日子里，最开心和难忘的事有两件。一是春季的捡羊毛，二是秋天的刨萝卜。

一旦要转入定居的寄宿制，我小心翼翼地提出了一个小孩每月三块钱生活费的方案。万没想到，遭到的是坚决地拒绝。

你家的孩子不吃饭吗？

但是这么问没用。

其实仓库就在隔壁。只需给我们扔过来一只羊两袋子小米，就什么问题也不存在了。但我已经写过，大队上层的神情，难以琢磨。

李庆哥看我为难,就指点说:不就是几块钱么？捡羊毛呀!

每年的剪羊毛季节到来之前，只要天气热得早，满草地就都是羊群匆匆经过时、被草梢挂扯下来的羊毛。

第二天，我已经把著名的善拉车儿马"特勒根·豪"借来，套上了一辆轻便车。我率领着巴雅和另两个孩子，走向了大队部周边的草原。

孩子们在草地上蹦蹦跳跳,车上支起的一个铁噶厦（栅栏）里，羊毛渐渐堆了起来。

第二天继续赶车出发,换个方向再捡。孩子们捡羊毛，得心应手。我决意在开学前，捡满一噶厦，卖它一百元，让学校自给自足。

同时，我在队部北侧的空地上，开始挖一块小菜园地。

这劳动就不是孩子们能胜任的了,看见我汗流浃背挖着,路过的闲汉都过来帮几下。

随着铁锹一次次插入亘古蛮荒的处女土,草根被锹刃喳喳切断,黑土一块块仰面翻起。孩子们乱喊着,不知是在把土块打碎,还是把挖开的土又踩实。这种活儿,他们显然干不好。

最后还要在四周挖成一米深的防畜沟。不知费了多少力气,菜园里终于播种,种下的,是从北京寄来种子的胡萝卜和大白萝卜。

捡羊毛的行动在第三天出了事。

我看孩子们不仅对捡羊毛,而且对驾车都无比喜爱,而且特勒根·豪又是一匹老实得出名的儿马,就在第三天把马嚼子交给了巴雅。

不知怎么回事,也许那老马对小孩驾驭愤愤不平?它突然闹起脾气,连踢带跳,疯了一般拖着车飞奔起来!车上的噶厦颠得哐哐响,噶厦里的羊毛猛烈扇动,当车跌撞着冲过我眼前,我瞥见了车上巴雅吓得惨白的脸蛋,他已经哇哇号啕,只知死死地扳住车架子。

一骑马正从远处朝这边缓缓走着。

我气急败坏地朝那人影大喊。那时我害怕极了,万一孩子从车上摔下来……我不能思想,只顾朝那个救命稻草般的骑马人影大吼大叫。

那骑马的人影停住了。

接着人影改变了方向。远处那骑马人显然明白了。静静的大队部附近,午后暴晒的草原上,只有他和那辆疯马车,他看得一清二楚。

骑马人疾驰起来。

惊了的特勒根·豪也撩开四蹄飞奔。

我茫然绝望,心里一片空白。万一要是孩子出了事,万一他们被摔下车来……这小学,就算完蛋了!

就在那时,骑马人追上了马车。遥遥似乎看见他一俯身,特勒根·豪站住了。

我膝盖一软,跌坐在草地上!……

骑马人牵着马车,缓缓小跑着过来了。一个和善的青年,骑在一匹大汗淋漓的黑马上对我笑着——他就是乌力记,民兵连长桑吉的弟弟、我的学生白音宝力格的哥哥。

当时我哪里知道,这个骑着著名的桑吉黑马突然出现在下午草原上的乌力记,这个勇救惊车的乌力记,后来会和我发生怎样的关系?

捡羊毛出的这一场危险事故,使我马上放弃了这项经济建设。几天捡回的羊毛，好久都没人理睬，堆在角落，渐渐变得脏了。等到有一天，把它运到公社综合厂卖的时候，我才发现应该趁羊毛干净早卖：每斤相差一元多呢。

我们的一噶厦羊毛，卖了人民币八十多元。这是一笔巨款！当年富饶的乌珠穆沁就是这样，只要你动动手，不管是人或者学校，活下来并不难。

八十个图鲁克（元），保证了我们汗乌拉小学实行了短暂的免费教育。我不再对短见的大队领导费什么口舌，决定不收伙食费。管理员不给我们隔壁仓库挂着的羊肉，我深夜飞马跑到公社农场，驮来了一袋子干菜。

写着忽然发现：把羊肉锁起来的管理员，正是我的小天使索依拉的老爹哈达。事情怎么能如此巧合呢？也就是说，老父亲在和我勾心斗角，小女儿却在与我共度艰难。天使所以降临，没准只是因为她被打发领着弟弟速德巴上学。父亲难道不想让自己的孩子吃肉么？孩子难道全然不知大人的复杂么？

这种老爹冷淡儿子同党的例子，还能举出几个。若细究，巴雅和乌兰夫都能算在数内。

不过，当时我并不问为什么。事情既然开了头，我只是想干到底。

ö

定居大队部以后，特别是靠捡羊毛有了一笔八十多图鲁克的储备之后，虽然有过一丝喜悦，我却不能心情轻松。插队已进入第三个年头，我们已经是民族问题专家。我深知，由我一个人同时教蒙汉文，决非长久之计。

冥冥中，像有一只巨手在拨弄。

一天傍晚，一个骑马的人从白音呼布缓缓下来，在我们学校门口下了马。

此人乃是公社那所拥有初中部的、东部乌珠穆沁数一的公办学校校长。他是一位慈祥的老者，名叫孟克吉勒伽拉。

晚上他就在我们学校过夜。

在教室兼男生和我的宿舍的大泥屋里，我与孟克吉勒伽拉校长抵足而眠。哦，那一夜多宝贵，孟克吉勒伽拉校长是那种上一个时代的蒙古知识分子，朴素、熟悉牧区、蒙古气质。

老校长拿着我刻蜡版印成的蒙汉合璧"乡土教材"，沉吟着，对我居然天涯地角一个人教蒙文，感到惊奇。

"蒙文也在教着呢……"他喃喃着。

我于是向他倾诉了全部心事。

我说："若是只教几个查干陶勒盖，还可以，但是，我不可能一直把蒙文教下去。而且,不光是能不能、会不会的问题。您一定明白,不应该由我一直教蒙文。所以——不能从公社给我们派一个蒙古族老师来么?"

一边的土炕上,老校长沉吟着。

他显然对我奢望的、派一个体制内的公办学校蒙文老师、摇身一变为和我一样身份的要求不感兴趣。他的思路,另在一处。

"我们的一个学生,不,现在不是学生了。不知他……他的学习么,倒是很好……"

他解释后我明白了。有一个他的学生,正好从公社学校肄业或者毕业,学完后回到了大队。老校长以为他最合适,并可以向公社和大队推荐,让那个青年和我结为伴当,出任汗乌拉民办小学的教师——如果他愿意。

——前面已经写过这样的词儿:"冥冥中巨手"、"奇迹的小天使"。今天回忆着更只能坚信,拨转一切的神,确实是存在的:老校长孟克吉勒伽拉夜宿汗乌拉介绍的那个他的高足我的搭档,不是别人正是那个骑着汗乌拉草原著名的黑马五兄弟之一的桑吉黑马、突然出现在那个下午疾驰追上失控的马车一把抓住了惊马的乌力记!

那天下午,乌力记若是不出现,巴雅可能摔伤。若是摔得重了，骚乱会平地而起。事故会膨胀成事件，我会心气全无，我会破罐破摔，索性关了这晦气透顶的小学！

那一夜后，乌力记若不同意出马，我可能会对自己以异族之身执教牧区的行为，愈来愈感到不妥。事实上就是不妥，迟早矛盾会爆发——哪怕我正在大教蒙文字母表、坚决实行着母语教育。

但是乌力记出现了！

唉，当年的过分艰辛，常使我们忘了知恩、忘了巧合与费解的身边事。如今我却愈来愈觉得乌力记的出现，充满了一股蒙古味儿的神秘感。后来我从未见过他骑马，那个下午他却骑着桑吉黑马。他是草原上罕见的书呆子，那天他却猛如将军勇擒特勒根·豪。他与我甚至毫不相识（我当牧民的三年时光他一直在公社读书），却在要紧的时刻，肄业回来为我解忧。

不觉得奇怪么？

一定是孩子们银铃晨钟般的琅琅书声，击破了亘古混沌上达了天聪，于是万能的创造者就在我们快要顶不住的节骨寸口，降下了援助。

乌力记，当年我觉得他是一个那么平常的人、和他合作是平常事的桑吉的弟弟乌力记——如今勾起我强烈的想念。

他与我一期伴当，毫无龃龉，一直到我离开草原。包括后来又有一个来当小学炊事员的女知识青年，我们一直忍着艰辛、没有背弃、直到最后。

不觉得奇怪么？

——我不断地使用"伴当"一语，是因为这是原汁原味的《蒙古秘史》术语，十三世纪对nohor（朋友）一词的官方翻译。它有严峻的约束力，结为伴当的两人，要以性命担保誓不背叛。当然，无论我与乌力记或者我与巴雅的关系都远不至于那么严肃，但今天回忆着，我们又确实没有过背离。

一九八一或是一九八五年回草原，我家（蒙古哥哥的毡包）在大队部北边的一个小山包旁驻夏，乌力记的毡包就在巴克噶布奇勒——离我家不远。

乌力记后来和我们的一个学生纳日娜结了婚，生的儿子在汗乌拉是数一的人才——漂亮、团支书、摔跤手，还会写诗。我因他是我伴当的儿子，破例走后门，为他和蒙古族作家立格登搭过桥。后来据说他出了一本诗集。

乌力记来看我。

要知道，这个沉默的家伙，来看你，就是来看你，一句多的话也不说。

累得我费力地找话题,从牲畜到家族。但他回答都是一个字或两个字的短语。

"牙牙?赛哪。"——牙牙么?好呢。

"牙牙",是他们家族对他哥、原民兵连长桑吉的称呼。

"玛拉?玛拉赛哪。"——牲畜吗?牲畜好呢。

没话了。

我俩枯坐半晌,直到他问:

"去我家么?"

"去呀。"

骑上摩托屁股,一块到了他家。

纳日娜端上茶,接着擦啤酒瓶的嘴。我坚决拒绝不喝,乌力记就示意纳日娜算了。

接着的时间,虽然不算完全的枯坐,也只是一场礼节性的访问。虽然确认了我俩不一般的关系,但没说什么有意思的话。

"你知道成吉思汗时候那个者勒蔑吧?"——他挑起的话题,连蒙语都是最拗口的!

"早忘了。秘史里,我只对锁儿罕失剌,还算熟悉些。"——哼,因为我在一篇小说里把锁儿罕失剌抄过几段。

"你熟悉锁儿罕失剌?知道他后来怎么了吗?"

"死了。"

"没死。"

于是沉默的乌力记,开始了滔滔不绝。"锁儿罕失剌,他——"

不说话的人一旦开了口,比沉默不语更可怕。看得出,乌力记目前全心关注的,是古代蒙古史研究。他急着见我,不是为了叙旧,而是要对我这个据说在北京的民族研究所专门研究蒙古史的老友,讨论些他的学术观点。

我听得头昏脑涨困意袭来。他却愈发认真神色严肃。我恍然大悟:乌力记并不接受别人把他当作一个业余分子,他对自己的史学观点充满自信!……就这样,宝贵的重逢,被一场毡包学术浪费了。

全都怨他,也许也怨我——我们这一对"最后的伴当",没能完成一次推心置腹的长谈。既没有评论一九七一年的民族关系,也没有言及小学创业的感想。

也许在潜意识里,我们都想回避。是的,桑吉黑马和特勒根·豪、老校长的留宿和刚毕业的学生、神秘的巧合,虽然都是皆大欢喜的话题,我仍明白:回避才是我们的本意。话题、时代和心情,实在都过于庞大沉重,竟使得谁都不想面对一个偶然的对象,让思想迎对艰难的交锋。

唯在此刻,写着这一篇散文,我心里在唤着老伴当。喂,乌力记,其实你我只是汗乌拉的两个牧民,在求生的劳动中萍水相逢。我们教孩子们学习白头字母表,并不比放羊更轻松;我们让草原上新生了一座小学,也并不比接羔更辛苦。

唯有一个残剩的问题想向你确认。

乌力记,喂,nohor!在那个遥远的夏季,当你追上那匹狂奔的惊马救下孩子之后不久,随即公社和大队便要你当那学校的老师时,你不觉得事情过于巧合、你不觉得事情有些神秘么?

不,老伙计,你可别误解。我是想说,冥冥的存在,神助的降临,并非只为你我、更不是为了我个人的缘故。我琢磨良久,最后断定,只是为了普及教育于底层,只是为了让我们懂得尊重母语的意义——幽玄暗中运动,援助无声降临,不露声色,毫无音响,甚至我们当事人都没有觉察。

u

教育和启蒙,也许达到的,不过是我一个人的被启蒙。

至少，那一段差强人意的经历，使我扎实地体验了语言的含义。

比如算术课。

乌力记来了，我不再为白头表费心，只管把算术对付了，有时可以偷闲看点书。

但是，哪怕是小学一年级的算术，也就是一加一五加八，想用蒙语讲得准确清楚，也并不容易。我们知识青年的蒙语都是成年后才打来的半瓶子醋，用它对付只知习惯说法的乌珠穆沁儿童，且要不失师道尊严让小孩觉得巴赫西无所不能——就需要一定的机敏和本事。

为行文方便，我还是省略蒙文的拉丁转写（虽然这会使我的一小批蒙古族读者觉得非常不过瘾，而他们的细读对于我价比千金），尽量不用语言学论文而用文学散文的方式表达：

"巴雅，你说：五加二等于几？"这里有一些别扭的格助词。我嘴皮舌头别扭地说着，同时更竖起了耳朵听。嗯，巴雅的乌珠穆沁惯用形，是这样的一个句式：

"在五上，要是添上二的时候……就成了七！"

好嘞，记住啦。马杆梢头一转指向索米娅的时候，我已经套用了巴雅的句式：

"在六上如果添上三的时候成了多少?索米娅你来算!"

索米娅眨着她的细眼睛,算了一会儿:

"在六的上头,又添上了三个……巴赫西,我算的话,可能,是九吧?"

"Yag tārje!"完全正确!我大声总结道。再让他们轮流一个个地把十以内、继而二十以内的加法,练了一个滚瓜烂熟。我帐下的小兵,除了一个布赫朝鲁(他虽然1+2=3但是5-2=10),个个脑袋机灵好使。所以,尽管课堂语言有点孩子腔,但简单加减的目标,被我们毫无困难一扫而过。

哦,就像白头字母表排到了u,蒙文就读出了味道也渐渐开始变难了一样,我的故事写到这里,对今日在无视与歧视他者的文化毒气中被熏昏的读者来说——恐怕品不出味儿也太难了些。

但正因此才必须把它写完。

还不是靠着算术课的现买现卖,我对蒙古语言的认识,更多是在与牧民及其孩子的耳鬓厮磨,尤其在草原夏夜的"讲故事"中——日复一日地积累、近半个世纪地发酵，又突然一瞬地感悟的。

——离家谋食的一伙男人、漫漫长夜同住一个窝棚或泥屋。在不仅没有电视也没有收音机的时代，这些卖苦力的劳动者，晚间的调剂，就是"讲故事"。

究竟这是一项古老的习俗，还是一种严峻政治气氛下枯燥劳动的调剂？我倾向前者，但说不准。总之，一旦泥屋里吹了灯，黑影一隅就有谁懒洋洋地唤道：

"呵咿，讲个故事吧！"

所以，我们的男生宿舍熄灯以后，孩子们也要求着：

"呵咿，巴赫西，讲个故事吧！"

记得我讲过"半夜鸡叫"。但后来听了孩子们讲的，我不由得害臊不已。我讲的真是味如嚼蜡、嚼隔年的枯草！如今沉吟着，我感到了一种文化的自愧不如。除了表达的局限，我发现：汉语的故事都不是韵文。而学生——别看他们小小年纪，肚子里却早已装了好几套押韵的好故事。

正是幻想的夏季。

静夜的蓝空，当孩子们娓娓道来时、当潜沉的文明浮现时，显得特别深邃。

乌兰夫语速快、口气平淡，全然不懂绘声绘色。但是，就数他背下的故事多：

古时候,古时候,有一匹生来就死了父母的马驹。它觉得最是自己的命苦。它周游四方,先见了一匹马。它就问啦:

马哟马哟你好吗?

马回答:

冻透的嚼铁含着

沉重的鞍子背着

沟里山上跑着

——我有什么好呢?

在大炕的这一头,我听着,心眼在一丝丝地开窍。蒙古夏夜的小学大炕,远比研究生院更富有学术味儿。原来蒙古的歌谣,压着一个头韵。这么齐整,这么巧妙!冻(hüldü)、沉(hünde)、沟(hündi),都是 hü 字头的词儿。啊,巧妙的白头音节啊……

乌兰夫当然没发现我听得入迷,他只顾按照套路,背诵着讲。此刻让记忆力衰退的我忆起全套押韵的蒙语原文,已经有些困难了。比较牢固地刻进了我的大脑皮层的,只有那些最形象的句子。

比如当马驹遇上山羊时,山羊自我形容的句子"皮嘛数我的薄，奶嘛数我的稀"；遇上人家的媳妇时，那女人讲的"天蒙亮时起来喽，去挤牲生的乳牛"，都使我过耳不忘。还有它遇上牛，照例问了"牛哟牛哟你好吗"以后牛的答言中，有一句：

鼻孔犄角被扯着

黑米的长途走着

Hamur ebür as qingana

Hara buda ayin de yabuna

——使我窥见了古代。这一句，简直是一幅逼真油画。

鼻子（hamur）和黑米（hara buda），两个词当然都是清脆的 ha 字头。且不说牛鼻子痛感的真切，使我惊奇的是黑米。前一年（1970年），我们刚刚吃过供应的黑米，那是一种没去壳的小粒糜子。

我留意到了：那个冬天对国家供应的这种带壳粗粮，牧民们不仅没有不满而且啧啧地像是赞叹。牧民们尤其女人们的神情，像在享受某种历史的片断。灰旧毡包在那个冬季里弥漫着浓烈的香味。用铁锅炒熟、抱着木杵舂掉谷壳、泡进滚开的茯茶——三部曲的麻烦，挼着一股罕见的米香。灾年穷队,没有奶茶。但黑茶黑米吃在嘴里的口感,却是焦甜喷香。

"黑米的长途"(hara buda ayin)这个词组,使一九七一年的我宛如目击一般看见了古代游牧草原的一个画面——游牧民族赶着牛车,千里颠簸风餐露宿,南下陌生的农耕汉地。为着什么呢?为补充经济的空阙,为运来果腹的黑米。

韵律之外,语言的另一个极致也许是黑话。这也是我在当汗乌拉小学的巴赫西时,懂得的一个语言学道理。

哈,幸亏我在当上孩子王之前,也曾与大队里的二流子们过从甚密。而且,若不是有一次大巴伊拉一脸坏笑地问了我一句"你不去井上打水么",而且把这个句子的阴险变形教给了——我这个巴赫西会在孩子面前摔一个大跟头,摔得威风扫地。

那天,居然是一个女孩,笑嘻嘻问我道:

"巴嘘喂!其嘘喂 哈嘘喂 呀嘘喂呗?"

我吓了一大跳!

简单说,这是一种只说词儿的开头、隐着后半截让人猜的语言游戏。具体说,小黑话只变词首,加上"嘘喂"。

把单词第一音节加上古怪的"嘘喂",造成不同的暗指。这样,一句问候语能转义为下流话。人说着,等着对方猜,也引诱对方摔进恶作剧的陷阱。

谢天谢地,那天女生说的,只是最简单的"老师你去哪儿",她用的词儿,方向诱导简单,并没有危险地藏坏。

我思索了一瞬。

首先要让他们清楚知道:小小黑话,老师也懂。

于是我用同样的句式回答:

"比嘘喂 脑嘘喂 温嘘喂 呀,脑嘘喂 温嘘喂怪布勒 俄嘘喂 巴嘘喂那。"(我读书呀,不读书成傻子啦。)

一声呼啸!兴奋的孩子们围住了我。嘘喂嘘喂,吵成了一团。

二流子大巴伊拉曾对我说——他们在公社学校鬼混时,一旦发现老师懂,就没兴趣闹了。我的这一伙也一样,嘘喂了一阵后,兴趣就转向了别处。

黑话隐语,不能让它在学校使用。可看作语言游戏的"嘘喂",也以不让它流行为妥。唯有乌兰夫的故事,我大加赞赏竭力推行,但孩子们对它的兴趣却不大。

那个故事,不知能不能按照我理解的蒙古民间文学规律,以马为题,给它命名为《孤儿马驹》——至今我仍在捉摸它的思路。正是孩子们不喜欢的地方,深深吸引了我。

是的,徘徊其中的一股魅力,从那时便精灵俯身一般再也没离开过我。蒙古民间文学的宿命论、韵律感和概括力,加入了对我的启蒙。以后它又在整整半生里,支持了我的文学观念。

秋天先期而至。

听说远处饲料基地的小麦穗已经黄了,我们小菜园里的白萝卜和胡萝卜,也到了该刨开土看看的季节。

刨萝卜,就像小学的祭会盛典。孩子们满心喜悦,我抡开了十字镐。绿莹莹的萝卜秧子被孩子们扯开,热腾腾的黑土壤被翻了身。美滋滋埋在土壤里的白嫩的大萝卜突然显露出来:一根挨着一根,像孩子胳膊粗,白莹而鲜活。成功啦,长成啦……被喜悦迷醉的我,开始把大白萝卜塞进麻袋的时候,忘了留意萝卜的长相。

大白萝卜不单是白嫩水灵。它们没有一根是直的,如日本的练马大根——而是全都折了一个直弯,像一角锯下的窗框,像一个木匠的直尺。它们向下钻入土壤,又都在十五至二十厘米处拐了弯,在地下贴着生土,改为横向生长。

我恍然大悟:开荒翻地时,只能挖一锹深。但是我不懂——种萝卜要种在垄上。我不知道农耕民族早有高招：下种前先把土培成一条条高出地面的土垄，让萝卜先钻过土垄，再接着往下钻。农民给萝卜留足了深度，可并没费力气。

我的铁锹翻过之处，土松软了，萝卜可以钻土入地。但是钻了顶多二十厘米，下面都是原初生土，毫无缝隙，异常坚硬。萝卜头顶不动了，只好拐弯横着走——于是长成了直角萝卜。

终于我懂得了"处女地"的含义。

后来，我在日本有一段时间以讲演为打工，常常靠讲些牧人掌故换钱来战胜生活难关。后来讲出了解数，每当讲到直角萝卜这一段，从无例外，准能引起哄堂大笑。送给人们一个笑话，再回到自己的心事。我没说，那是我一生发挥个人能力最酣畅的阶段。

如世上的游牧民族，这是我一辈子唯一的一次染手农业。新奇与拒否，喜悦又敬远的心情，实在是令人烦乱。

这些萝卜究竟被烹饪成怎样的食品，我已经记不清了。秋季之前小学已经有了一个女知识青年来当炊事员，只记得她烙的焦脆的小面饼，但忘了她怎么烧的萝卜。留在我记忆里的，只有蒙古小孩们在萝卜地里的身影。

——他们弯着腰，踮着脚，屏住气，在萝卜地里一遍遍穿梭。开始我没留意，后来看见小手攥着一把胡萝卜须，我才明白他们在找没被收走的小胡萝卜。刚翻过的土壤，被他们用小手又翻了不知多少遍。一直到天色昏黑，那些弯着腰、一步步试探的身影，还在地里转悠。

　　令我日后深感后悔的有三件事：

　　第一是那天没有干脆把胡萝卜发给大家，让孩子们一天五根，啃个够吃个口滑。第二是让他们整个夏天都追着踢一个破篮球胆，却把一个从东乌旗抱回来的、美丽的黑白花足球藏起来省着！第三，我们有八十图鲁克巨款，为什么不花几块钱买一只肥羊，让孩子们狠狠地饕餮一顿？！

ü

　　一九八一年，离开近十年之后的重返草原，是在六月之初。天气还非常冷，夜里要盖两条皮被。

　　有一晚消息传来：大队部演电影呢。

　　看去！心里浮起六十年代式的兴奋。我喜欢马拴在背后，人躺在草地——瞟着银幕上埋地雷的民兵、找地道的日本兵的感觉。

不过十年之后的演电影,不是像以前那样在草地上,而是在大队部的土坯礼堂里。

黑影里,我盘腿坐在毡子上,仔细辨认电影的蒙语台词,一个黑影爬过来,推了我一下:

"巴赫西!您好好地去了来啦?"

我定睛看了几秒。哪怕你有了成人的身架,嗓音并没有变:

"你,是乔里玛吧?"

他哧哧地笑。

又有一个黑影爬过来:

"Bahxi! Bi hen-bei?"(老师!我是谁呀?)

——你是道尔吉!

黑影纷纷挤过来。一个三十来岁、嗓子沙哑的女人,孩子抱在怀里,一直挤到我鼻子前:

"巴赫西!您看,我是谁呀?"

——你是……我的奥音哈达!

爬来一个胖胖的妇女,她一字一字说得很慢:

"Bahxi……Bi hen-bei?"

——你是娜仁花拉?

响起一阵喊:"不是!她是色布勒!……"

居然半数猜错了。

当然也还有一半猜对了。那一晚的看电影使人记忆弥深,黑暗中当年的孩子们挤着我,低声嗤笑。我们在土坯礼堂的正中坐成了一个圈子,摸着黑,自顾享受团圆般的重聚。寒冷初夏的草海,好像空气一样在包围着,那一晚已经没人看电影了,它成了阔别十年之后、我们汗乌拉小学的"校友会"。

谁能扳转时光?

黄羊的硬角若是折了,谁能追着接上它?

十年前北京大学来东乌旗草原招生,我们去公社打听消息。我推开公社办公室的门,正看见书记罗布桑金巴在和两个陌生人谈话。他说着话一眼看见我,顺口接着说:"你看,这是我们的老师!他一个人教蒙文!连蒙文都教!……我们可是把最好的都推荐给你们啦!"

我愣了一下,这话使我感到意外。

罗布桑金巴书记几乎不认识我。他怎么会知道我们汗乌拉的事?在封闭无助的草原,公社的镇子是多么遥远啊。

反应过来是以后的事。后来我多次回味:罗布桑金巴的那句话,像是把我朝北大的南校门使劲推了一把。猜测也是在以后。我猜，不仅孟克吉勒伽拉校长，大概在那排平房办公室的蒙族干部中间，我教蒙文的事儿被相当地议论过，而且能估计他们议论时使用的夸赞口气。

哼，早知道我直接上公社要一只羊吃！我不以为然，愤愤不平。事情过去以后，我对人的议论失去了兴趣，更不在乎哪怕公正的评价。我另钻牛角，把小学的一切当成自己的私事。

也是在那个十年之后——以后更年复一年，我勒马伫立，凝视着小学的废墟。不知什么时候刮起的又一股风，否定了草原民办教育的思路。教育以质量的名义再次集中到城镇，牧区的小学全数关闭。连公社那拥有初中部的、孟克吉勒伽拉校长经营多年的学校，也眼见着走向了衰败。随着对城市的短见的向往，牧民们纷纷去东乌旗寻觅住处。对游牧技巧老谋深算、自古充当牧业指南的老人，残生的新活计是"看学生"。我上大学后又坚持了多年的乌力记一声不吭，转身恢复了放羊的旧业。我们的小学——当年我在蒙文课本上刻印的是"汗乌拉学校"而不是"汗乌拉小学"，没有写那个"小"字是表示没准会办初中的野心——它那么薄弱，在一阵强风过后，化为了乌有。

我独自单骑,站在古尔班·火特格前的一片废墟前面。

身后两条宽阔的长川,它们向西北和东北分别引向白音呼布和吉林宝力格。头枕着虽不雄峻也渐渐浩莽的山地、紧挨着两个小湖使用着三眼水井的,是我们大队的阿勒翁·格勒(alvan ger)、公事房、大队部。我们亲爱的汗乌拉学校,曾占据过它的西屋——如今是一道黄土的矮坡。

那天我有说不出的感慨。当然也不想和人说什么。我只是骑马草草走过那块萝卜地,没有多看它痕迹模糊的防畜沟。那道黄土矮坡让人无法凝视,以后我甚至不愿看它一眼。

在草原知识青年的持续怀旧中,常听邻队的知识青年讲,当年他们打的井如今还在用、牧民夸奖井的水好等等。也就是说,我们这追求"在根本利益上为牧民服务"、要变劳动为人生需要的一伙,比起只把劳动当谋生手段、只是随波逐流的同伴,简直是从一到十的背运。散漫地遐想着,只觉不仅若有所失,简直已经羞于提及。

没错,就像乌力记扭头就回家放羊一样,我也只在心中固守自己的牧人身份。以后多次重返草原的日子里,我喜欢躲在哥哥家里休养,顶多偶尔率领巴特尔出门一转。教育质量?哪怕未来把汗乌拉的小孩都弄到上海去念书,与我又有什么关系呢?

唯有乔玛提起启蒙的话题。

我在研究生答辩那一年,乔玛陪母亲来北京同仁医院看病。焦加(我们称他母亲焦加)指着肿得睁不开的左眼说:把我的左眼拿掉呀,保住右眼就行。我小心翼翼,不敢翻错一个词。而同仁的医生却不耐烦地说:要摘除右眼,才能保住左眼!于是焦加大怒,骂这家医院"什么也不是",一跺脚回去了。答辩期间我顾不上许多,也没能送他俩离开。

我去看焦加,心里很惭愧。

大约焦加在从北京回来的翌年失明。乔玛,这个当年连打架时都记着不直呼父名的小孩,那一次好像想借酒吐露。他喝得醉醺醺的,唱着一首我不会的苦味长调,歌子叠唱一句"什么是你的啊我的",撩人心事。

听见他说"养大我的是阿爸额吉,教我书和写的是老师"的时候,我不接他的话茬。但我数了,他说了两到三遍。

一九八〇年前后,有一阵乔玛热衷宗教,居然来信问我能不能给公社的庙里找一部《丹珠尔》经,还要买大量的香。当然,哪怕别字连篇,我俩只能用蒙文通信。这个"香"字,他是用专拼借词的、乌力记教的白头写的。

既然他这么看重启蒙的老师,以后我每次回草原,总要到乔玛家住一夜。我不谈教育的话题,只是美美吃一顿他的妻子兼我的学生意达玛做的羊肉面条和北京式的白糖拌黄瓜西红柿。

可以这么说么？在体制崩溃的时代，由初生之犊的我们，进行了一场歪打正着的教育。乔玛的话并非只是礼貌。查干陶勒盖，蒙文字母表，一种古老的民族语言的传承——千真万确只是由于对异族的情义，由于时代的使命感和游牧文化的感召，才轻轻写下了它的第一笔。

当年我们的小学，由于也教过"毛主席万岁"、"东方红太阳升"等几个汉语句子，所以学究些说，或许也能算一种双语教育？

但已经该指出，汗乌拉小学的双语教育，不仅教师以民族语为教学语言，而且母语教育是一切之上的最高原则。

虽然那时我不会用拉丁转写、不会像今天按照蒙文字母表的顺序把 a、e、i、o、ö、u、ü 排成本文的小标题——但我已不想妄自菲薄。随着体制与秩序的重建，随着对他者文明的无视与践踏的流行，汗乌拉小学的意义在浮现。我第一次意识到那时自己获得的启蒙，并彻骨地感到了一种——六十年代的水平。

如今我懂得珍惜了。

居然，我们在那么闭塞的时代与环境中，就有意识地警惕同化,就知道选择母语教育是人的权利,而且快乐地潜入它的深处。虽然,我们喝的是黑茶、从来没有羊肉吃、连一个月三块钱的生活费都收不上来——但我们懵懵懂懂,若有所悟,雪地踉跄,走过了那么宝贵的一段路。

一九七二年的春天,在记忆里已经漫漶模糊了。唯有巴雅的送别,点缀了那个向大学出发的、残雪灰白的日子。

我骑着马去各家道别,回到等候我的知识青年毡包,已是半夜。我是在喘过气来、端起茶碗后才看见巴雅的。

他酣沉地在背后睡着,盖着皮被。

听说那天他从早上就闹着要来送我,家里犟不过这十二岁的孩子,只好把放羊的马给了他。我喝着茶,不时回头望望他。在我一生经历的送别中,这是难以忘怀的一次。我想和他说点什么,但他呼呼大睡,直到次日天明。

早晨,巴雅醒来了。

他只看了我一眼。大概是想着家里等着放羊的马,他着急了。

急忙喝了几口茶后,我给他备好马。等他扳住鞍子时,我把钢笔递给了他。这支钢笔很特别:因为我敲断了它的后半截笔筒,露出套着墨水囊的金属管。冬天只要把金属管顶在烧红的烟筒上，结冻的墨水就化开了。

巴雅把笔塞进怀里，翻身骑到鞍上。他低着头，听我说了两句好好学习之类——那是我最后的巴赫西话语，慌忙打马走了。我站在门口，听着他噗噗的蹄音渐渐模糊，好像听见了一个声音：

"第三组，我住胡勒根·阿布盖家！……"

此刻我打着键盘，也听见了那个声音。我总在反复咀嚼，试着调换语序和单词。那个铃铛般的童音，与时光的流逝无关，音质一丝也没有变。

经过了多次的直面废墟，我终于做到了对那道黄土低坡熟视无睹。

我骑着马在它的上面仔细踱步，分析哪里是厨房、哪里是索依拉带着女生睡觉的小屋、哪里是替代了桌椅又兼着男生及老师床位的那一盘大炕、哪里是我的行李卷的位置。

自从离开这儿去了北京大学从事了考古专业以来，这是我唯一的一次——对自己遗址的考古。

但考古也快干不成了，因为这道土梁已被周边的牧草侵蚀，显得难辨边缘。草海永远在吞没一切痕迹，包括废墟。

此刻,波澜远去的草原空旷而宁寂,人的心绪,飘忽而自由。一垛巨无霸般的云团堵住半边天,荫下的草海凉风习习。

我已无心究明历史,更不打算总结什么教训。一切不都将这么消逝么?像草海淹没了废墟,像泥屋还原成土壤。何止我们汗乌拉小学,就连革命和令人怀念的大时代,不也都一刀两断一去不返么?

一切都化作了废墟,并不意味着人心也漂白归零。不,人心在最终获得的丰满,几乎超过了盈溢的草海。往昔的启蒙那么真实,它每天都在发酵膨胀,催动着人心的酿造,于是便有了《孤儿马驹》,以及我的文学。

啊!哦!咿!噢!欧!喔!呜!……

大象的巨牙若是断了,又有谁能再接上它呢?

笼罩四野的神明!唯你在创造和控制,你不仅使大地牧草由黄变绿,唯你与时光同在,唯你尽知,洞晓表面与内里的一切!

不仅文学,在流水浸漫一般的时光中,我想乔玛和巴雅他们的心里,也时而会掠过小学的残断往事。虽然他们

"他者"的启蒙

懒散惯了，不善表达，但潜意识里，他们也一直抚摸着折断的羊角象牙。

我们游牧与母语的小学，把查干陶勒盖的顺序、把由上向下的书写、把人与学习的大义禁忌，镂蚀雕凿一般，刻进了我们的心里——是的，我们。不单学生，获得了一种最深刻启蒙的，正是我自己。

时至今日，我唯想感激我的创造者。

若是我不曾在异族与母语的环境中重生再造，那么我不仅不可能拥有与巴雅乔玛的一连串故事，还可能出落成一个无知的"智识阶级"，愚蠢且狂妄，对他者的文明毫无感觉，也读不懂——此刻我写下的这个故事。

2012 年 8 月 8 日

（本文中蒙文拉丁转写经青格勒博士校过，特此致谢！）

代后记
汗乌拉矗立我心

第一

记得大约是在一九七〇年冬天,我穿着热烘烘沉甸甸的大羊皮德勒(袍子),费劲地迈着大毡靴,在东乌旗参加一个民办教育现场会。一个穿细溜小黑棉袄的公办教师对我的满身羊膻压抑不住反感,悻悻地说:

"阿呼,其播斯太吧?"

(Ahu, Qi boz tai ba? / 老兄,你有虱子吧?)

今天我又哼着种种莫名的小曲,大毡靴粘满黄泥污雪,踏进了装修过的文人和学子的殿堂。我猜,今天我依然使那些小棉袄看着别扭。

人常顾不得许多。对于我来说,要紧的是表达——对毛泽东和鲁迅、对蒙古草原和哈萨克天山、对黄土高原和信仰方式、对巴勒斯坦和伊拉克的大是大非的感情和立场。

这样的理解粗糙而且恣意,但我想,它们也是追求真知的一些印迹。出于这样的思路,我把这一本印满了自己在思想大陆上的踉跄脚步的小书,称为自己的履历。

编完,突然想起了那年在东乌旗的小棉袄老师。确实,他比起我今天遭遇的形形色色的凶恶的和狡猾的知识分子,要朴实和亲切得多了。

我想念他,好像若能再见一面,我和他就都能得到重要的什么。是的,其间毕竟三十年都过去了,今天我和他若遇见了,会抱做一团又捶又笑,会对当年经历的一切,惊叹我们的共识。

写于2003年

第二

我想,等这本《汗乌拉 我的故乡》印出的时候,我们的"同学少年"不少人都将年至古稀,距离胡服骏马的二十岁,已是半个世纪白驹过隙。但是,哪怕再过十年甚至二十年——干脆说直至我们这一代人临终之际,我敢说:乌珠穆沁知识青年的几乎每一个,都将想念着草原、告辞这个无聊人世。

没人理解毫无关系。包括蒙古族同胞也未必理解和珍视——伟大的古典草原给予一代青年的自由气质、底层立场、异族文明和艰辛又浪漫的履历。

我深深地、切肤以至疼痛地、怀念我当牧民的青春,怀念我的再生之地:内蒙古东乌珠穆沁旗的汗乌拉草原。已经十遍写过,但还唯恐不足,再次编辑心情足迹,把它郑重命名"汗乌拉 我的故乡"——此事不做,不能安心!

希望它,包含和表达着——游牧文化养育的知识青年所拥有的:丰富的感受、贵重的立场,以及敢于对峙"否定者"的水平。

2016 年 9 月

吉林乃门太色赫特恩(68 岁知识青年)吐木勒再记